重新出发

张娓 著

天津出版传媒集团
百花文艺出版社

图书在版编目（CIP）数据

重新出发 / 张娓著. -- 天津 : 百花文艺出版社, 2022.11
ISBN 978-7-5306-8315-6

Ⅰ. ①重… Ⅱ. ①张… Ⅲ. ①中篇小说－小说集－中国－当代②短篇小说－小说集－中国－当代 Ⅳ. ① I247.7

中国版本图书馆 CIP 数据核字（2022）第 163787 号

重新出发
CHONGXIN CHUFA
张娓 著

出 版 人：薛印胜
责任编辑：张 雪 封面设计：刘昌凤
出版发行：百花文艺出版社
地址：天津市和平区西康路 35 号 邮编：300051
电话传真：+86-22-23332651（发行部）
+86-22-23332656（总编室）
+86-22-23332478（邮购部）
网址：http://www.baihuawenyi.com
印刷：三河市元兴印务有限公司
开本：880×1230 毫米 1/32
字数：260 千字
印张：10.25
版次：2022 年 11 月第 1 版
印次：2022 年 11 月第 1 次印刷
定价：59.80 元

如有印装质量问题，请与三河市元兴印务有限公司联系调换
地址：河北省廊坊市三河市黄土庄镇尚庄子村
电话：0316-3180002
邮编：065200

生活如行云
卷舒皆有时
岁月似流水
清浊自飘散

热爱生活
信任时间

对未来永怀美好期待

張娓

2022.6.22于重庆

目录

重新出发

1

阳光斜斜地透过窗子照进室内，有点晃眼。安小娅打了个呵欠，眼睛从婴儿杂志上的奶粉广告页移开，看了一眼茶几上的台历，四月六日，快了，离四月十日希望满月又近了一天。陈江说过，希望一满月，他就带她从渝北这个名为别墅实际像监狱的地方搬出去，可以先出门旅行一趟，也可以直接回较场口合江公寓继续之前的生活模式，一切由她定。安小娅如释重负地舒了口气，眼睛又才重新回到杂志上来。

从怀上希望到现在，安小娅已经快一年没怎么出门了，前三个月有流产征兆，陈江的妈妈王雪莲以前在医院工作过，虽然做的是财务，但也以专业人士自居，她要求安小娅完全静卧，连手机都不能用，说手机可能有辐射，对胎儿不好。安小娅整个人都快憋疯了，陈江不停地给她“画饼”，过了三个月就好了，我们出去逛街，你想逛哪里逛哪里，想吃什么吃什么，串串、烧烤、冰激凌随便整。然而，这些饼终究只是在空中飘，三个月后，胎儿开始良好发育，安小娅倒是不需要再卧床静养，但王雪莲对她的管控一点没松懈，她说外面空气不好，不能出门，就在花园里散散步，麻辣重口味的食物通通不能吃，只能在家吃营养餐。

“希望”这个名字是王雪莲取的。陈江打电话告诉她交往不久的女友安小娅怀上了自己的孩子。她兴奋地跳了起来，连声说，傻儿子，天大的喜事啊，我们家的第三代，整个家庭的希望。对，孩子无论男女都叫希望。你们两个年轻人啥都不懂，这么大的事不能有任何闪失。赶紧搬回来住，所有的事交给我来管。

从安小娅开始显怀之后，王雪莲每晚临睡前都要把头贴在安小娅的肚子上，跟还在肚子里的希望唱几句歌再说几句话：宝贝，乖乖地睡觉，长得壮壮的，别闹腾，让妈妈也好好休息；宝贝，再见，明天早晨奶奶再来看你。从搬回来住那一天起，王雪莲对安小娅的好，已远远超过了普通的婆母，甚至跟绝大多数亲妈比起来都还有过之而无不及，安小娅吃的喝的穿的用的，都是她根据美国最新版《孕妇手册》一手操办。

有一天陈江忍不住说，我要吃醋了，老妈你怀我的时候有这么用心吗？王雪莲说，当然没有，我那会儿年轻不懂事，怀你不过就像肚子里揣了个西瓜，啥事没有，天天照样上班做家务。说到这里她停了一下，看了看安小娅，解释说，小娅我的意思不是说你娇气，你莫多心。时代不一样，那会儿条件不好，我自己什么也不懂，又没有老人教我，生个傻儿子出来智商情商都不够，现在什么都好了，当然希望孙子青出于蓝而胜于蓝，岂止不输在起跑线上，娘肚子里的胎教我们也不能输。陈江被王雪莲的一番话把脸都气白了，想反驳回去又知道自己根本不是对手，而且话题也是自己挑起的，便咬着嘴不再吭声。安小娅从见到王雪莲那一刻就知道，在这幢房子里，王雪莲就是女王，她说什么都是正确的，就是不正确也只能当作正确，因为只要反对她，都会被她视为错误加以纠正。她想说什么就说什么，她说什么就是什么，我们闭嘴就好，安小娅安慰陈江。

但三月十日下午三点五分，王雪莲看到希望的第一眼，横竖都觉得这孩子眼生，心里莫名其妙地有些生疑。她和安小娅在一幢房子里朝夕相处了八九个月，以她阅人无数练就的火眼金睛来看，安小娅就是一个脑子心眼都不够用的傻姑娘，智商情商可能比自己那傻儿子陈江都还差一大截。她也清楚刚生下来的孩子五官还没长开，皱在一起面容模糊，看不出像爸爸还是像妈妈都挺正常。然而，直觉的力量就是如此强大，即使脑子里有一千个声音在说不，心里听进去的仍然是源自直觉的那一个声音：这个孩子身上没有一丁点陈江的痕迹。

王雪莲走进安小娅的房间，看见安小娅和早上起床时一样还一动不动地傻坐在沙发上，手上还拿着那本婴儿杂志，仍是奶粉广告那一页。王雪莲心里升起一股无名火，都生娃当妈的人了，还是成天木起一张脸，百事不理，万事不会，也不知道她妈从小怎么教的？哼，提到这个没见过面的亲家，王雪莲更是满脑子的不解，太奇葩了，天下也有这样的爹妈，女儿肚子大了，揣了孩子，居然不闻不问。

安小娅搬进来那天晚上，王雪莲主动问她，你父母是干什么工作的？都还好吧？尽管你和陈江还没办结婚证，但毕竟是事实上的亲家，还是要请你父母来家里坐坐，一起吃个饭喝个茶，看看我们是什么人家，陈江有没有骗你，有没有欺负你。这一是让他们放心，二也是我们作为男方的基本礼数。安小娅像是没听懂王雪莲的话，没有任何表情，王雪莲又重说了一遍，安小娅才反应过来，说，谢谢阿姨，我爸妈在我很小的时候就分开了，他们早各自成了家，又都有了各自的孩子，都没怎么管我。我是跟外婆长大的，外婆去世后我和他们就失去联系了。王雪莲愣了一下，没料到安小娅是这样可怜的身世，她想了想说，没关系，你进了我家的门，就是我家的人，我会把你当自己的女儿看的。不过，你还是要尽量想办法和他们联系，总有些亲戚可以找到他们的联系方式的，等希望生下来满月或者满百天，你和陈江的婚礼就一起办，这么大的事还是要父母到场才好。如果你实在找不到，把他们的姓名，以前工作的单位、住址告诉我，我在生意场上混了这么多年，三教九流都有认识的，人多力量大，总会有办法的。无论王雪莲怎么掏心掏肺，安小娅都不再吭声，这让王雪莲很郁闷。

从陈江带着安小娅搬过来，王雪莲就没让他们住在一起，反正四层楼的别墅房间挺多，别说陈江带一个女人回来，带三个五个都住得下。王雪莲说出口的冠冕堂皇的理由是要让安小娅休息好，不能让陈江打扰她。说不出口的小心眼是王雪莲绝对不愿意自己一手养大的儿子要在自己眼皮底下去和另一个女人亲密，一想到陈江脱光了衣服和安小娅在一起的样子，她就如万箭穿心般难受。王雪莲知道这个小心眼无非是自欺欺人，他们若没有赤身裸体在一起过，安小娅的肚子怎么会大？但那是在外面，不是在家里，外面的事我管不了，也眼不见心不烦，但家是我王雪莲的世界，只能我说了算，我不想他们在一起他们就不能在一起。王雪莲在心里默默地跟自己说。

无论怎么自我劝导，她的心还是在痛。当年住临江门那套跃层时，她跟陈江的父亲陈安强说得很清楚，你可以在外面晃，但有三个原则，一是绝对不能把贱人带回家，把我的家弄脏。二是绝对不能让贱人怀孕生孩子。三是不能染病。陈安强也答应得爽快，放心好了，你这样明事理我肯定也知道分寸，绝对不得撼动你和陈江的地位，除了你说的三条原则，我还自加一条，家里所有财产都归你和儿子名下，我只要点儿零花钱，再晃也晃不到哪儿去。

结果，陈安强铿锵有力的话音还在耳边没有散去，王雪莲周末出个差回来就在自己的床上看到了几根红色的长卷发，她留了半辈子短发，从不染发烫发。又到主卧的卫生间仔细检查了一遍，确定自己的沐浴液、洗发水、电吹风、护肤品都被人动过，尤其洗发水的用量，减少了多达五毫升，绝对不可能是陈安强头上那屈指可数的几根头发可以消耗得了的。最有力的证据还是床角隐藏的摄像机，陈安强和那个看起来比陈江还小的红头发贱人的一举一动都被清清楚楚地记录下来。王雪莲当晚把陈安强叫回来，给他展示了所有铁证，陈安强脸白一阵黑一阵，没做任何解释，就说，那我滚吧，净身出户。王雪莲说，你太小看我了，我是那么不讲道理的人吗，你是陈江的父亲，我法律上的丈夫，我怎么也不可能让你净身出户，你穷困得一无所有、声名狼藉对我和儿子没有任何好处。无论如何，我都希望你能体面地生活，也请你珍惜这仅有的一点体面。这样吧，反正你把这套房子弄脏了，就留给你住，你不用再到公司来露脸了，每个月公司财务给你卡上打两万元生活费，我们就井水不犯河水，各自安好。至于要不要去办离婚手续，你可以再想想，我悉听尊便。陈安强过了很久也没弄明白自己一手创立的公司怎么跟自己唯一的关系就剩每月两万元的生活费了？离不离婚都一样，他没有任何选择的权力。

王雪莲跟陈安强交代清楚之后就搬到公司住，直到半年后郊区四层楼的别墅装修好才搬去住，别墅装修好后王雪莲没让陈安强进过一次门。儿子陈江觉得住郊区不方便，提出想留在渝中和父亲一起住，不管王雪莲跟陈江说多少陈安强的坏话，陈江和陈安强的父子感情仍然很好，好得让王雪莲这个当妈的心有醋意。除了醋意，王雪莲也担心陈江跟他的浑蛋父亲陈安强天天住在一起，耳濡目染，会被带坏，就单独给陈江在较场口合江公寓买了一套高层公寓。一家三口就这样分居三处。

你从早上到现在眼睛都盯在这个奶粉广告上，在想什么呢？希望吃的奶粉比这个好多了，是直接从新西兰空运过来的。听到王雪莲的声音，安小娅才抬起头，她咧了咧嘴，想挤一个笑容出来，王雪莲看到的却是比哭还难看的表情。别和这傻妞计较，那只会拉低你的智商，王雪莲暗暗对自己说。这么多年商场情场的艰难打拼让王雪莲只剩下唯一的一个朋友——她自己。但凡心里有什么起伏，要冒火的时候，要崩溃的时候，要疯狂的时候，另一个自己就会钻出来，安抚她、劝慰她、开导她，让她保持理性平静。

王雪莲坐在安小娅对面的长沙发上，打了一个电话，保姆便把希望抱进来，递给她。她示意保姆先出去，保姆带上门走了，她叫安小娅坐到自己身边来。希望还在睡觉，她专注而仔细地端详着希望，似乎要把希望的每一寸肌肤每一个毛孔都看得清清楚楚。王雪莲一边端详一边问安小娅，你觉得希望像陈江吗？安小娅说不怎么像。王雪莲接着问，那像你吗？安小娅说也不像。王雪莲把希望放到沙发上，说，这就怪了，他不像爸爸也不像妈妈，你觉得他像谁？安小娅从小就知道自己不聪明，反应要比很多人慢一拍，剖腹生希望打了全麻，脑子好像更迟钝了些。她没怎么听懂王雪莲的话，王雪莲倒也了解她，又重复了一遍，她这才听懂，老实巴交地回答说不知道。王雪莲从上衣口袋里拿出两张相片，问安小娅认识吗？安小娅看了看摇摇头，王雪莲说，你看这两张相片是一个人吗？安小娅又看了看点点头。王雪莲叹息说，这是陈江和他爸爸的满月照，你也看到了，这两父子就像一个模子刻出来的。希望也快满月了，为什么他就一点不像陈家的人？安小娅说我不知道。王雪莲有点生气了，提高声音质问道，你什么都不知道，希望是你生的，你怎么能不知道呢？老实说，希望到底是不是陈江的儿子呢？

安小娅被这个问题惊吓到了，以她现在的反应力，一时半会儿并没领会到这个问题所包含的赤裸裸的侮辱，她只是被这个问题本身惊吓到了，她不明白天经地义的事情怎么到了王雪莲那里就成了问题？这个问题就如同在问米饭是米煮的吗？鸡蛋是鸡生的吗？安小娅愣了一下，突然蹦出了一个很奇怪也很有技术含量的答案，你去问陈江。问陈江？这是什么答案？这下轮到王雪莲惊愕了，在她的认知中，播种机把很多种子撒在土地上，某一粒种子生根发芽长出幼苗，当然应该由土地来记住是哪一粒种子，怎么能去问播种机，播种机撒了那么多种子，再说很可能有多台播种机在土地上撒过种子。安小娅想到以前在电视里看到的一个情节，提醒王雪莲，如果陈江不肯告诉你答案，你就带他和希望去做亲子鉴定。

再聪明的人也有盲点，再愚笨的人也有亮点。王雪莲忍不住感叹。安小娅如此大方坦然的表现其实已经打消了她一大半的猜疑和顾虑，但她还是想看到铁证，直觉太强大，需要铁证来平息。她决定了，希望一满月可以抱出家门，就和陈江一起去做亲子鉴定。在这之前她并不想通知陈江，也叮嘱安小娅不要提前告诉陈江。

2

天还蒙蒙亮，安小娅就被噩梦吓醒，是被几路人追杀无处可逃的噩梦。迎面冲来的那一路以王雪莲为首，她咆哮着尖叫着，挥舞双手，十指张开，尖尖的手指似乎马上就要掐住安小娅的头，刺进皮肤。同时，左右、后面又有几路人追上来，不一样的是这些人蒙着头巾，安小娅看不见他们的面孔。

安小娅按了按太阳穴，又看了看窗户，窗外是云凤特有的云雾袅袅，天光透过树影照进来。她确定自己此时是在大山深处云凤镇陈姨的家里，安小娅在这里出生，这里有她在这个世界上最亲的人：外婆外公和陈姨。外婆外公早已经过世，只剩陈姨。

陈姨比妈妈大几岁，是外婆还是一个大姑娘时捡到的，外婆漂亮、能干，是云凤镇有名的三朵金花之首，十五六岁就有排着队的人追求。但她眼光高很挑剔，对男方有很多要求，又把工作看得很重，就把自己拖成了二十五岁还没出嫁的大姑娘。镇上另外两朵金花都当妈抱娃了，她还是孤单一个人。有天加班下班很晚，外婆在单位门口路灯下看到一个竹篮子，竹篮子里用小被子包着一个刚出生不久的女娃。她想也没想就把女娃抱回了家，过了几天想起到派出所给娃上户口。派出所说你一个大姑娘不够收养条件，要把娃送到孤儿院去。休息日她去了一趟镇外的孤儿院，一进孤儿院的院子，她就闻到一种难闻的味道，又看见几个娃趴在脏兮兮的地上，立马扭头就走。回到镇上，她一个个主动去联系那些还没成家的追求者，说自己捡了一个娃，想把娃留着养大，问他们是否愿意娶带娃的她，这些曾经的追求者没一个愿意。方方面面条件都比外婆差的外公听到了这个消息，跑来找外婆说他愿意，外婆说，你想清楚了吗？他说，想清楚了。你父母同意吗？我和你一样，父母都走了，兄弟姐妹关系淡，没啥来往，自己的事自己可以全盘做主。外婆第二天就去和外公办了结婚证，但按政策他们仍然没有收养娃的资格。外公后来托了很多关系，才把娃的户口上了，让娃随外婆姓陈，取名陈洁。安小娅生下来就认识陈姨，一般的孩子最先会叫的都是妈妈，安小娅则是婆婆姨姨。安小娅的父母都在县城上班，把她放在云凤，逢年过节才回来。安小娅快五岁时，他们把她接到县城，准备在县城读幼儿园读学前班再读小学。可是他们天天吵架，厉害时还要动手打架，没等到安小娅读小学，干脆离婚了。夫妇俩谁都不想要小娅，外婆就让陈姨来把小娅接回了云凤。陈姨不知什么原因一直没结婚，大半辈子都和外公外婆住在云凤，直至为他们养老送终。

对安小娅而言，这个地方无疑是全世界最安全的地方。她跳下床，看了看旁边小床上的希望。

希望满月那天，王雪莲让安小娅抱着希望，自己双手把陈江的手腕紧紧抓住，让司机开车，直接送去了鉴定中心。一路上，陈江都在反抗，说，老妈你疯了，你知道自己在做什么吗？你太欺负人了，小娅这么本分一个姑娘，你怎么能有如此恶毒的念头？我们还是不是一家人？今后要不要在一起生活？王雪莲冷笑着说，你老妈我很清楚自己在做什么，不用你来教。正因为是一家人，有任何疑虑都必须要澄清，不能留下阴影和隐患。陈江知道自己无力说服母上大人，转过头看着安小娅，眼睛里满满的担心和愧疚，连声说，小娅对不起对不起，我连婚姻的名义都还没来得及给你，就让你跟着去蒙羞受辱。很久以后，安小娅才弄清楚陈江道歉的真正含义，当时她只是迟钝地沉浸在自己的简单思维里，反过来劝陈江，没事，听阿姨的就是。陈江眼睛里原本还有一点点光，听到安小娅的话迅速熄灭黯淡了。在鉴定中心，看着工作人员给陈江和希望都抽了血，安小娅自然地伸出手，以为自己也要抽。工作人员惊奇地看了她一眼，又看了看王雪莲，王雪莲赶紧说，小娅你不用抽，我亲眼看见医生从你肚子里把希望逮出来的。哦，对哈。安小娅一边回答一边把手缩回来，表情木木的，甚至还有点怅然若失的样子。

五天后，鉴定中心打电话通知王雪莲和陈江去取鉴定结果。王雪莲问为什么不能电话直接告之结果，对方说这是规定，必须鉴定人本人或者鉴定委托人本人持身份证来鉴定中心领取。两个鉴定人，陈江和希望，陈江是本人，王雪莲是希望的委托人。王雪莲又像押罪犯一样押着陈江再去鉴定中心，鉴定结果是希望与陈江百分之九十五以上不存在血缘关系。陈江在王雪莲向工作人员详细询问那剩下的百分之五意味着什么的时候，躲到卫生间打电话通知安小娅带着希望赶紧逃。还特别叮嘱安小娅拿衣柜里那个旧双肩包走，除了证件什么行李也别带，包里有现金和手机卡，一定把现在用的手机卡扔了，换上新的，别接陌生人的电话，我等过一阵事情平息了再联系你。

安小娅像受了刺激，脑子突然灵活点了，她说，未必鉴定结果是对的，你不是希望的爸爸？那会是谁？我怎么不知道？陈江说，你别想那么多，希望当然是我的儿子，你放心，我会对你们母子负责到底。只是这中间有个小问题，时间太紧，我一时半会儿跟你解释不清楚，你先听我的安排，赶紧逃。我已经叫了车在楼下等你，你拿着包，抱着希望下去，如果保姆问你，你就说我通知你赶紧出来一趟。希望太小还不适宜坐飞机，车会直接把你们送到高铁站，你在候车室休息，等我通知。

安小娅就像木头人一样执行陈江的指示，背上衣柜里的旧双肩包，到隔壁保姆房，保姆不知干什么去了，希望在呼呼大睡。她抱起希望下楼，一路上也没有看到保姆，推开门，一辆黑色轿车果然停在门口，她上车，司机问了一句到高铁站？她没有回答，司机便视作默认，发动车开跑。一路上，安小娅脑子里乱糟糟的，她怎么想也想不明白，希望怎么会不是陈江的孩子？手机响了，她想起陈江叮嘱过的换手机卡，看也没看就赶紧关机，取出手机卡扔到车窗外，再在双肩包里去翻新卡，刚翻出来还没换上去，她怀中的希望醒了，可怜巴巴地轻声抽泣。安小娅想他是饿了，但走得急什么吃的也没给他准备。看到路边超市贴着她在婴儿杂志上看到过的奶粉广告，觉得熟悉而亲切，就叫司机停在路边，她要下去买奶粉。司机说这里是主干道不能停车，必须拐进巷子里再停下来，也只能是即停即走，不能等。此刻红灯亮了，安小娅一看有 99 秒红灯，觉得是老天在帮她，也不跟司机打声招呼，背着包抱着希望手忙脚乱地直接打开车门下车。她在超市买了奶粉，奶瓶，又在一位中年营业员的帮助下冲好了奶粉，把奶瓶嘴塞进希望的嘴里。安小娅走出超市才想起装手机卡的事，看见超市门口的塑料椅子空着，赶紧坐下，这才发现手机找不到了，手机卡也找不到了，她甚至想不出是丢在车上还是丢在下车的路上了，脑袋一片空白。发了好大一会儿呆，她终于记起了陈姨的电话，起身开始找公用电话，转了几圈，也没找到。看到有空着的出租车，她便拦下，报了陈姨的地址：云凤镇。的哥在百度地图上查了一下，说这么远的长途，高速公路只能到县城，到镇上只有老路。不打表，八百走不？安小娅说走，买奶粉时她看了包里的钱，厚厚一叠百元钞，付八百元车费根本不是问题。出租车里，吃饱了的希望重回香甜梦境，安小娅的思绪又回到之前她百思不得其解的问题，陈江不是希望的爸爸，怎么可能？她脑子再不灵光，那一天的事情也清晰如初。

那是她第一次和陈江真正在一起。他们两周前的深夜相识，就在离陈江住的合江公寓不远的那家路边烧烤摊。大多数客人都是买了打包走，陈江习惯坐下来现烤现吃，他没带钱包，只带了手机，吃完烧烤准备用手机付款时，发现手机被人偷走了。安小娅坐他旁边，他问她看到谁偷手机没，安小娅摇摇头。那天是安小娅到新开的这家理疗馆上班一个月的日子，刚领了工资。机构为鼓励老员工到新店工作，每个到新店工作的老员工头三个月每月会有三百元补贴。安小娅并没有申请，但领导安排她来她也就来了，拿到平白多出的三百元也很高兴。下夜班回家路上安小娅闻到烧烤摊的味道又饿又馋，就坐下来点了菜，老板正在烤。陈江说烦死了，老板看着他，什么也不说，陈江突然就冲着老板发火，你用这种眼神看着我干吗？怀疑我没丢手机吗？以为我是故意白吃白喝耍赖吗？老板平静地说，我不管你丢没丢手机，只管做我的生意收我的钱。陈江脸都白了，拿起桌子上的空啤酒瓶乱砸，安小娅吓傻了，连忙钻到桌子下躲着，她闭着眼睛咬着嘴唇，双手交叉紧紧抱肩，缩成一团，整个身体都在瑟瑟发抖。

目睹这一幕的陈江和烧烤店老板不明就里，以为她是突发什么疾病。陈江说，我没电话，你赶紧打120，救人要紧。老板说，你要为我证明她还没开始吃烧烤，发病和食物没关系。陈江说，废话真多，120派车要等一阵，不知来得及不，还是就近送医院，最近的仁厚医院是三甲医院，肯定有二十四小时急诊，直接送过去，你先打114查仁厚医院的急诊电话，咨询一下这种病人的注意事项。他们还在讨论，安小娅已从桌子下钻了出来，说你们只要不吵架打架我病就好了，就没事了。两个男人都愣住了，他们第一次知道有一种病叫见不得人吵架打架。这番折腾之后大家都平静下来，陈江找老板借手机，说打电话让老爸来埋单。老板说，我看你面熟，是吃过多次的附近老客，这次就先记账欠着，下次一起付。陈江说，这样不行，你还是把手机借给我用一下。眼看着两人又要争起来，安小娅突然冲口而出，没事，我今天刚领了这个月工资，比平时领得多点儿，我来请客吧。老板和陈江又一次愣住了。陈江嘴上没说感谢，就是无论如何也要留安小娅的电话，说下次要回请。安小娅看他态度坚决，就把电话给了他。

第二天，陈江的电话就打了过来，约安小娅吃饭。安小娅说不行，我要上晚班。陈江说，没关系，我等你，干脆我来接你，你在哪儿上班？安小娅如实报出了理疗馆的名字和地址。吃饭时陈江对安小娅见不得别人吵架打架的病很好奇，一直追问病因，安小娅说，小时候父母总是吵架打架，我很害怕，就往床下面柜子里这些暗处钻，心想躲起来听不到看不到就没那么害怕。结果还是常常被他们发现逮出来，他们一逮到我，就一边互相埋怨对骂，一边又联合起来狠狠骂我打我。

两人本是相对而坐，听安小娅说完病因，陈江放下碗筷，走到她身后，摸了摸她的头，又从后面拥着她，脸贴着她的脸，轻声说，可怜的小娅，一切都过去了，你已经长大成人，不要怕。安小娅之前有过短暂的恋爱，也与人亲密无间过，但从没被如此温柔且安全地对待过，是那种恰到好处的温柔，没有任何攻击性的安全。吃完饭离开餐厅，自然而然地，两人的手就牵到一起了，陈江把安小娅带回了合江公寓。客厅很空，一个沙发、一个茶几、一张桌子、一把椅子，不是灰色就是白色，视野所及没有其他任何东西。安小娅到卫生间，也是干净得像没人用过一样。从卫生间出来，她正准备说我该回去了，陈江又从后面抱住她，脸挨着她的脸，在她耳边呢喃，就住这里，离你单位近，上下班不用那么辛苦。安小娅说，改天吧，我什么也没带。陈江把她抱到卧室，卧室仍然是一张床一个柜子的极简风格，他把她放到床上，打开柜子，拿出崭新的睡衣、内衣、浴巾、毛巾、拖鞋、牙膏、牙刷，说，没什么不方便，洗漱护肤用品将就用我的，都是温和的植物系列，男女老少都能用的。安小娅一下就笑了，说你看起来很文雅，其实很老谋深算。陈江说，彼此彼此，你看起来是一个胆小的傻妞，其实狂野得很。两人都有看到对方秘密的欣喜，又有被看到秘密的释然，开心得像孩子一样，又笑又闹，后来实在太困了，道了晚安就倒头大睡。

第二天，陈江陪安小娅回她住的宿舍拿些东西，安小娅就拿了点儿衣服和化妆品。陈江问她，是准备住酒店吗？安小娅说，难道你想让我全部搬空，彻底离开宿舍？陈江说，对的，要用的搬过去，不用的扔掉，把宿舍退了。安小娅嘴上在说，你太狠了，都不让我留条后路，心里早乐翻了天。她不聪明，但也不是特别傻，分得出真情假意，更知道珍惜能让自己变得轻松自在、快乐有趣的人。她喜欢和陈江在一起的自己，像从黑夜到了黎明，像从山里到了山外，像被闪电击中，像幡然开悟，从脑子到嘴都是从没有过的伶俐，以前不敢想的敢想，不敢做的敢做，不敢说的敢说。

接下来的日子他们俩仍然是像孩子一样嘻嘻哈哈，说话做事都没个正经。陈江每天早晚都要装成医生给安小娅量体温，说是这样可以掌握身体基本数据，预测是否会感冒，决定需要增减衣服增强营养不。安小娅觉得很好玩，很配合。她唯一不解的是陈江并没有和她做成年男女同居应做的事，也搂搂抱抱，也你侬我侬，但每一次都适可而止，不会真正碰她。安小娅有些不解和好奇，也仅仅限于不解和好奇，还没来得及升级为烦恼和困扰。

直到两周以后，陈江接了个电话说烦死了烦死了，必须借酒解愁。他把珍藏的红酒白酒都找出来，要安小娅陪他喝。安小娅说，我们第一次一起吃饭我就告诉过你我对酒精过敏，你忘了？陈江坏笑着问过敏会有什么症状，安小娅说，也没啥症状，就是沾一滴酒就会睡得像死猪。陈江拍着手坏笑着说，太好了，我好想看到你像死猪的样子。安小娅看着前几秒钟还皱着眉头的陈江一副坏笑的样子，心里一阵阵发软发酥，决定满足他。刚端起酒杯喝了两口人就迷糊了，软软地倒下，再无任何记忆，醒来的时候她发现自己和陈江都一丝不挂地躺在床上。陈江似乎有点不好意思。胆小鬼，借酒壮胆，安小娅在心里一边笑一边想，但她并没想太多，她渴得厉害，只想尽快爬起来找水喝。

没过多久，安小娅早晨起床就吐得死去活来，白天则是闻到任何有油的味道就开始吐。陈江带她到医院，医生听完症状描述直接让查小便。得知怀孕的消息，安小娅根本不能接受，她觉得自己还是孩子，而且是认识陈江后才变成的孩子，开始享受做孩子的快乐，才短短的一个多月时间，就要回去做大人，而且是要怀孩子生孩子的大人，她一万个不情愿。她看也没看陈江，就跟医生说，我要做掉。陈江马上用手捂住她的嘴，一边跟医生解释她是冲动之下的胡言乱语，一边拉着她就往外走。回到家，陈江继续苦口婆心地教导安小娅绝对不能去干罪孽深重的杀生之事，会遭报应，又安抚她不要怕，有了孩子这个纽带他们只会比现在过得更好。安小娅哭着说，我都还是一个孩子，怎么敢去怀孩子生孩子养孩子？陈江说，别怕，就算我们还是孩子，但我们有父母，父母会帮我们的。我老妈特别能干，没有她搞不定的事情，相信我。

安小娅摇了摇头，从过往的记忆中回到现实。她抱着希望来到客厅，把他放在头天晚上陈姨洗干净又用开水烫过的婴儿推车上，给他盖上毯子。推车是安小娅小时候用过的，有些年头了，陈姨说最后用推车是那只叫得福的老狗，去世前有半年，得福眼睛看不见，耳朵听不到，连大小便都没有力气，每天就躺在这个垫了尿不湿的婴儿推车里，吃喝拉撒全在里面，陈姨每天早晚推它出去呼吸点新鲜空气。得福走了陈姨就把推车洗干净收起来放在床头，早晚都摸摸，就像得福还在的样子。昨天，安小娅坐了五个多小时出租车来到陈姨家。陈姨啥也没问，只是高兴地说，你小时候的小床、推车、玩具，能放的都还在，正好可以派上用场。陈姨的这番话对就像刚刚打了一场大仗、惨败而归的安小娅无疑是最好的安慰，她把希望递给陈姨说，他叫希望，出生三十五天了，我一滴奶也没有，他生下来就吃的奶粉，奶粉奶瓶都在包里，他饿了会哭，你弄给他吃就是。我太困了，只想躺下睡觉。陈姨说，你不吃点东西吗？我给你煮碗番茄鸡蛋面吧，你从小爱吃的。安小娅说，不用了，我累得要死，只想洗洗赶紧睡。陈姨说，那你洗个澡先睡吧，什么时候醒了饿了我给你弄吃的。

眨眼的工夫，陈姨已经找到背带把希望背在背上，手脚麻利地给安小娅拿来了浴巾拖鞋睡衣，安小娅洗澡的时候，她又找出干净的床单被子换上，还把小床也铺好了。安小娅躺在床上，闻着久违的米汤味，怦怦乱跳的心平静下来。陈姨的习惯是每次洗床单被套枕套最后总会用米汤浆一下，说这样床单被套枕套再旧也不会软塌塌，陈姨洗过的单子总是这么硬气，有棱有角，盖在身上就像新的一样。当年安小娅的妈妈为此没少嘲笑过陈姨，说床上用品就是要软，像旧的一样，盖起来才舒服。陈姨很不屑地说，舒服？舒服有硬气重要吗？死了两眼一闭就舒服了，但活着最重要的是硬气。那时的安小娅还小，听不懂成年女人的唇枪舌剑，但她很喜欢陈姨被子里那种太阳晒干了的米汤味。太阳的温暖，米汤的甘甜，混在一起就是安心的味道。安小娅闭上眼睛，睡意如约而至，没想到睡着之后便是一个接一个的噩梦。

3

安小娅看了看还在熟睡的希望，从卧室的小床被抱到客厅的推车里，一点没影响他的睡意，还是睡得那么香。真是个奇怪的小家伙，哪怕天崩地裂他也什么事没有，饿了就嗯嗯两声，吃饱就呼呼大睡。还是做小孩子好，什么都不用想，什么都不用愁。安小娅正想到厨房找点儿吃的，陈姨就从厨房出来，右手端着一碗面，红红的番茄、黄黄的鸡蛋很是诱人，左手端着一杯水。陈姨说，先喝水，清清肠胃，再吃面，这是猪油煎的土鸡蛋，香喷喷的。安小娅接过面，才想起昨天一整天没吃东西，她顾不上喝水，端起面就大口大口吃起来。

慢慢吃，别呛着，不够我再煮就是。陈姨拍了拍安小娅的肩说。安小娅像没听见，埋着头继续大口大口吃，面条进嘴里呼呼的声音一停下，她就转身扑向身后陈姨的怀抱，抽泣起来。陈姨轻拍着她的背，什么也不问，什么也不说。直到安小娅哭够了，也哭累了，抬起头，一双红肿的眼睛望着陈姨说，我遇到鬼了。

陈姨把安小娅扶到椅子上坐好，自己也拉了把椅子坐下，和安小娅靠得很近。她说，你遇到鬼来我这里就对了，我这一辈子除了照顾爹娘和你，就只有一样本事，驱鬼除鬼。你看我的发际线，额头正上方这里，那个尖尖的角，这就是天眼，有天眼的人命硬，连妖魔鬼怪都怕。陈姨把刘海往后抹，给安小娅看她的天眼。你不用怕，你来看了我，什么样的鬼怪都滚蛋了，从此以后也不会来招惹你了。

安小娅把希望诡异的来历原原本本告诉了陈姨，陈姨追问了几个细节，认定是陈江耍的手腕欺骗安小娅，让安小娅怀上了别人的孩子。安小娅摇头说，我是沾了酒就会醉得像个死猪，发生了什么事也不知道，但我的鼻子很灵敏，陈江每天下班回来我都能闻出他吃过什么东西去过什么地方，如果他是叫了个陌生人进来欺负我，第二天醒来我不可能闻不出异味。陈姨说，他不一定要带人来，只需要带种子来就可以。一次播种就能成功，说明他之前做了周全充分的准备，很可能你们的认识都是他策划好的。安小娅从椅子上滑下，一屁股坐到地上，双手使劲儿扯自己的头发，喉咙里发出了野兽般的号叫。陈姨没管安小娅，回头看了一眼推车里的希望，小家伙被突然的号叫声惊醒，睁着眼睛咧着嘴在小声地哭，陈姨把他抱起，一边念叨造孽的娃一边给他冲奶粉。安小娅稍稍平静以后，走到陈姨身边拉着她的手说，陈江为什么要这样做？如果他只是需要一个女人为他怀孕生子，为什么要找我？孩子还根本不是他的？我想不明白。

陈姨说，想不明白就不想，世界上想不明白的事情多得很。把身体养好，把娃带好，才是正事。陈姨注意到安小娅看希望的眼神有些淡漠，问她是不是不喜欢娃？嫌娃是个累赘麻烦？安小娅说，是的，一开始我就不想要，是陈江死活要要，还把我带回他妈的别墅里，被他妈严加看管，坐了差不多一年的牢。好不容易生下来，满月了以为可以轻松了，结果亲子鉴定希望根本不是陈江的，太荒谬了，还能是我自己造出来的？我一个人怎么管这么小一个孩子？陈姨看了看安小娅，脸色有点变化，她说没事，你不想管就交给我管，我能把这个娃养大。安小娅摇着头说，你那点儿下岗工资能把自己管好就不错了，别惹这个麻烦。我想想办法，还是要把希望给陈江送回去，就算不是他的，也是他想要的，况且，他也应该知道希望的亲爹是谁。陈姨说，别纠缠这事了，你如果认我这个姨，就把希望留给我，你再养养身子，今后想怎么过就怎么过。希望的身世你知我知就好，我对外就说是在路边捡的，像当年娘捡到我一样，老天爷送来的，男方那家人估计也不会对外宣扬。安小娅了解陈姨的个性，平时不多言不多语一说一个笑，脾气好得像嫩豆腐那样软，但一旦她打定了一个主意，脾气就变成钢铁一样硬。她不再和陈姨做无谓的争论，说，那好吧，希望归你了，从此跟我无关。陈姨说，别说傻话，希望是你的儿子，你身上掉下的骨肉，你现在年轻厌烦他，嫌他是累赘，今后上了年纪这些想法都会改变，没有什么比血脉亲情更重要。

安小娅之前一直认为外婆外公和陈姨的感情远比他们和亲生女儿更亲更浓。没想到陈姨对血脉亲情还是如此耿耿于怀。安小娅在心里有些为外婆叫屈，为外婆一辈子对陈姨的付出感到不值。安小娅清楚记得外公在世时经常念叨，小娅要好好孝顺陈姨，她是我们家的恩人，没有她，就不会有你外公，就不会有你妈，更不会有你。小时候安小娅还没弄清楚陈姨和外公外婆的关系，只知道妈妈不喜欢陈姨，但外公外婆很喜欢陈姨，陈姨对外公外婆也很好，每个月领了工资交一大半给外公外婆，在外面吃到好吃的也会带回来。后来爸爸妈妈离婚，妈妈就彻底消失了，她不仅仅是离开婚姻，还毅然决然离开了自己的父母、女儿。可以想象她对之前的人生有多么厌恶和绝望。

安小娅记得，自己读小学三年级时，刚开始有作文课，老师布置的第一篇作文题目就是《我的妈妈》。她不知道怎么写，就没写，被老师叫到教室后面站了两节课，还要求通知家长。安小娅叫了外公来。不知道老师和他谈了些什么，外公从老师办公室出来脸就是黑起的，过了几分钟，在过学校门口的马路时，突然就倒下了，再没醒过来，但他的最后一口气是在六年后才咽下。这六年，安小娅亲眼见到外婆和陈姨为了照顾外公有多辛苦，躺在床上的外公像一块巨大的石头，不能说话不能动，所有的吃喝拉撒都要人照顾。开始那两年，外婆还管外公叫老头子，可怜的老头子，每天都要给他翻身擦身体。外婆觉得陈姨每天要上班，很辛苦，重要的是还没出阁，不适合做这些事，都是自己在做。后来，她做起来越来越吃力，就从每天做变成每周做，两周做，一两个月做。家里的味道越来越难闻。实在做不动了，也只有交给陈姨来做，陈姨忙不过来，单位又不景气，就办了下岗，专职在家里照顾病人。外婆对外公的称呼也改口了，叫他死人，臭狗屎。六年后，外公终于咽下了最后一口气，外婆和陈姨如释重负，差不多是欢天喜地的样子，火速为外公办理了后事。外公睡过的床，盖过的被子，用过的所有东西，都赶紧扔掉，给家里做了彻底的清洁和消毒。很长一段时间，外婆每天起床第一件事就是喷消毒水，她说要把外公留下的那种腐烂的死人味彻底清除掉。

除了外公去世，那一年家里还有一件大事，安小娅初中毕业，没有考上镇上和县城的高中。摆在她面前的只有两条路，一是到县城读价格昂贵的私立高中，二是回家耍起。陈姨说，小娅才十五岁，这么小就回家要起人就要废了，哪怕卖掉房子也要继续读书，现在读书不行万一到高中脑壳开窍了读书又行了呢。安小娅和外婆都反对，安小娅是根本就很讨厌读书，她坚定地认为自己脑子笨，反应慢，不是读书的料。外婆一方面赞同安小娅的想法，另一方面还有个固执的观念，房子在家就在，房子没有了家也就散了，无论如何也不能卖掉房子。下岗在家靠到处打短工维持生计的陈姨没有办法说服一老一小，只有到外面四处求人，后来经人指点，得知安小娅还有第三条路：到市里读职业技术学校，就拐弯抹角托了很多关系才把小娅送到城里读职高。安小娅在这里做一家理疗机构的委培生，学习按摩理疗，不但不交学费，生活费都有补贴。三年后毕业，职业学校根据学生的意愿和学习成绩提供两个选择：成绩一般想参加工作就直接到理疗机构上班；成绩好又愿意继续学习就参加高考，如果考上了同专业的大学，理疗机构仍然负担学习费用和补贴生活费。从职业学校毕业就直接上班的必须在机构工作六年，读了大学的则必须在机构工作十年。安小娅在职业学校读了一年半就开始实习，她喜欢工作远超过读书，就再没回去读书。实习期没有工资，和读书一样只有生活补贴，她也觉得比坐在教室读书好。她做了整整一年半不拿工资的实习生，毕业之后才算正式入职，开始领工资。

第一次领到工资，安小娅全拿去给外婆和陈姨买了新衣服新鞋还有各种营养品。外婆很高兴，拉着小娅的手说，太好了，你长大成人了，可以挣钱养活自己了。陈姨也特别开心，做了一大桌小娅喜欢的菜。一向嘴笨的小娅也以茶代酒敬了外婆和陈姨，发自内心地感激外婆和陈姨把自己养大，说自己能挣钱了，陈姨就不用出去打短工，安心在家照顾外婆，自己领了工资除了留下生活费都寄回来。外婆连声说好，陈姨皱皱眉说，娘你怎么也像个孩子一样不懂事呢，小娅在大城市工作，穿的用的都不能太差，否则会让人瞧不起。又转头对小娅说，家里的事你别操心，小镇物价低，外婆有退休工资，我也还能挣钱，我们过日子没问题。第二个月，还没到安小娅发工资的时候，外婆午饭后和邻居打麻将，她摸牌时手抖了下，牌掉到桌下，她弯腰去捡，人就倒下去走了，像睡着了一样安详。小娅想到外婆都没享到自己的福，悲伤得不能自持，陈姨安慰她，外婆看到你工作了，你上个月给她买的新衣服新鞋她也穿了，享到你的福了，她走的时候一点罪也没遭，顺顺利利就上天了，这是喜丧。

怀上希望前，安小娅已经在理疗机构工作了整整七年，跟她一起参加工作的，要么转行做管理当上了店长、经理，要么成了业务骨干当上了技术指导，只有她一直在一线做按摩师。怀上希望，她差不多是被陈江押到机构去办的辞职手续。如果没有遇到陈江，没有怀上希望，安小娅肯定还在继续做她的按摩理疗师，用她不好不坏的技术，不好不坏的服务，挣不多不少的薪水。客人不会特别喜欢她，她没有什么特别的手法，都是职业学校老师教的中规中矩地按摩穴位、疏通经络；也不会说什么好听的话取悦顾客，顾客问什么她回答什么，不知道就保持沉默不回答。同样，客人也不会特别讨厌她，她看起来有些木讷，但干活儿从不马虎，客人做肩颈背护理就一定会老老实实做了肩再做颈再做背，决不像其他人那样偷懒，做肩的时候手一上滑就说是把颈子按了，手一下滑就说在做背。另外，安小娅认为自己是按摩师，不是推销员，坚持不跟客人做任何推销。她的收入一直没有销售提成这一块，只有纯按摩收入。同事都说她傻，不会挣轻松钱，只会挣辛苦钱。她淡淡回应一句，出力出汗不辛苦，昧着良心卖嘴皮子才辛苦。这句话得罪了不少人，而她丝毫不知。安小娅不做销售还有一个原因是她瞧不上机构卖给客人的那些东西，什么神药酒、神药膏，都是骗人的玩意儿。员工的体验装她都试过，消炎止痛根本赶不上云凤老家外婆和陈姨自己泡的药酒。那药酒她长期备着，看见客人哪里痛得厉害就会无偿给客人用点，效果很好。

在小镇待了一周，安小娅每天和希望一样吃了睡睡了吃，陈姨打趣说就像养了两头猪，倒是简单轻松。安小娅从读职校到工作已经离开小镇十年多了，小镇原来的住户但凡家里条件好点的都已经搬到三十公里外的县城。新住户大多是更偏远的乡下农村搬来的，年轻人都外出打工了，只剩下老人和孩子，整个小镇一副说不出的衰败样子。安小娅已经无法适应小镇的生活，她还是想回城里找份工作，开始正常的生活。陈姨也不留她，说每天早晨有一趟班车到县城，到了县城再到城里就方便了。陈姨说完又忙着照顾希望去了。安小娅把双肩包里的钱抽了几张出来，其他都放到陈姨的枕头下了，当着面给，陈姨肯定不会收。自己在理疗机构工作七年，每年回来过年，要给陈姨一些钱，都被拒绝。安小娅想想还是给陈姨留了一张纸条：钱是陈江给希望的奶粉钱，请收下。等她上车，车开始行驶了，她才发现钱又原封不动地回到了包里，纸条也回来了，在她的留言后面，陈姨补了几句：希望有我，你照顾好自己。有困难记得回家，家里有我，有希望。

安小娅望着车窗外不断变幻的风景，眼泪不停地往外涌。

4

夜深了，陈安强连续敲了好几下门，里面没有一点回应。他推门进去，房间里没有开灯，黑暗中只有一圈惨白的光，细看是陈江半躺在沙发上聚精会神地打游戏，手机屏幕上的光照在他脸上，白晃晃的，有点像鬼影。陈安强内心升起一种莫名的不安，把房间里最亮的灯打开。

这么晚了，还没睡？今天身体感觉好点没？陈安强坐到陈江旁边，把他的耳机摘下来。陈安强每天早出晚归，少有时间和儿子聊天，回来再晚都要到儿子房间看看，说两句话，像一个仪式，让心里踏实。亲子鉴定出来，安小娅带着希望神秘失踪之后，陈江就搬到陈安强这里来住了，他把母亲王雪莲的所有联系方式都拉黑，不愿和她再有任何联系，也不想回到自己的公寓里，说那里到处都有安小娅的痕迹，他受不了。陈江不出去上班也不去见朋友，每天待在家里打游戏。

王雪莲来找过陈安强，这个自以为是的女人坚信戏精安小娅欺骗了自己的傻儿子陈江。她要为儿子讨回公道，陈江根本不见她，就和陈安强在他家楼下的茶楼见面，陈安强说陈江让自己转告她，如果她要做任何伤害安小娅和希望的事情，他就从顶楼跳下去，直接从这个世界消失。

陈江从小到大也没说过这样的狠话，王雪莲吓着了，叫陈安强每天二十四小时守着陈江，不能让他干傻事。陈安强叹息说，你是一个绝顶聪明的人，怎么要去做逼儿子到绝境的蠢事。王雪莲很不屑地哼了一声，我蠢还是他蠢？难道让他被那个很会演戏装傻扮可怜的女人一直骗下去？陈安强说，她骗了什么？骗了钱还是骗了房？骗了名还是骗了利？人家一个小姑娘两手空空来，抱着孩子两手空空走，够惨了。你还要怎么得寸进尺才甘心？王雪莲被陈安强的话弄糊涂了，她说，你搞错没得，这个女人骗了陈江的感情，骗了我的感情，还要用一个跟陈江没有血缘的孩子来继续骗我们，不是打的今后继承我们的财产的主意才怪？你怎么这样没有原则，是非不分？陈江年轻单纯，感情上一时走不出来，还可以理解。你一个厚脸皮的老家伙也突然装起善良来，也太荒谬可笑了吧。陈安强站起来，不想再和王雪莲说下去，走了两步，又回头严肃地警告王雪莲，你绝对不能再做针对安小娅母子的任何事情，陈江已经是重度抑郁症，你若把儿子逼上了绝路，我们都不要活了。王雪莲再一次愣住了，和陈安强夫妻一场，虽然他一直管不住自己的下半身，可能因此心中有愧，对自己说话从来都温和有礼。这次居然为了一个骗子，如此粗暴无礼。她不知道这里面到底有什么秘密，但很多年来第一次意识到这个男人可能并不像自己理解的那样，除了肤浅无耻就是窝囊和软弱，自己认为的可以完全掌控他也未必是真的。想到这些，她心里除了失落，还有点好奇。他不是自己了解和理解的那样，那他到底是什么样子？为了儿子他不分是非不惜要与自己以死相拼，他心里真的如此深爱儿子吗？

陈江把视线从手机上移开，与陈安强的眼神刚一交汇，像被惊吓到了一样，立马缩回眼神只望着自己脚下那浓得化不开的黑暗。陈安强说，放心，安小娅和希望不会有问题的。陈江说，有问题我也管不了，我才是笨猪一头，居然把两个活生生的人弄丢了。我还跟小娅承诺了的，要对她和希望负责，结果我什么也做不了。我还是个男人吗？不是，就是一头混吃等死的猪。陈安强心里被一种坚硬的东西硌了一下，有点钝痛，还有与痛随之而来的清爽感，他其实喜欢甚至有些迷恋这种清爽感。生活混沌，人也是迷迷糊糊着随波逐流，但最混沌时心里也想着念着来一场暴风雨，把一切冲刷得清爽，清明，清亮。只是，惯性的力量太强大，想着念着也只是想着念着而已。他复制了儿子陈江的自我拷问问自己，我还是个男人吗？答案也和儿子一样，不是，就是一头混吃等死的猪。

沉默了一会儿，陈安强拍了拍陈江的肩说，谁碰到这种事都会很难受。但对找到安小娅和希望我始终持乐观态度。先从两条线入手，她父母多年前离婚再婚，毕竟是血缘亲人，只要能找到她父母就总有办法找到她。她在理疗馆工作，总有相处得来的同事，多少知道一些她的情况。我倒觉得最大的问题不是找到安小娅和希望，而是找到她之后怎么办？怎么给她解释亲子鉴定希望与你无血缘的事情？要把所有真相都告诉她吗？如果不说出真相，哪怕是用善意的谎言继续骗她，怎么骗？骗一时还是骗一世？她还会信任你吗？陈江双手捂住耳朵，闭上眼睛，用满是乞求的语气说，求求你，老爸，别说了。眼泪从他的眼睛缝里直往下滴。

陈安强转身抱住了陈江，在他的耳边说，儿子，你要清楚，这件事不是你惹起的，一开始就是我的主意，你只是被动的参与者和执行者，罪魁祸首是我，最应该负责的是我。抱歉，我刚才提的问题本来都不应该由你来回答。是我太冲动了，我需要冷静和理智来考虑下一步。太晚了，先休息，我们改天再来讨论。说完把陈江扶到床上，帮他脱下外套和鞋，盖上被子。想了想，又到卫生间拿了两条热毛巾，陈江还是闭着眼，陈安强用热毛巾给他擦脸时看见他的眼泪还在流，就把热毛巾叠起来盖在他的眼睛上，待用另一条热毛巾擦完手脚后，又坐了一会儿，感觉热毛巾变凉了才取下，摸了摸他的额头说，好好睡觉，什么也别想，有老爸在，没事。

陈安强安顿好陈江才回到自己的房间，他坐也不是站也不是，在房间里来来回回走，事情的起源、考虑周全的计划、每一个执行细节、陈江苍白的脸黯淡的眼，都在他眼前一一浮现，搅得他又是满脑子浑浊混沌，内心很多的堵塞和不安，化成了深深的懊悔和愧疚，像毒蛇一样撕咬着他。

那一年陈安强四十岁，陈江十二岁，过完陈江十二岁生日，王雪莲就以公司总经理的身份到东北待了整整半年。那是她独立运作的第一笔生意，她至今也认为那是她生意史上极为辉煌的一笔，倒不是那半年她守在那边赚了多少钱，而是经过那半年的运作她彻底把对手赶走了，从此一家独大。陈安强则认为，这半年发生的事，对陈江，对自己，对整个家庭都是毁灭性的打击。如果时光可以重来，他无论如何也要阻止王雪莲。这样说倒不是要把责任推给王雪莲，只是在他们的家庭中，如果女主人守在家里，发生这个悲剧的可能性也会小很多。陈安强和这座城市的大多数男人一样，没有太多野心，只求小富即安。王雪莲则和这座城市的大多数女人一样，内心的某扇窗没被打开的时候，相夫教子安静本分，一旦打开了则一发不可收拾，一定要展开双翅尽情飞翔。四十岁的陈安强已经在生意场上摸爬滚打了十多年，凭借为人厚道和稳扎稳打的作风，给自己打出了一块小天地，谈不上大富大贵，但一家人衣食无忧以及儿子到国外留几年学、一家人每年出国旅游几趟，这些都不会有问题。他很知足，心思在生意上就少了，倒是对喝茶、打球、摄影这些休闲娱乐活动很有热情。王雪莲对陈安强提前进入半退休状态很不屑，很鄙视他的不求上进，也担心他会死于安乐。没和他商量就做了决定，自己从医院辞职来接手公司，她发誓要带领公司飞得更高，做得更大。她告诉陈安强时已经办妥了辞职手续，没给陈安强考虑和选择的机会。然后，陈安强多少有点赶鸭子上架，对公司进行了改组，自己成了董事长，王雪莲成了总经理。他在心里嘀咕，就二三十个人的小公司，搞这么大阵仗，还董事长、总经理，也不嫌寒碜。若干年后，他被王雪莲赶出公司，和几个老哥们喝酒，老哥们异口同声说，都是当初心软让女人参与才搞出来的。陈安强自己也不得不承认，公司有现在的规模，确实是王雪莲一手做出来的，如果她不是他的老婆，他一定会发自内心地佩服和景仰，但因为是他老婆，内心的感受就复杂和微妙了。

陈安强不会做饭，王雪莲出差之后，他每天晚上就带着陈江在外面吃。他是一个爱热闹的人，觉得一大一小两个男人吃饭很不好点菜，便呼朋唤友努力凑成至少一桌人的饭局。狐朋狗友中有家有孩子的只能偶尔来一次，能随叫随到来当饭伴儿的都是些孤男寡女。一个叫周燕燕的，丈夫是远洋水手，一年只有一个月探亲假在家。周燕燕给自己取了一个网名，周十一，嘲笑自己每年有十一个月闲置且孤单。陈安强每次约饭，她都第一个响应，很多时候，也只有她一个人响应。似乎自然而然地，他们吃了饭，还会喝会儿茶，聊会儿天，共同打发寂寞。

有一个下雨的下午，陈安强约饭，其他人都有事来不了，周燕燕说，你带着孩子就不要出门了，我带点简单的菜过来。结果带的菜一点不简单，炖鸡、蒸鱼、炒牛肉，都是她在家精心做好的。还特地给陈江做了他喜欢的怪味卤猪蹄。陈安强开了一瓶红酒，两个人对饮。微醺时，周燕燕感叹说，安哥你肯定知道，孤独真是个杀人恶魔，会用不同的方式要人命。那一刻，陈安强感到有电流打在身上，进入心里。所有人都叫他陈总，强哥，唯独她叫他安哥，一个安字何等的甜糯。他也是第一次听到有人说孤独会要人命，细想真是说到心窝里了。

此前陈安强做生意十多年还没真正意义上出过轨，一是王雪莲看得紧管得严，二是他有点小洁癖担心惹病。有时碰到客人提出要去夜总会，他也只负责埋单，决不同行。这次不一样，他和周燕燕是认识多年的熟人，知根知底。两人把什么都说到明处，彼此只做隐密知己，绝对不破坏各自的家庭。

周燕燕便成了家里的常客，她自己没有孩子，对陈江很好，不仅给他买玩具，还给他讲故事，陪他玩游戏。陈江也很喜欢她，不知什么时候就把周阿姨改口成了燕燕阿姨，后来干脆简称为燕姨。他还鬼聪明，晚饭后就上楼做作业，留下时间给老爸和燕姨单独相处。

周燕燕的丈夫每次回家探亲，都会从国外悄悄带些成人电影回来。周燕燕偶尔也会带过来和陈安强一起看，开玩笑说两个人共同学习一起进步。

陈安强做梦也没想到周燕燕的玩笑会给陈江带来永远的伤痛，也让他自己永远活在愧疚和自责中。陈江出事之后，他就和周燕燕彻底断了，他有些恨她，但更恨自己。陈安强永远记得那一天，周燕燕没来，就他们父子在家，两人叫的外卖。吃完陈江上楼做作业，陈安强在楼下看电视，一切都和平时一样，没有一点凶险的前兆。然而，凶险说来就来了，楼上传来陈江痛苦的号叫，老爸，救命！陈安强以最快的速度冲上楼，看到了让他哭笑不得的一幕，那时他还没有意识到这场意外的凶险，还有想笑的冲动。傻儿子陈江把小弟弟放进了可乐罐，却怎么也出不来。陈安强想了很多办法通通无效，最后把可乐罐分割成几块，陈江的小弟弟才出来，红肿得不像样。

陈江坦白，这是跟老爸和燕姨看的电影里学的。陈安强又惊又怕，他对这个画面一点记忆都没有。他赶紧给儿子认错，说自己犯了不该犯的错误，立马改正。他请求陈江绝对不要告诉妈妈，陈江被老爸的样子吓坏了，像个大人一样很正式地说，不会的，这是我们男人的秘密。

第二天陈江的小弟弟还红肿着，尿尿也喊痛。陈安强把他带到医院，路上父子俩商量好了说辞，说是洗澡时不小心摔倒在地，地上有一个装香皂的旧可乐罐，碰巧可乐罐的沿口就碰到了小弟弟。结果医生根本没问如何受伤的，看了一眼伤痕就摇头说伤的位置太糟糕，只有看运气了，现在也只有开外用和内服的消炎药常规治疗。陈安强没明白医生的意思，和陈江拿了药走出医院大门。觉得不对劲，让陈江拿着药等一下，他又跑回诊室请教医生。

医生叹息说孩子是精囊腺和海绵体受损，无法逆转的受损，很大可能会无精了。陈安强震惊了，没想到会有这样严重的后果，忍住悲痛继续问，那他今后还能过正常性生活吗？医生说，这个不好说，你要注意观察，看他能否正常勃起。从此，陈安强和陈江成了一对可能是世界上最奇怪的父子，父亲经常关注儿子的下半身。陈江十八岁那年，被确诊为无精症，且无法勃起，从生理上丧失了作为男人的快乐。陈安强请求医生把自己的移植给儿子，说自己已经活了半辈子了，没关系，儿子的人生“黄瓜才起蒂蒂”，不能就这样毁了。医生说，但愿若干年后可以有这项技术实现你的心愿，但现在确实没有。这仍然只是他们父子间的秘密，王雪莲一无所知，她成了不折不扣的女强人，在生意场上如鱼得水，每年寒暑假陈安强都是以带儿子出门旅游的名义跑各家医院求医。

陈安强依靠频频出轨来释放自己的心理负担，他的出轨对象也越来越年轻，这让他有一种错觉，自己是在替陈江做这一切。他甚至告诉了陈江，陈江说，老爸没必要，我真的一点不想那事了。陈江越这样陈安强越难受，越觉得自己是罪人，是烂人。

父子情深的好处是陈江对陈安强没有任何秘密。陈江和安小娅在烧烤店初次相遇的当晚，他就跑来找陈安强，把事情原原本本告诉老爸。陈安强一个老司机一眼就看到了儿子眼中闪闪发亮的光，这是陈江十二岁出事以后再没有过的事。陈安强无比欣喜和激动地说，儿子，你喜欢上了这个姑娘。陈江眼睛一下就黯了，说，老爸你知道的，我没有这个权利。陈安强说，错，爱和性不是一回事，无论什么样的人，都有爱的权利。你身体是有隐疾，可能不能直接给她性，但医学和科技都如此发达，目前治不好的隐疾很可能过不了多久就能治好了。在没治好之前，你也有办法满足她这方面的需求。放心，我会教你的，第一步我要先教你如何把她追到手。那个晚上，父子彻夜长谈，开始陈江还有些拒绝，后来就半推半就了，完全听从陈安强的安排。

如果陈江没有讲起安小娅，没有讲起安小娅带给他的温存感觉，陈安强以为日子就是这样继续在深不见底的黑暗中堕落下去了。但现在不同了，因为安小娅，因为安小娅带给陈江的感觉，陈安强又看到了一缕光，一缕极其微弱的光。陈江没有性，不代表他没有爱，如果安小娅能够接受无性的恋爱和婚姻，那陈江的生活就有另一种可能。陈安强太高兴了，高兴得老泪纵横，早上和陈江道别时他伸出小手指与陈江拉钩，要求陈江接下来一定按他的指示行事。

接下来的日子，陈安强感觉自己重新年轻了，身体倍增活力，生锈很久的脑袋瓜子也重新变得异常灵光超级好用，源源不断地冒出各种新奇的念头，都是为了帮助陈江和安小娅幸福地生活在一起。有一天不知怎的就冒出了让安小娅怀孕的念头，先斩后奏造成既定事实。陈江无精，找一个愿意捐精的人就是。具体怎么弄？这只能是父子间的秘密，借助互联网，陈安强迅速让自己成了专家。每天让陈江为安小娅测体温，算好安小娅的排卵期，把捐精人领到陈江的公寓隔壁，这套公寓已经提前租好，万事俱备之后，他按早先和陈江商量好的方式打电话过去，听到电话那头陈江说烦死了烦死了，喝酒喝酒。陈江劝安小娅喝酒的同时，陈安强开始收集精液，收集好后，安小娅已如她说的那样醉得像头猪。陈江走到门口，陈安强把精液递给他，一切争分夺秒又有条不紊地进行。陈安强的计划是做三到六次这样的人工授精，争取让安小娅怀上孩子，结果上天保佑，第一次就成功了。陈安强欣喜若狂，每天都是笑着睡笑着醒，可怜的儿子终于过上了正常的幸福生活。即使长路漫漫，踏上了第一步，后面就容易多了。陈江带着怀孕的安小娅住进王雪莲的别墅，也是陈安强的主意，生意不那么好做了，他感觉到王雪莲也在从激进慢慢趋于保守。他相信此时的她非常需要亲情的慰藉和支撑。然而陈安强千算万算也没算到王雪莲那边会闹出亲子鉴定这场闹剧出来，王雪莲在希望满月当天就像绑架一样把陈江和希望带过去做鉴定，陈江连给陈安强报信的机会都没有。陈江从鉴定机构出来给陈安强打电话，陈安强又被一个老哥们拉到贵州山区去考察一个农业项目，那里没有通讯信号。五天后陈安强从山里出来时，鉴定结果也已经出来，安小娅和希望再也联系不上了。

5

安小娅回到城里，她记性差，怎么也想不起陈江的电话号码。在王雪莲的别墅住了快一年，每天像软禁一样，她也弄不清具体位置。她记得的只有自己上班的理疗馆和陈江的公寓，她不想回理疗馆，当时被陈江带去辞了职，现在一个人回去找工作，她实在不知道如何开口。

幸好陈姨又把钱放回来了，她在陈江公寓附近租了一间很便宜的旧房子，每天早上、中午、晚上都到公寓门口去转。她就想见到陈江面对面问两个问题：希望是谁的？为什么要骗自己？这两个问题不问清楚安小娅觉得自己就陷在死胡同里走不出来。一周过去，一个月过去，安小娅一直没看到陈江的踪影。她不聪明的脑袋也想了很多办法，但没一个管用。她向公寓的保安打听，穿制服的保安看了她一眼，问她和业主是什么关系？她语塞着不知如何回答，保安就说你走吧，我们有规定，要保护业主隐私。她还去了两人认识的那家烧烤摊，也是连续去了几天都没见着老板出来摆摊，旁边卖串串的说卖烧烤的已经找到挣稳定工资的好工作，早就不摆摊了。

安小娅剩的钱越来越少，她清楚这样坐吃山空不是办法，开始就近找工作。安小娅学的是保健按摩，之前也一直做这一行，所以她还是想继续做。但这附近只有一家看起来刚开业不久的盲人按摩店，没有其他理疗馆，经验告诉她新开的店有可能按摩师不够，她抱着试试的想法走进这家叫“康宝”的盲人按摩店。店里果然只有一个按摩师，这会儿是中午，客人一个都没有。安小娅问，老板在吗？戴墨镜的按摩师问她有什么事，她说我想问问还招按摩师不？招啊，你有合适的按摩师欢迎介绍来，我就是本店老板康宝。安小娅有点难为情地说我想介绍我自己，我一直做这行的，从学到做已经有十年多了。康宝摘下墨镜，眯了眯眼睛，让安小娅给他按按肩颈。安小娅按了几下，他说不错，穴位按得准，力道也可以，三七开。

安小娅之前在机构上班一直是拿工资加提成，不懂什么是三七开。老板说你做一百元，我七十你三十，房租水电设备我出，你收净钱，食宿自理。安小娅说，你是老板，听你的。老板说，爽快人，我喜欢。明天来上班，记得穿白大褂戴墨镜。安小娅说做按摩戴墨镜干什么？老板说，我也只是二百度的近视，但我戴上墨镜，看起来像个盲人，客人容易信任我的技术，按摩穴位时客人也不容易紧张，他们以为我什么也看不到嘛。你一个年轻漂亮妹妹，戴墨镜还多一个好处，对自己是种保护。你想想看，客人里面什么人都有，肯定也有想占便宜吃豆腐的，你是盲人，这种风险怎么也要小些。老板这番话安小娅不是很能听得懂，她觉得戴墨镜假装盲人是骗子行为，很不好。但一时不好找更合适的工作，她决定先干着。

第二天安小娅来上班，康宝给她拍了工作照，到文印店打印出来，贴在按摩店进门的那堵墙上，工作照下面的医师简介是：安医师，中医大学理疗专业毕业，擅长各种骨关节、性冷淡、不孕不育、心脑血管治疗，十年治愈了数千病患。安小娅马上就把工作照和简介撕了，说不能这样吹牛皮。康宝说，你太实诚了，做生意哪能不吹牛皮，只要不把牛皮吹破就是本事，就没问题。安小娅说，你别吹牛，我认真给客人做，会有回头客的。康宝说，好，我相信你，我去拉客，你负责留客，说完就站到店门前跟过路的人吆喝。安小娅想想不对，你装成一个盲人，那怎么看得到来来往往的行人？她把康宝叫回来，商量还是把盲人按摩改成保健按摩，老老实实正大光明做生意，不要花招。康宝考虑了一会儿，觉得安小娅说得还是有道理，反正试营业这段时间一个客人都还没有，船小好掉头，那就调头试试。

康宝说改就改，马上又去文印店重新打印店名招牌。文印店的李老板对他有印象，开玩笑说之前不是盲人按摩吗？盲人的眼睛全都好了？康宝嘻嘻一笑说，原来请的盲人按摩师技术不到位，客人不喜欢，重新花大价钱请了厉害的专业手法医师来驻店。她不是盲人，要求必须改名。嘿嘿，真的很厉害，我昨天腰酸背痛，站都站不直，她给我按了几分钟，立马手到病除。康宝天生适合做销售，说什么都可以说得绘声绘色，文印店老板说，那我要来试试，这两天右手手腕痛得拿筷子都拿不稳。康宝说，右手好重要，废了可不得了。走，赶紧去治。康宝把文印店老板带回店里，给安小娅介绍说，这是开文印店的李老板，右手手腕痛得厉害，你赶紧给他治治。安小娅看了一眼说是腕关节无菌性炎症，要治更要养。她在病人的右手背和右肘关节上点了几个穴位，又用她随身带的药酒涂了涂红肿的手腕，再不停用热毛巾热敷。顶多一刻钟，安小娅叫李老板动动右手，看还痛不，李老板连声称赞太神奇了，一点也不痛了，这么快肿也消了。

靠口碑相传，康宝保健按摩的生意一天天好起来了。安小娅到康宝上班第二个月，每天到店客人都有二十几个。问题来了，客人都是冲着安小娅来的，老板康宝想帮忙也帮不上，更别说招其他按摩师。而她只有一双手，她一天从早做到黑，人累得半死，顶破天也只能做二十个。有钱赚不了，康宝急得嘴角都长了大水泡。他问安小娅以前遇到这种情况没？安小娅说没有，机构都是排班制，一个人一天就上八小时班，一般都只做六到八个客人，生意爆好也只能做到十个客人。康宝说，那些客人不像现在这样只认你，只追着你做？安小娅摇着头说，还真没有。康宝感慨奇了怪了，你这副好手艺在哪儿也会火呀。安小娅想了想说，是你很会做销售，把我的手艺销售得好。原来的机构做得很大，客人认机构，并不怎么认按摩师，我在里面就是一个很普通的按摩师。康宝说，关键还是你技术好，再会吹牛皮没真功夫也行不通。唉，你都想象不出来这家盲人按摩院我是如何开起来的，之前更惨。安小娅说，你这么会卖东西，有什么惨的？康宝说，是会卖东西，啥都卖过，连人都卖过，但钱都被老板赚走了。我下了狠心要自己当老板，琢磨了好长一阵，才选中开盲人按摩这个项目，找了个师傅拜师学艺，跟他学了大半年，没有工资，每天的盒饭都要自己掏钱买，结果除了戴墨镜装盲人啥也没学会。忘了，师傅还是给了我临别赠言的，客人说哪里痛就使劲按哪里，按肉别按骨头，按得比他本来的痛还痛，这个时候松手，感觉就是痛立马消失。

安小娅本来想问康宝卖人的事，具体是怎么卖的。听他说起除了戴墨镜装盲人啥也没学会，就想起第一次见面康宝戴墨镜装盲人的样子，忍俊不禁。康宝说，你终于笑了，你在店里这几十天还是头一次笑。安小娅说，唉，幸好工作忙，每天上班累得半死，什么也不想，回家倒头就睡，也什么不想。不然我还在死胡同里钻不出来。康宝说，什么死胡同，你信得过我就告诉我，旁观者清，我来给你出出主意。

安小娅便把陈江和希望的事一五一十告诉了康宝。康宝和陈姨的观点一样，认为陈江和他身后的人，包括他妈王雪莲，一起设了一个圈套，把安小娅圈住了。安小娅还是不相信这种说法，她说，他们骗我什么呢？怀孩子生孩子？孩子根本不是陈江的，他妈自己最先怀疑，才安排做的亲子鉴定。康宝说，你没觉得你被他们欺负了？一个未婚姑娘莫名其妙多了个儿子？安小娅说，我不觉得他们谁欺负了我，跟陈江在一起我是自愿的，在怀上希望之前那段时间我们在一起真的很开心，就像两个小孩子一起快乐地玩那样开心，我从来没有这样开心过。怀上希望住进他妈妈家，王阿姨是很强势厉害，但对我也是真好。只是王阿姨把我和陈江看得很严，我们再也没有住公寓时那样开心了。康宝问道，王阿姨把你们看这么严干吗，陈江父亲呢？安小娅说，我只知道陈江父母关系不好，王阿姨不让陈叔叔进她家，我一次也没看到过陈叔叔。陈江本来说好等希望满月后带我去见的，结果出了亲子鉴定这个事。

康宝说，我以前觉得自己的经历很奇葩，听了你的故事才发现我那些根本就不算事。安小娅看康宝一副欲说还休的样子，鼓励他不管奇不奇葩，先说出来听听。康宝说，好吧，你都这样敞开了信任我，我说半句留半句隐隐藏藏就对不起你了，别笑话我就是。我在二十二岁才晓得自己是父母收养的孩子，不晓得他们哪个身体有问题不能生育，又不想让外人晓得，就从湖北荆州跑来重庆，说是做生意，其实就是想抱个孩子来养。收养了就抱回老家，在那边上的户口，对外就说是在重庆怀的生的。如果不是后来父亲得白血病，这可能就是只有父母知道的秘密。父亲得白血病，有点血缘关系的都去医院查血配对，他们死活不让我去，我死活要去。被逼得实在没有办法，他们只有跟我说了实话，让我自己选择是回重庆找亲生父母还是留在荆州继续当他们的儿子。二十二年了，我到哪儿去找亲生父母？但他们骗我太狠，我实在没有办法再和他们在一起，就一个人跑来重庆了。安小娅不知道怎么安慰康宝，就把陈姨的故事讲给他听，说，我觉得你荆州的父母也是真心爱你的，就像我外公外婆爱陈姨一样。康宝说，这个我知道，他们对我很好，我从来没想过自己会不是他们的亲生儿子。安小娅说，他们自己不能生育也是没有办法的事，你不要恨他们。康宝说，我不恨他们，他们把我养大，送我读书，对我有恩。但那种被骗了二十二年的感觉太不好受。你想想，我一直以为自己很幸福，爸爸妈妈很恩爱，也很爱我。突然得知这些都是谎言，并不是真的，我怎么接受？安小娅皱了皱眉头说，我觉得不是这样，他们爱你，你过得很幸福，这些都是真的。你不能因为知道自己不是他们的亲生儿子就把这些一笔抹掉。你问问自己，抹得掉吗？康宝望着安小娅，眼睛里有些惊讶，他说，你是第一个这样说的，我前前后后还是跟几个人说过自己的事，他们都很同情我，帮我想各种寻找亲生父母的办法，其实都不怎么靠谱。安小娅说，就算你找到了亲生父母，又怎么样？他们就一定比养父母更爱你吗？你们在一起生活一定会比你和养父母一起生活得更幸福吗？我自己的经历，没有血缘的陈姨比有血缘的父母对我好得多，我跟陈姨也亲得多。康宝说，也是，谁知道呢？但是，这件事太大了，心还是堵着的。就像你，还不是很想找到陈江再通过他去找到希望的亲生爸爸。安小娅说，是，我到你这里来上班前每天想的就是这事，结果一上班每天都忙，倒还不怎么想了。刚才劝你的时候，我也在想，就是找到陈江，就是知道希望亲生爸爸是谁，又怎么样？把希望还回去？陈姨绝对不同意。我为什么要去做让陈姨不高兴的事情？还不如努力工作，多挣点儿钱，让陈姨和希望都可以过得好点。康宝说，你如果真的想清楚了，对陈江死心了，不如我们好，反正客人都以为我们是夫妻店。

哪有你这样的人，哪有你这样说话的。安小娅以为康宝在开玩笑，抬头看到他羞红了脸一副难为情的腼腆样子，自己也有点难为情了。她说，这么晚了，我得赶紧回去了。康宝拦住她说，还回去什么，就住这里，晚上有个人说话多好，边说边一把抱住安小娅。不知道是生过孩子的原因，还是很久没人碰过的原因，安小娅身体一下就软了，还无耻地配合起康宝，翻山越岭，一次一次抵达巅峰。后来，康宝很快睡着了，安小娅枕着他的胸膛，听着他有力的心跳，想起和陈江在一起温柔得快化掉的样子，忍不住哭了，再转念一想，又偷偷地笑了。她也困了，很快就沉入梦乡。早晨睁开眼睛，康宝已经做完店里的清洁，看见她醒了，立马端了一碗面到床头，和陈姨煮的面一样，盖了两个鸡蛋。更令安小娅意外的是，他居然大大方方地喊她老婆。安小娅说不准这样喊，康宝说，只有我们两人时这样喊，有客人在我还是叫你安医生。安小娅歪歪头笑笑说，那我叫你什么呢？康宝说，有客人还是叫我康老板，我们两个人就叫我老公。安小娅吐吐舌头说休想。康宝说，听话，不听话看我晚上怎么收拾你。安小娅身体立马又有了反应，软绵绵地倒下，康宝又要扑上来。砰砰，客人敲门了，两个人互相做了个怪脸，赶紧开门。

6

康宝按摩店成了名正言顺的夫妻店，老板康宝也不那么急刨刨地想快快赚大钱了，他舍不得安小娅太辛苦，每天固定只接十个客人，老客人有什么紧急情况除外，周一还店休一天。他算了一下账，算上房租水电生活费，再算上一笔陈姨和希望的生活费，一个月还能攒一万元，说够了够了，人要知足。安小娅偶尔会逗他，老板，说好的三七开呢，他叹息说，还三七，连人都是你的了。你有手艺，你才是老板，我靠你吃饭。安小娅心里有数，自己在理疗机构工作那么多年，干同样的活儿，从没挣过这么多钱，从没被人夸过手艺好，也从没被客人如此在乎、看重过。这些其实都是康宝带来的。聪明的康宝还发现一个生意：安小娅从云凤带的药酒，很受客人欢迎。他和小娅一起回云凤，弄明白了药酒的配方和制作过程，采购了原材料回来自己制作，又在网上买了小瓶子，算好成本，以百分之十的利润分装卖给客人。这样，除了安小娅的按摩理疗费，他们又多了一笔收入。

日子就这样不紧不慢地过着，他们一个月回云凤一次。陈姨见到康宝第一眼就很喜欢，说康宝和希望长得很像。康宝见到希望也有同样的感觉，他觉得陈姨特别亲。希望被陈姨养得白白胖胖的，爱笑，爱咿咿呀呀说些听不懂的话，像个可爱的大玩具。每个月回去希望都有变化，会爬了，会喊妈妈爸爸了，会扶着墙壁蹒跚站起来了，会摇摇晃晃走路了。康宝提过几次租套大点的房子把陈姨和希望接到城里来，陈姨都拒绝了，她说城里太闹，不习惯。还说，希望今后会去城里的，不急。你们急就赶紧生一个，我一起带，让希望有个伴。

陈姨的话提醒了康宝和安小娅，两个人在一起这么久，从没采取过任何措施，安小娅每个月生理期都很准时到来。康宝说，我不会遗传了父亲，不能生育吧。但我不是他们的亲生儿子，怎么会遗传呢，改天上医院查清楚。你肯定没问题，都生了希望的。安小娅对生孩子没有什么热情，她觉得现在的状态很好，怀了孩子，生了孩子，很多事情都会有变化。见安小娅没回应，康宝也不往下说了，他们两个人都还没把怀孕生子当成什么重要事情来看。不急着要孩子，两人也就没急着办结婚证。康宝的户口在湖北荆州，他还没做好准备回去，但他私下和中学同学保持着联系，经常打听父母的情况，尤其关心父亲的身体。从同学那里旁敲侧击，他了解到父母并没有说出他的秘密，只说他到重庆打工学手艺了，他也轻松些了。

一个平常的下午，安小娅在给客人做理疗，康宝在门厅分装药酒。王雪莲走进来，她没认出安小娅，小娅一眼认出了她。小娅心里像猫爪在抓，慌得不得了，赶紧换了个角度站，背对着门厅。照例是康宝来招呼客人，大姐你好，哪里不舒服？坐下先喝点水，等医生做完了客人来给你看看。王雪莲说，你是这里的老板？我颈椎不好，头痛，晚上睡不好觉，有人送了瓶你们的药酒，我擦了挺管用。今天刚好到这边来处理些事情，就顺便买点。我时间紧，就不等医生看了，你给我装五瓶药酒。康宝说，好好，大姐认到地方了随时过来，留个电话，没时间来我给你送货上门。

康宝送走了王雪莲，回来看见安小娅脸色苍白，大滴大滴的汗水从额头直往外冒。她还在做客人，他不好说什么，就拿手巾给她擦了汗水，又放了粒冰糖到她嘴里。等客人做完一走，他赶紧把门关上，说，你这么不舒服今天就不做生意了。安小娅扑到他怀里告诉他刚才买药酒的人就是陈江的妈妈王雪莲，自己差点被她吓死了。康宝说，别怕别怕，有老公在。晚上，安小娅问康宝，你说我为什么要这么害怕王阿姨，我并没做什么对不起她的亏心事。她是一直以为希望是她亲孙子，才那么费心费力。结果希望不是，她肯定很失望很生气，但我也不知道，我还不是一样被骗了。骗子是他儿子陈江，她要算账也只能找陈江，不能找我。康宝觉得安小娅分析得有道理，说，你这次想明白了，就不会再害怕。如果她哪天来找你，就跟她把事情经过说清楚。我看她也还是一个有文化懂道理的人。如果她知道事情经过还要横找你出气，我就对她不客气了。安小娅说，住她家里时她对我照顾得很好，不知道为什么怀起希望时我整个人就像一个傻子，其实我本来就傻，那时更傻，还是全靠她照顾。如果下次碰到她，我不躲藏了，像你说的，把事情经过全部告诉她，她如果不相信就去问陈江。我们现在过得挺好的，就不主动去惹麻烦，碰到她再说吧。

没到一个月，王雪莲主动打电话给康宝，说再买五瓶药酒，让康宝送到离店不远的合江公寓 27 楼 16 房。这会儿是中午吃饭时间，店里没客人，康宝接电话时，安小娅就在他身边，他按了免提，她听得清清楚楚，心里又开始乱跳，额头上也开始冒汗。康宝接完电话，安小娅看见他的额头上也是大滴大滴的汗水。心想糟了，我的害怕都传染给康宝了。康宝眼神闪烁，安小娅问他怎么了，他说，我不想去那幢楼。安小娅说，我知道，因为我就在那里怀上的希望。你不想去就不去，我们不做这笔生意了。康宝冷静下来说，不行，她是回头客，不能丢，我还是去。讲真的，我不想去合江公寓还不全是为了你，那是我的耻辱之地。安小娅不说话，望着康宝，她知道他和自己一样藏不住心事。康宝说，记得我跟你讲过，我最惨的时候连自己都卖过，就是在那里卖的自己。安小娅说，记得，我当时就很好奇，你怎么卖的自己，结果话叉开了，忘了问你。出卖色相？卖了多少钱？康宝说，我还是不会去干那种事，不过也差不多，我在那里卖的精子，是在网上谈好的，买家是个老男人，我到那里他就叫我洗澡，洗完澡叫我射在一个小玻璃杯里。我一射完他端起小玻璃杯就开门跑了。我拿起桌上放的两千元钱也离开了。安小娅正要问还记得具体是什么时候吧，没准自己当时也住在合江公寓。她还没开口，康宝就呜呜哭起来了，边哭边说，我坐电梯下楼的时候，电梯里刚好是一家三口，爸爸抱着孩子，孩子在亲爸爸的脸。联想到自己的身世，回想刚刚那一幕，我觉得不仅卖了自己，还卖了孩子，越想越难过，越觉得自己干了奇耻大辱的事。我发誓再也不不干这种事，发誓要自己当老板，后来就去学拜师学习盲人按摩。我们现在一直没有自己的孩子，我觉得就是老天爷在惩罚我。康宝哭得更厉害了。

安小娅把康宝抱在怀里，心里五味杂陈，觉得自己和康宝都好可怜。她又想到，幸好两个可怜的人遇到了，在一起了，就可以不那么可怜了。

康宝洗了脸，装好药酒。握着拳头站在镜子前给自己打气说，康宝不怕，你现在是有老婆的人，做正经生意的人，已经哪里跌倒哪里爬起了，没啥怕的。安小娅说，我们一起去吧，我也不能总躲着，就像你说的，没啥怕的，我跟王阿姨说清楚。康宝想了想说，还是我先去打头阵，了解清楚情况。

整整一个下午，康宝都没回店里。安小娅做完最后一个客人，已经晚上八点过了，肚子饿得咕咕叫，她想给康宝打电话，又担心他和王阿姨在一起接电话不方便，就自己把中午的剩饭加了点儿开水，泡着吃。吃到一半时，康宝回来，他也还没吃晚饭，看到安小娅吃得这样简陋，赶紧叫她放下，跑到厨房重新做了两个菜。

两个人坐下，康宝才一边吃一边把下午的事情告诉安小娅。他按王雪莲说的把药酒送到合江公寓 27 楼 16 房，王雪莲一个人在那里收拾房子，她说房子已经卖了，明天买家就要来接房，她最后再彻底检查一遍，看有没有儿子留下的什么东西。房子里没有楼梯，检查柜子上层很费力，康宝就留下来帮忙，两个人一起收拾检查。王雪莲告诉康宝，这套公寓以前是儿子住的，儿子现在不需要了，房子一直空着也不是个办法，自己每次过来看到空房子也难受，干脆就卖了。康宝接了句，儿子结婚住大房子了吧？王雪莲叹息说，我哪有那个福气，前半辈子作孽，让儿子遭罪，他得了重病，唉，只有一辈子待在医院了。见康宝没接话，她指了指自己的头说，这个地方坏了，没办法，只有一辈子住精神病医院了。你说男人怎么这样脆弱，就是感情上遇到一点破事，先是抑郁，后来直接就疯了。更脆弱的是儿子爸爸，得知儿子的病情就跑到青海出家当和尚去了，留下一堆烂摊子给我。

安小娅听得胆战心惊，和陈江在一起的点点滴滴浮上心头，眼泪大滴大滴往下掉。康宝说，我知道你听了心里肯定难受，我听了心里就像有石头压着。哭吧，哭出来好受点。还有一件事，不知道该不该告诉你，一个下午都堵在我心里。我在陈江床头柜的底下，看到了一张照片，是他和他爸爸的。他爸爸就是找我买精子的那个人，地点就在陈江隔壁房间。那是我这辈子做的最羞耻的事情，呜呜呜。安小娅伸出手，一边为康宝抚拭眼泪一边喃喃低语，嗯，是的，那些羞辱，那些痛，都还在我们心里。听到这里，康宝哭得更厉害了，两个人抱在一起痛哭，从号啕大哭到轻声抽泣，到默默流泪，不知哭了多久，几十年的眼泪都快流干了。

康宝嗓子哑了，嘴唇干得快出血了，几乎是用口型在说，幸好有你。安小娅点点头，比起陈江，比起王阿姨，还有陈江爸爸，我们已经很幸福了。康宝起身倒了杯水，喂了安小娅几口，自己把剩下的一饮而尽，清了清嗓子，终于可以发出嘶哑的声音。

他说，我也是这样想，就编了个理由说有个亲戚也是精神有问题，不知哪家医院好，找王阿姨要了陈江住的医院地址。什么时候如果你想去看他，我陪你去。安小娅说，好，我们带希望一起去。

生活未曾亏欠你

昨天晚上肖潇打电话过来。我以为她约我喝茶，她最近的状态让我有些紧张和担心，她自己却不以为然，可以预料见面还会持续重复上次的争执，激烈而没有任何结果。不如先冷冷，等过段时间我们能坐下来平心静气地讨论的时候再见面。我想好了以这几天失眠得厉害不能喝茶来推诿。但她却说了另外一件事：丁冬失踪了。

丁冬和肖潇有些暧昧，这不重要，重要的是她所有的钱都在丁冬那里。丁冬做木材生意，从进货到出货需要花时间，更需要垫资金。他跟亲朋好友借钱，按月付两分三分的息。木材一直在涨价，他用借来的钱囤积木材，包赚不赔，赚的是两分三分息的很多倍。肖潇通过姑妈肖国珍的介绍，先是把自己仅有的五万存款从银行取出来，放到丁冬那里，拿了一年半的息，尝到了不劳而获的滋味，内心慢慢失去警惕，胆子就越来越大。去年底她把唯一的住房卖了一百万，钱全部放到丁冬那里，主动提出只要一半的利息。利息每月一万五，她租了一套月租五千的公寓，剩下一万做生活费，辞了职，每天宅在公寓里看电影打游戏。

我知道的时候肖潇已经搬到公寓，辞了职，她说每天睡到自然醒，饿了就叫外卖，日子优哉游哉很是惬意。我提醒她，你想要丁冬的息，可能他会想要你的本。尽管我以为我是平静、平和地就事论事，她还是感觉到了被讽刺、被冒犯，做了一大堆我听来无比拙劣愚笨的解释。我忍不住指出她这种生活会产生的各种风险，力劝她去要回钱，重新买房子，重新找工作，过正常的生活。她认为我是被一板一眼的世俗生活束缚住了头脑和手脚，不敢去尝试另外的可能：谁说的人一定要有自己的房子？一定要去辛苦上班？人生短暂，及时行乐最重要。你看我爸曾经那么努力的一个人，还不是说走就走了。我打断她说，你爸爸要是看到你现在的状态不知道会多难受。我们两个人都觉得自己了解而对方误解了那个在天上的人，而在天上的人又不来做个明确回复，争论便进入无休止、无结果的状态。

听到丁冬失踪这个多少意料之中的消息，我并没有幸灾乐祸，相反很是着急和愤怒。

“你什么时候发现他失踪的？”

“一周以前，他把我手上仅有的五千元钱借走之后就再也联系不上了。这之前他有两个月没付我的利息了。”

“为什么现在才告诉我？”

“我知道你不喜欢他，我不想让你不高兴。现在实在没有办法了，公寓的房租付不起，水电气付不起，吃饭的钱也没有了。”

我在心里嘀咕了一句，傻呀，为什么当初就不肯听我的话，接着又狠狠地骂了一句，连这样傻的女人都要骗的男人真是猪狗不如。嘴上却理性平静、条理清晰地叮嘱肖潇，第一，赶紧报警；第二，收集丁冬向你借钱的各种证据；第三，尽其可能寻找丁冬的一切行踪，不放过任何蛛丝马迹。第四，算算欠房东多少租金及水电气费，我马上微信转过来，跟房东结清后立即搬出公寓，先到姑妈家借住。

“嗯，好的，我就知道老爸眼睛雪亮没找错人，珊珊姐你是他精心挑选留给我的福星，照顾我、给我兜底的人。”

正常人话说到这一步怎么也要再加一句“谢谢”，肖潇却嘎然而止，赞扬和感激的仅仅是她在另一个世界的父亲。此时此刻，离她父亲肖国民去世已经三年有余，我和肖国民的关系无非就是我勉强算得上他在这个世界上最后的女人，在他去世前一年和他交往，送他走到生命的终点。

肖国民临终前已经不能说话，他用眼神示意守在他病床左边的我伸出左手，右边的肖潇伸出右手，十指相扣放到他胸口上。他费尽全部力气牵动唇角，向我们绽开了一个笑容，然后带着这个笑容平静地咽下最后一口气，永远闭上了眼睛。我理解为肖国民在表达我和肖潇是他在这个世界在乎和牵挂的两个人。他离开世界时，有我们的守候送别，他很欣慰。肖潇对这一幕的理解则是父亲把她托负给我，父亲生前是她的全能守护神，下岗前找到了接班人。我就大肖潇五岁，无血缘纽带，无感情基础，实在想不出她何来的自信可以把我视作可以照顾她、为她兜底的人。但我生性犯贱，很容易就放弃自己的原则和基本常识，傻呼呼地活成别人期待的样子。肖国民去世后，肖潇每个月都要约我喝一两次茶。说是喝茶，其实就是吐槽和求助，絮絮叨叨述说她遇到的各种烦恼，最后都要我出面去给她摆平解决。有时候是钱，有时候是时间，有时候是关系，有时候是脑子，完全没上升到智慧层面，只是正常的动动脑子。就像她卖房借钱给丁冬收利息这事，我想绝大多数人正常动动脑子都会觉得风险巨大不会干。她不仅干了，还顺带把感情也搅进去和丁冬玩起暧昧。理由居然是：这样我们纠缠更深了，他更不容易离开我。三十岁的女人这等智商我还能说什么。不过我想我的智商也比她高不了多少，不然怎么会接这个烂摊子。

1

我在微信里问李浩有空不，他秒回：你唐珊珊大小姐找我，我哪敢没空。我先发了一颗心和一朵玫瑰的表情过去，再把丁冬携肖潇巨款逃逸的事简单告知。

“肖潇是三十六个受害者之一，到目前为止受害人是三十六个，涉案金额超过五千万，这两个数字都还在增加中。”

“我们现在能做什么？”

“现在做啥都没用，节哀顺变先。丁冬把这些钱都输在赌场上了，要回来的可能性微乎其微。但我要提醒你，你是你，肖潇是肖潇，这是她人生的一个转折点、滑铁卢。没你啥事，自己过自己的日子。”

“我明白你的好意，但肖潇遇到的不是小事，是大麻烦。肖国民去世前把她的手放到我的手上，故人托付，我不能不管啊。”

“收起你那莫名其妙的责任心吧，你为此吃的苦头够多了。现在网上有一个很难听的称谓叫‘圣母’，就是说你这种人的，辛苦、没好下场，还被人耻笑。醒醒吧，珊珊，别那么爱管闲事，你不是神，管不了的，为自己活，为自己负责就足够。”

…………

被戳到痛处的滋味不好受，我关了微信，不想和李浩再聊下去了。我和李浩从生下来就认识，我们的父亲是同一条船上的船员，我们的母亲是同一个大院的邻居。我们的父母像商量好了一样要把我们同时带到这个世界来，按预产期我们本该在同一周出生，结果我性子急躁，早了两周从母亲肚子里跑了出来，他又像舍不得妈妈肚子，在里面多待了两周。这样一早一晚我就成了大他一个月的小姐姐。我俩知根知底一起长大，我太了解李浩的嘴有多毒，继续聊下去，肯定就是自取其辱的下场。不到一分钟，李浩打电话来，说下班后过来吃饭，叫我烧个红烧肉解馋，最近他妈妈母性大发，天天过来给他做养生餐，吃得他满嘴寡淡，做梦都想吃我做的大菜。

先喷你一嘴毒汁，再给你一勺蜂蜜，这是李浩从小到大惯用的套路。上幼儿园的时候，一人一个苹果，他说我的有虫，拿过去啃一口吐掉，再把有一排牙齿印的苹果递回来，说虫已经消灭了。我不吃，他就拿过去继续吃。如果我没有什么异常表情，他吃了我的苹果再慢悠悠去吃自己那个，如果我嘟着嘴生气，他就把他那个给我，还一脸坏笑地说他那个没虫子还比我的大。读小学，他坐我后面一排，轻手轻脚把我的辫子尾巴塞在他的铁皮文具盒里，老师叫我回答问题，我一站起他的文具盒就晃当当从桌上掉下，文具盒和盒子里的各种笔散落一地，把老师和同学们的眼光全吸引过来，他钻到桌下捡，顺便往我手里塞一块巧克力。后来我把他的这些劣迹讲给我们的父母听，他在一旁镇定自若地说，没有的事，都是你小说读多了瞎编的。我怎么可能瞎编，苹果上的牙齿印，铁皮文具盒哐当落地的声音，都还清晰如初。因为是大他一个月的姐姐，从小我都习惯了让着他，在他对自己小时候的恶作剧矢口否认时，我也只是笑笑，不去和他争论。刚上中学那一段时间，我疯了一样迷上甜食，迅速胖成一个滚圆的球，他给我起了绰号球球，却听不得其他人叫我胖胖，听到谁叫拳头就挥向谁。弄得男生女生都不敢和我走近，多年之后当年的同学才告诉我，大家背地里都叫我李唐氏，暗讽我是李浩的童养媳。高二分文理科，他才终于不像影子一样跟着我，但每天总要到我们文科教室来晃悠几圈。直到高三，我们每天都有做不完的题，看不完的书，忙得昏天黑地，两个人才有了正常的距离。

我看看冰箱，没有适合红烧的肉，就上街买了一块“金三线”，顺便还买了一条鲈鱼、一块豆腐、一把青菜、两根莴笋、几个土豆。回家先把“金三线”洗净，切块，大火热油里加姜、葱、蒜、辣椒、花椒、冰糖爆炒，炒到“金三线”里的白线开始往外冒油，再加入生抽，翻炒几下，加水，高过肉半指就刚刚好，把大火改为小火，慢慢煨。平时我会加点土豆、青笋、萝卜、豆筋等吸油的蔬菜做配料，李浩说他馋坏了，就决定还是不加配料，直接烧纯大肉给他解馋。

我这点做菜的手艺都是小时候偷偷跟李浩的妈妈陈洁阿姨学的。在长江公司大院里，陈洁阿姨是出了名的能干，不是普通的上得厅堂下得厨房，而是可以在厅堂里对天文地理、时事政治、风土人情侃侃而谈，在厨房里忙碌一会儿就可做一桌子色香味俱全的大餐。她不仅能干，还很热情，李叔叔和我父亲下船轮休时，她家里就成了餐厅，每天变着花样做各种好吃的美食。除了早餐，午餐和晚餐陈洁阿姨都叫我们过去一起吃。我妈妈像陈洁阿姨的反面，认为做饭是世界上最浪费时间、最没意思的事情，一直希望科学家早日发明一种营养素，服一粒就把营养和饥饿问题一并解决，最好一粒能管一个月，至少也要管一周。妈妈平时带我吃食堂，陈洁阿姨的邀请总让她喜上眉梢。妈妈悄悄对我嘀咕，我们要是平时也能到陈洁家搭伙吃饭就好了。我说，你别痴心妄想，陈洁阿姨主要是邀请爸爸，我们是陪客。爸爸不在家，她什么时候叫过我们过去吃饭。妈妈说，也是噢，要是你爸爸不跑船到岸上工作，我们就可以长期到她家吃饭了。我皱皱眉，在心里感叹哪有这样当妻子当妈妈的女人。唉，有什么办法，这个又懒又笨的女人碰巧就是我的妈，亲妈。有这样一个妈，凡事就只有靠自己，我很小的时候就想明白了这点。每次到陈洁阿姨家吃饭，我就留了个心眼儿，以帮忙打下手的名义总往厨房跑，其实是看陈洁阿姨怎么做菜。李叔叔、陈阿姨总是表扬我懂事勤快，比他家傻儿子李浩强了很多。我爸我妈则一个劲儿夸陈阿姨大方能干、厨艺超群。陈阿姨也不谦虚，笑眯眯地说，喜欢吃多吃点儿，这才是用行动表扬我。爸爸就会把刚刚放下的筷子赶紧又拿到手上，继续用行动赞美陈阿姨。主客欢声笑语、其乐融融时，李浩总会吐出他的毒舌，以破坏此刻的氛围为乐，他佯装大人口吻，长长叹息一声说，我妈勉强可以算个及格的厨子，但绝不是个好母亲，你们问问她，平时都给我吃些什么，不是炒饭就是炒面，别说美味，就是营养也连狗粮猫粮都不如。我妈很紧张地看着我，我猜她担心我会接李浩的话头控诉她，我有那么傻吗？家丑不外扬的道理我早就懂得。就算李浩拉我下水我也不会接招，他控诉完他妈后不忘反问我，唐珊珊，说说你成天吃的什么，让我妈反省反省。我淡淡地回答，我吃得挺好的，妈妈上班忙，如果自己特别想吃什么就自己做。我的回答帮两家妈妈都解了围，常常会赢得她们的掌声。这大概是读小学高年级时候的事情，那个时候两家大人都一致认定我情商比较高，李浩智商比较高。陈洁阿姨还特别感慨道，两个孩子真是天生一对。

天生一对的两个人长大后并没在一起。变化总是无声无息在发生，我变成了李浩眼中的“圣母婊”，他变成了我眼中油滑但没啥搞不定的人精。大半辈子痛恨厨房、痛恨做饭的妈妈退休后第一件事情就是报名上了老年大学的厨师班，可惜像她年轻时预言的那样，油烟跟她有仇，没进厨房闻多久的油烟她就一病不起。从年轻时就一手好厨艺的陈洁阿姨早已吃素，一心钻研低盐、低油，以难吃闻名的健康食物。唯一没变的是我们的父亲，他们在我们中考那年夏天双双遇难。一个繁星满天的夜晚，船停泊宜昌港，我爸说星光下的江水真美，想下水游会儿泳，这是船员守则上严令禁止的，那夜的星星和江水都像充满了魔力，深深吸引着他，令他无法抗拒，他脱掉外衣就跳了下去。李叔叔没挡住，自觉水性比我爸好，也脱了外衣跟着跳了下去。鬼使神差，他们都跳进了一个巨大的旋涡中心，一股来路不明的洪峰又突然袭来。同事们眼睁睁看着他俩被洪峰裹挟而去……找了两周，也没找到遗体。他们就这样双双制造了长江公司的一起特殊安全事故，非因公更非殉职。他们的死就有了说不清道不明的意味，比较普遍的说法是他们两人太好了，活着的时候好得就像穿一条裤子似的，死也要约着一起。

红烧肉的香味从厨房弥漫出来，看看时间，李浩差不多该到了。我把早已洗净码好黄酒姜丝的鲈鱼放进蒸炉，本来是清蒸，想到李浩说嘴巴寡淡，还是切了些泡姜、泡辣椒一起蒸。接着我把准备煮汤的豆腐切片，青菜去梗，这些都弄好了，再把手放在水龙头下冲洗，为了祛味儿，特地挤了些柠檬汁在手上搓洗，继续冲，直到闻不到一丁点儿肉、鱼、菜的味儿才作罢。这才到客厅拿出平时根本不用的紫砂壶，洗干净，用开水烫了两遍，泡了一壶李浩最喜欢的老生普。紫砂壶和生普都是肖国民留下来的，算是遗物。

我和肖国民第二次见面，他约我到茶叶市场。之前的初次见面是在电影院，我们经挚爱交友中心介绍认识，网聊了快两个月，都感受到了彼此的靠谱和诚意。他如实告知我，他大半辈子都在折腾，从事了不下十种职业，没一种职业能坚持三年。中年之后开始做生意，也是做啥亏啥，直接活成了别人眼中的失败者形象。我说，我不在乎别人眼中的你，而是关心你自己眼中的你。他说，还不错，同样的几十年，别人活一辈子，我至少活了三辈子。最骄傲的是，成年以后，我都是只为自己活，每一种选择，都是选自己喜欢并真正有兴趣的。我也诚实地跟他讲述了自己的一切，性格内向，从小没啥朋友，相信自己天性不讨人喜欢；因为脆弱自卑，大学学的专业叫营销传播，毕业至今只从事了一样工作，倒是和专业很对口，写各种广告文案；感情生活接近空白，又有一个鬼影子一样的人在心里乱窜。快到三十岁关口，母亲催婚，莫名焦虑和害怕。肖国民说，别怕别怕，我们认识了，过去的一切都过去了，放心，尽管我又老又穷，但漂泊江湖几十年，解决问题的能力还是不错的。那个下雨的周末，他提议若有空出来看场电影，我说好，穿了漂亮的裙子，精心做了头发化了妆。没料到一出门就下雨，赶到电影院时我已经淋得像个落汤鸡，肖国民笑笑摇了摇头，从包里掏出叠得整整齐齐的小方巾说，擦擦头发擦擦脸。他是我看到的第三个随身携带干净小方巾的男人，另外两个是我爸爸和李叔叔。肖国民干干净净的白色配浅灰色格子小方巾在我头上脸上一抹，就脏得不堪入目。我羞得脸一下子绯红，他说没事回去洗洗就好了。走进放映厅坐下，才发现空调开得有点低，他立马就脱了外套让我披上。我瞥了一眼脱下外套的他，瘦得像根竹子。看完电影，他送我到楼下，道了晚安离去。事后回忆这些细节，我感觉我们就像两个老朋友见面，而不是两个相亲男女第一次见面。又过了两个星期，他在网上问，我们有没有见光死？还附了一个怪笑的表情。我说，你的小方巾洗干净了吗？他说，别担心，早就洗干净了。怕我不放心，他还拍了小方巾的照片发给我看。他说，我很好奇你为何会如此在乎这个细节，化妆品涂在脸上都能洗干净，小方巾上当然也能洗干净。我说，我生来就是容易把事情搞砸的倒霉蛋，倒霉自己倒也罢了，让别人跟着倒霉就会很羞愧。他停了一会儿说，我明白了，你看我的年纪差不多可以做你的父亲，我们在一起，就算你做错了什么，惹了什么祸，都不要紧的，我也不会在乎和计较。你试着放松点，别那么紧张，好吗？他说这番话时，我内心就像雪糕被夏日的骄阳照耀，融化得很快。没加思索就答应了他的第二次见面约会。在茶叶市场，他说送我一个壶，壶通福，让幸福一直陪伴我。他先让我自己选，我选了一个不到一百元的白瓷壶，他摇头不语。我放下又选了一个两百多元的白瓷小壶，他摇头不语。我又放下，选了一个三百多元的青花瓷壶，他仍然摇头不语，眼睛里透出笑，浓浓的宠溺之笑。我赌气不选了，他直接拿了展示柜最上层的一个紫砂壶，问我好看不，我点点头，他叫老板包上，直接刷卡，我问多少钱，他跟老板眨眨眼冲我做了个怪脸说，无价，无价的东西最宝贵。从茶具店出来，转身进了茶叶店，选了些老生普，说这个没有保质期，时间越久越好喝，叮嘱我好好保管。

直觉告诉我紫砂壶和老生普价格不便宜，回家就放进柜子最里面，以防自己糟蹋。这也是我从小养成的习惯，有什么宝贝都藏着，生怕自己一不小心就把宝贝糟蹋了，也是觉得现在的自己还不配用这些宝贝，总想等到今后某一天，自己配得起这些宝贝再用。李浩和我相反，什么好东西都要马上用，生怕以后用不了似的。他一到我家就翻箱倒柜找好东西，找到紫砂壶和老生普，就毫不客气地要求我泡给他享受。从那以后，肖国民送我的订情物紫砂壶和老生普就成了李浩的专用茶壶专用茶。

李浩进门，我刚把茶泡好，叫他洗了手先喝着。我到厨房把红烧肉装盘，为了配红彤彤、油亮亮的方块肉，我在碗柜里选了一个平时不用的椭圆形骨瓷盘，红烧肉装在中间，想了想又洗了几根莴笋叶子，撕碎围着红烧肉的边上撒了一圈，像给红烧肉镶了一根翡翠项链。蒸炉里的鱼也蒸好了，鱼上面撒的是鲜艳的红辣椒丝。最后一道青菜豆腐汤很快就煮好了，不到十分钟，简简单单的两菜一汤端上了桌。没等我拿筷子，李浩忍不住就用手抓了一块红烧肉往嘴里塞，也不用牙齿咀嚼，在嘴里滚了几下，直接吞进了喉咙。边抓第二块边霸道地说，太好吃了，这一盘都是我的，一块也不准你吃。我笑笑递了张湿纸巾给他，说，好的，都是你的，我不跟你争，快把手擦干净，坐下好好吃。我话一出口，我们两人都愣了一下。多么熟悉的场景，多么熟悉的对话，小时候陈阿姨做好饭菜叫我们过去吃，我爸爸从来都是先用手直接抓几块往嘴里塞。陈阿姨笑意盈盈地看着他，像看一个馋坏了的孩子，等他过了最初的馋瘾，再递给他一张热手巾擦手。李叔叔和我妈对这一幕早已经见惯不怪，最多笑呵呵地附和一句真馋啊，其实是和陈阿姨联合着纵容他。他们四个人，陈洁阿姨年纪最大，我爸爸年纪最小，李叔叔和我妈年纪差不多。不知什么原因，李叔叔和我爸爸都找了比自己大的女人做妻子。我长大成人之后，再回想起小时候的一幕幕，觉得爸爸、妈妈、李叔叔、陈阿姨根本不像两对夫妻，而是像四个兄弟姐妹。这真是一个奇怪的发现。

短暂的沉默之后，李浩抬起头，把视线从桌上的红烧肉转到我脸上，莫明其妙地叹息了一声说，从小到大，我都觉得我妈不爱我爸，她爱的是你爸。还有一件事我也一直没弄明白，我们的爸爸走得太蹊跷，他们两个长年累月在长江上跑船，同一条航线跑了几十年，对航道就像对自己的身体一样熟悉，怎么可能不知道那里有个旋涡？船员不准下水，就是工作需要下水也必须穿救生设备，这些铁的纪律他们也不可能不知道。我苦笑了一下说，再弄不明白，再蹊跷又有什么用？都二十年过去了，你还能去查个水落石出，还他们一份清白？还我们一份安心？我们整整二十年没有爸爸，今后也不会有爸爸，这就是现实，别折腾了，认命吧。

李浩继续埋头吃红烧肉，一盘肉快见底了，才望了一眼旁边的蒸鱼。鲈鱼的刺少，但中间还是有一根主刺，我小心把它挑出来。李浩把红烧肉彻底吃完又开始吃鱼，没有刺的鱼他吃得很快，边吃边说，你认命了吗？你认命了就不会和肖国民好，你摸着良心说，你是不是把他当你爸爸了？

我想了想，像是自言自语地说，肖国民比我爸爸对我好多了，虽然我们在一起只有一年时间，这一年的大多数时间他还在生病，等死。但只要在一起，我就能感受到他对我的在乎。我和爸爸在一起，说起有十五年，三岁前没啥记忆，三岁后他一年回家休假一个月，天天和你爸你妈泡在一起，基本上没怎么管过我。印象深的就两件事，他每年回来会从上海给我带时尚的裙子鞋子，我得意扬扬地穿到学校去炫耀，后来得知都是你爸爸去商场选的。还有一件事就是他每年临走时会给我和妈妈拍一张照片，说是带在身上做纪念，他们出事后妈妈去收拾遗物，发现这些照片都在你爸爸的抽屉里，绝大多数连相馆装照片的纸袋都没拆开。我妈妈说得对，我爸爸就像个贪玩贪吃的大孩子，他谁也不在乎，就在乎他自己。但他命好，有你爸爸巴心巴肠对他好。船上那些与他们朝夕相处的同事说，你爸爸对我爸爸好得让人难以想象，其他船员都是每人一个房间，他们两人一直住在一起，我爸爸的所有事都是你爸爸大包大揽，洗衣做饭收拾房间。他们本可以吃船员食堂，因为我爸爸挑嘴，每天你爸爸都要为他开小灶。我爸爸被你爸爸宠溺得一身坏脾气，说话做事很容易得罪人，也都是你爸爸到处去给人赔不是。认识他们的人都说你爸爸一定是上辈子欠了我爸爸的巨债，这辈子是来还他债的。

李浩怪怪地坏笑了一下说，若按这个逻辑，你爸爸又欠了我爸爸的，父债子还，该你来还我，凭什么你又去还给那个不相干的死老头儿肖国民？我说，错了，你们只看到我照顾肖国民，对他好，都不知道他对我有多好，我得到的远比付出的多得多。要论欠债，是我欠他的。所以肖潇的事我得管，你也得管，这事就赖着你了。

2

每周四下午，是红星养老院的开放时间。红星养老院是本城仅有的两家收失智老人的地方，坐落在城北郊外的植物园附近，环境优美。另一家是位于市区的精神病医院老年科，价格便宜很多，还可以走医保，我先去的那里，发现他们会用对待严重精神病人的方式对待失智老人。我实在不忍心把妈妈送到那里去遭罪，只有咬牙送到红星养老院。她每个月的退休工资加上出租她房子的房租大约够一半的费用，另一半就需要我增大工作量来支付。我还算喜欢工作，但从不喜欢辛苦地工作，我的价值观是工作永远只是生活的一部分，工作是为生活服务让生活更好，而绝非挤压生活让生活打折。和我合作的公司都知道，我有自己的工作量，超过工作量，再贵的活儿我也不接。如果我不愿意加大工作量挣钱，也有另一种方式，就把妈妈留在家里由我一边工作一边照顾，再请个钟点工帮忙，用我的收入加她的退休金和房租养活我们两人，从经济上比送红星划算多了。我想了想，估计这种方式不到半年我会崩溃，很可能会在我妈挂掉之前先挂掉。为了我们都能活下去，还是两难之中选其轻，加大工作量努力挣钱送她到专业机构接受专业照顾，于我于她都更合适。钱是可爱之物，能用钱解决的问题都用钱去解决，这也是肖国民当初教会我的思维方式和处事原则。李浩指责我良心给狗吃了，对自己的亲妈还不如对肖国民好。的确，肖国民的最后时间都是我在照顾，差不多有半年，吃喝拉撒都在病床上，我二十四小时陪护，如果某天能在病床边的椅子上连续睡两个小时，就会有满满的幸福感。更多的时候，是刚眯上眼他就开始呻吟，只得起身给他按摩，缓解疼痛。医生和病友都称赞我是三心特级护工，细心、耐心、爱心。面对李浩的批评我没做任何解释和反驳，只在心里给自己找了一个开脱的理由：我的三心都给了肖国民，没有了，再也给不出了。抱歉，妈妈。

我中午就去排队买票坐郊区公交车前往红星养老院，照例带了一袋番茄。我妈早不认得我是谁，但她仍和以前一样特别喜欢红通通、圆滚滚的东西，红辣椒、红苹果、红番茄，尤其喜欢红番茄。我到病房的时候，她还在睡觉。我把番茄一个个洗干净装在盘子里，放在她的床头柜上。这样她一醒来就可以看到她喜欢的红通通、圆滚滚的东西，希望以此能带给她一点小小的欢喜。果然如我所愿，她看到番茄脸上就绽开了微笑。我问她，这是什么，她说乖乖。我说什么乖乖，她说红通通、圆滚滚的乖乖。我递给她一个，说你喜欢乖乖就吃了它，她接过去，张开嘴舔了舔，做了一个吮的动作，很轻，并没咬破番茄皮。我说，用力咬呀，她摇摇头说不，乖乖会痛的。我继续逗她，你认识我是谁吗？她像孩子看陌生人一样有点羞赧又有点好奇地看了看我，说不认识。我说，我是你女儿唐珊珊啊。她偏着头笑笑，把手上的番茄举给我看，说，你别骗我，这才是我的乖乖，红通通、圆滚滚的乖乖。我心里有点堵，半认真半打趣从她手上抢回番茄说，我们不说乖乖，说珊珊，好吗？你仔细想，使劲想，想珊珊。她眼中流露出紧张和惊恐，我的心莫名地一阵蜷缩，为自己如此变着花样折磨一个病人而愧疚，也为岁月深处那个叫珊珊的小女孩深深叫屈。

妈妈一向知道自己不能干，也从不想勤能补拙去努力变得能干。她连对自己都没有什么要求，当然也不会对别人有要求。从小到大，似乎她对我唯一的不满是我的性别。小时候，她提过几次，你是个男孩儿就好了。六年前，我过二十九岁生日的时候，她很正式地跟我谈希望我能尽快把个人生活定下来，找个合适的人结婚生子，我第一反映就是惊愕，这根本不是她的风格呀。为了说服我，她找了三点理由：一，我年纪不小了，该有自己的家了；二，女人有最佳生育期，别错过；三，她对自己的身体有些不好的预感，希望我能抓紧，让她在生前一了心头之结。我是被第三个理由打动的。之前不久刚好有朋友的妈妈早晨上个厕所就突发心梗再也没有起来，朋友的情况和我相似，爸爸早早就走了，和妈妈一起长大的。在她妈妈的葬礼上，她拉着我的手说，我现在成了没爹没妈的孤儿，头顶和背心总有凉风在空嗖嗖地刮。

我答应妈妈会认真考虑这件事。她很高兴地点了点头，说太好了。还特地问了我一句，你对李浩已经死心了吧，他就是个天生的浪子，一点不靠谱，不值得托付终生。你只要真的对他死了心，把他放下了，就可以找个好人好好过安稳日子了。我鼻头一酸，眼睛立马就湿了，泪水在眼眶里打转，我用尽力气才没让泪水涌出。这么多年，李浩在我家进进出出，我在他家进进出出，看起来都那么自然坦荡，如同陈阿姨说的，我就是她家的一个女儿，李浩就是我家的一个儿子。一直以为自己和李浩那点破事只有天知地知，我知他知，没料到妈妈什么都知道，只是她一直隐忍着从没问过我什么。

中学时李浩的种种行为都让同学们以为我和他是铁定的一对。

大学期间，他又故伎重施，经常到学校来找我，就是散步、吃饭、聊天三步曲，也让我身边的人都以为我们是恋人。大二上学期，班上的女同学几乎都进入了恋爱状态，唯有我背着一个莫须有的恋爱名份，心里很孤单，也很委屈。有一天也是被自己逼急了，李浩过来时，我直接把他带去了酒吧，连喝了三瓶啤酒，借着晕乎乎的酒劲，我要求他给我们的关系一个明确的定义。他显然是吓着了，一边不停地擦汗一边说这里太热了，有什么我们出去说。我不依不饶，拉着他的衣袖不让他走，状态在撒泼和耍赖之间，中了邪一样重复道，你今天必须给我一个说法，我到底是你的什么人？他端起桌上的一杯冰水，泼到我脸上，没等我反应过来，他就连拖带抱把我弄出了酒吧。我稍稍冷静点后，他说，你是猪还是牛，愚笨成这样，我们什么关系？还没生下来就认识，能是什么关系？没有血缘的亲人！我以为这就是他的答案，虽然不算是一个好答案，但总比没有答案好，一颗心也算落地了。大二下学期，我开始和其他对我有好感的男生约会，李浩却像幽灵一样缠着我。我说，就算我们是亲人，也请你给我空间，让我去交男朋友恋爱。他说，你脑子不够用，人傻，我不放心你，担心你被骗，我必须守在你身边。

别人的大学四年，都是恋爱好年华。而我的好年华就这样莫名其妙被他糟蹋。不知内情的人只看到他有事没事就来找我，请饭、送礼，还以为他的一往情深被我辜负，我似乎对他不是很满意，又贪恋他的温柔，不愿意果断拒绝，把他吊着，不肯给一个男朋友的身份，只当垫底的备胎，当我无意中听到同宿舍的人如此议论，心里的感觉就如同哑巴吃黄连。从女生虚荣心的角度来考虑，我吊他总比他吊我好听点，我也不做解释，任凭他人误解继续。

大学毕业参加工作后，我开始把李浩屏蔽在个人生活之外。他可能也在忙于崭新的生活，或者他自己也觉得理亏，就不再像学生时代那样紧盯着我。从二十三岁到二十八岁，五年时间，我极其认真地谈了三场恋爱，没一场有结果。我得出的结论是恋爱这事还真不能太认真，一认真就累，就错。老实说这三次失败的恋情和李浩没啥关系，但他还是时不时像鬼一样就冒了出来，跑进我脑子里，影响我指挥我。和他们好的时候还好，有一点点不好的时候，比如我不喜欢他们说的某句话，做的某件事，甚至穿的某双鞋，吃的某种菜，李浩就会钻进我脑子里，像是在无声地冷笑。我就忍不住会想，李浩这个鬼，到底在冷笑什么？是笑他们怎么会说这样没有智商的话，做这样愚蠢的事，穿这么难看的鞋，吃这么难吃的东西吗？我会在心里对着脑子里的李浩吼道，不关你的事，请你走远点。就算他们再愚蠢再没有见识，但他们真心对我好，敢于公开表达喜欢我，爱我，愿意和我在一起共创未来，这就够了。脑子里的李浩，不说话，继续冷笑，笑得我背心阵阵发凉，只有继续猜测他冷笑的内容：你确定他们和你在一起就喜欢你、爱你、愿意和你共创未来？你确定吗？问得我心里发毛，只有再一次带着放大镜来审视和他们从相识到相处的每一个细节，一遍又一遍审视、捉摸。越审视越捉摸就越没信心，最后只能落荒而逃。

在我二十八岁这年年末，李浩抱了一个小男孩儿回家。这孩子长得和他就像一个模子里刻出来的，不用验血验基因，谁都看得出是他的儿子。我们心里大大的疑问，没看到他恋爱，没见他带个女人回家，怎么就有了儿子？而且是已经一岁半的儿子？他把儿子抱到我家，说我带儿子来认门了。指着我妈教儿子叫奶奶，指着我教儿子叫姑姑。小家伙发音还不是很清楚，把奶奶叫成来来，把姑姑叫成嘟嘟。我本来有些生气，被小家伙呆萌萌的嘟嘟叫得心都融化了。我蹲下身，伸出双臂，他一下子就扑过来，搂着我的肩，在我脸上不停地亲。我眼泪随着不停地往下落。妈妈比我镇定，进卧室给小家伙包了一个厚厚的红包，交给李浩说，总算有第三代了，你爸爸和你唐叔叔知道了不知道该有多高兴。李浩收下红包说，谢谢阿姨，唐唐出生时我就已经给他们烧了纸报了喜的。我们这才知道他儿子叫唐唐，儿子的妈妈是谁，为什么一岁半才抱回家，我们没问，他也没说。不过，不声不响干出吓人的事情早不是李浩的第一次了，我们也见怪不怪。大学毕业头两年，他至少换了七个工作，行业跨度很大，没人知道他真正的兴趣所在。第三年，他自己开公司了，规模还很大，在市中心的高端写字楼租了两层楼。我问他公司做什么，他说什么赚钱做什么。也没看到他赚钱，就看到他花钱如流水。妈妈私下问我，李浩是不是中了什么巨额彩票。公司没开两年，转让出去了，开了一家书吧，一看又是赔钱的生意。但他一点也不在乎，他说他真正做的事是摆平搁顺，专门处理别人的各种麻烦事复杂事。

李浩突然就有了儿子的事情深深刺激了妈妈，她才在我二十九岁生日这天正式地跟我谈了她希望我个人生活早点安稳下来，尽快找个合适人结婚生子。我把妈妈的希望直接理解为要求。一个从来不提要求的人只要提出来，希望也罢要求也罢，那都是分量很重的事情。

想来想去，快捷完成妈妈的要求只有征婚这条路比较靠谱。

比较之后我选了网上网下都有店的挚爱交友中心，一次性付了一年的服务费，三万六。这对我不是一笔小数目，我不停安慰自己，人生大事要舍得花血本。但对挚爱而言，我交的是最低廉的C类会员服务费，按照合同，挚爱将根据我的条件在一年之内为我介绍六位条件相当的男士认识，只是介绍认识，还只是网上认识，网上交流，有感觉再相约网下见真人。六个人三万六，一人六千，真心不便宜。挚爱要求每个登记的会员除了提供真实身份，还必须提供资产证明、健康证明、单身证明。有点麻烦，但也会让人稍稍安心。这些证明就是一道门槛，而门槛是一种基本的保护。

肖国民是挚爱推荐给我的第六位，最后一位。如果和前五位一样，网上见一面便再无音信，我的三万六就彻底打水漂了。如果我还想见下一位，就得续费，再缴一年年费三万六。答应和肖国民从网上走到网下，见见真人，有很大一部分原因是舍不得三万六就此打水漂，还有一部分原因是赌气，前面的五位不是在网聊环节就没下文了吗，第六位无论如何往前再走一步，也算对自己是个交待。后来，肖国民告诉我，挚爱不仅不收男会员的钱，甚至男会员网下见一次女会员，挚爱还会付五百元补贴。当然，不是谁都可以当挚爱的男会员，经济实力、相貌职业、自身素质，都有一定要求。得知这一消息时，我很郁闷，为婚恋市场上男女的不公平。肖国民拍拍我的头说，这个钱我来付，权当谢媒。肖国民不是有钱人，却有着有钱人的思维，能用钱解决的问题就一定用钱解决。

妈妈不肯吃苹果，我就悄悄用榨汁机给她榨了一杯苹果汁，像哄小孩一样哄她喝下。给她按摩了一下肩、颈、背，想把她抱进轮椅推到楼下花园走走，结果发现她流尿了。赶紧按铃把护工叫过来，一起给她擦身体、换裤子、换床单。换床单时看见床垫上有许多深深浅浅的尿迹，我说，能把床垫也换了吗？护工摇摇头说，床垫不能换，放心吧，我用吹风机给她吹干了的。唉，得了这个病反正都是遭孽，你还是同意她用尿不湿吧。她舒服点，我也轻松点。老人用的尿不湿价格偏贵，一旦用上几乎不能再停，用量又很多，是一笔不少的开支。红星养老院规定用不用尿不湿由家属决定。我一直没同意给妈妈用尿不湿，多花钱是一个方面，另一个方面是我始终觉得用尿不湿身体会非常不舒服。但以她现在的状况，坚持不用尿不湿，显然是让她遭更大的罪。我对护工说，好的，从今天开始用尿不湿吧。护工很高兴，连声说好，我就知道你是一个孝顺的女儿。好多子女把老人送进来就再不露面，顶多过年过节来看望一下，像你这样每周都来的全院不超过十个。你妈妈有福气，你今后也会很有福气。我说了声谢谢，心中默默祈祷，苍天啊，如果你可以赐福于我，请保佑我即便在生命的最后一刻也不要失去记忆和理智，让我拥有与世界好好道别的能力。刚刚祈祷完，脑子里又冒出一个声音，唐珊珊，你有多不孝，父亲不幸早早离世，母亲病重失智，你竟然计较他们欠你一个道别。心里的声音回答道，是的，他们都是很突然就抛下了我，没与我道别，我不知道他们记不记得我，爱不爱我，后不后悔我做他们的女儿。我强忍住，才没让内心万马奔腾的悲伤往外淌。

安顿好妈妈，天已经快黑了，我赶紧往回赶，一路上都在叮嘱自己要继续加大工作量，每个月可以多挣点儿钱，给妈妈买尿不湿。

3

肖潇已经付清房租，搬到她姑妈家住了。我交待她去收集丁冬的借钱证据和行踪，她一样也没做。我说，你交钱给他，总有借条收据吧。她说，当时关系那么好，我不好意思叫他开借条收据。我说，转帐的证据呢，卖房的一百万你怎么给他的？她说，丁冬要求买家付的现金，他和我一起收的，收了他就拿走了。我说，那他之前每月付你的利息，怎么付的？她说，当然也是现金，他就喜欢现金，家里地下室有三个大保险柜。那个家是租的，我去找过，他早搬走了，房东说地下室倒是有三个空保险柜，卖废铁处理了。

我问肖潇下一步怎么打算的？她说，我等你安排呢。姑妈说可以带我去社区申请低保，我觉得这个也太丢人了，没同意。珊珊姐，你会管我的吧。

我不知道如何接肖潇的话。不由得想起我和她的第一次见面，肖国民安排的。他刚说了个开头，这是唐珊珊。肖潇马上打断他，兴奋地拍着手说，珊珊姐，我喜欢你做我爸的新女人。我愣住了，作为一个专职给广告公司提供优质文案的人，我一直觉得自己的想象力和对文字的掌控力还可以。但面对初次见面的男友女儿如此开门见山的欢迎词，我还是自愧不如。姐、喜欢、新女人，每个字都堪称惊世骇俗。

吃完一顿饭，又一起逛了几个小时的街，我总算明白了之前肖国民说到肖潇时发出的感叹：年龄早已成人，但内心一直停留在不谙世事的小孩子阶段。她永远长不大，也逼得我不敢老。

肖潇的天真超出我的想象，我们在商场逛衣服，她眼睛直直地胶在童装柜，我说，你穿不了，她说可以，有特大号女童装。营业员还真找出了特大号的女童装，她也真穿得进去，但看上去就是特别别扭。我说，我们先去试试成人女装吧，也许成人女装更能展现你的美丽。她瞪大眼睛看着我问，你认为我美？我说是啊，你皮肤那么好，身材五官都很漂亮，当然很美。她用手捂住嘴巴，眼泪无声地往外流，我拿出面巾纸给她。她平静后告诉我，从小到大妈妈都说她长得很丑，她为此特别自卑，连朋友都不敢交。我帮她选了两套适合她的衣服，又带她去做了头发，在一面大镜子前，让她仔细地欣赏镜中的自己。她的眼睛又一次湿了。帮助肖潇发现自己的美不算困难，困难的是她内心的成长，比如不再抗拒与人打交道，不再视每天上班为受刑一样煎熬。但肖潇的性格不是一天两天所致，也不能奢望一天两天得到改变，我安慰并鼓励自己，决定要尽其所能给肖潇更多的关爱。

和肖潇见面的前一周，肖国民才和前妻肖潇母亲周莉办了正式离婚手续，之前他们已经分居十多年。肖国民不止十次提出过离婚，周莉一直不同意。肖国民咨询过律师，如果走法院诉讼离婚的途径，无论周莉多么不愿意，顶多两次，法院还是会判离。但肖国民一直没离成婚，他说，律师说的是大概率，我命不好，碰到了小概率。去了法院两次，还是没离成。第一次，肖潇还在上小学，我到法院起诉，在法院门口狠狠摔了一跤，股骨骨折，在床上躺了三个月。周莉天天炖骨头汤，和肖潇一起送过来，之前让我为之离婚的那位实在受不了，哭着说我还是滚回家比较好。第二次，肖潇刚上中学，我觉得再和周莉这样过下去，生不如死，又跟她提出离婚，她不同意，我又到法院起诉。这次没摔跤，我已经平平安安进了法院的大门，接到岳母电话，说岳父快不行了，叫我赶紧去医院。我和周莉关系不好，但和她父母——我的岳父母关系很好。我亲生父母去世早，他们待我就像亲生儿子。一码归一码，我立马转身奔向医院，岳父突发脑溢血，正在ICU抢救，家里人都吓慌了神，不知下一步怎么办。我一过去，医生就要我拿主意，我说不惜一切代价救人。医生随即拿了一堆单子来要我签字，在签和患者关系那一栏，我平静地签下父子。岳父从死神边捡回了一条命，左手左脚不能动，脑子也不大好使，但他退休工资高，他多活一天就给家里多当一天取款机。岳母逢人就说是我的功劳。成了有功之臣，退出的难度更大。但我还是坚决从家里搬了出去。

和肖国民好了之后才知道他并没离婚，我很是愤怒。但得知他离婚未遂的内幕，我很快就释然并随之谅解了他。肖国民说，凡事不过三，现在岳父母都走了，应该没有阻止我离婚的人和事了。这次我一定要离成。他回去找周莉谈，周莉把肖潇叫到一起，说这是家庭大事，家里每个成员都有发言权。周莉做梦也没料到，肖潇完全站到父亲肖国民这一边，一副大义凛然的样子对她说，你就放过爸爸吧，他太可怜了，被你折磨了大半辈子，你看他瘦成什么样子，求你给他一条生路。周莉气疯了，她一直以为自己捍卫婚姻是为了给女儿一个完整的家庭，结果女儿不仅不领情，还视她为折磨人的刽子手。她说，我同意离婚，但有两个条件：第一，肖国民净身出户；第二，我与肖潇从此断绝母女关系。肖国民劝周莉，这和女儿没关系，结束婚姻关系不需要断绝母女关系。

周莉听不进去，只说自己辛苦几十年养了个白眼狼，从来只听说女儿帮妈妈维护婚姻，没听说过女儿要妈妈离婚的。太伤心太寒心。好吧，婚姻靠不住，丈夫靠不住，女儿靠不住，那我都不要，靠自己，靠自己几十年存的钱养老，你们谁也别想拿走我的一分钱。肖潇不作任何解释，也不为自己的话伤了妈妈道歉，只催着父母想好了就尽快离婚。当天肖国民和周莉就去民政局办妥了协议离婚手续。真正办离婚手续时，周莉也没有自己说的那样狠，还是把肖国民住的房子留给了他。她说是看在他对自己父母好的分上，不想他这么大年纪还流落街头，反正自己名下有好几套房子，送一套给他就是。肖国民提醒周莉，自己住的这套房子是两人分居后买的，本来就是自己的。周莉轻蔑地看着他说，你净身出户的意思就是所有婚内财产都跟你没有关系，都属于我。人穷志短，肖国民闭上了嘴，没再和她争论。

肖国民拿着他心心念念几十年的离婚证来跟我求婚。我看他激动得不能自持的样子，问他是不是有冲出牢笼的感觉？他说，岂止冲出牢笼，完全是从地狱到了天堂，哈哈哈。我说，你和周莉都分居十多年了，这十多年了除了没有离婚证这张纸，其实你们都是各过各，互不相干，按理说再多的恨、再多的怨也被岁月冲洗得所剩无几了吧，为什么你还是如此欢天喜地？肖国民觉得我的问题很奇怪，他说，他离婚是我们两个的喜讯，我居然没事似的一点不激动，好像一切都跟我没有关系。他一下子从狂喜转变为闷闷不乐。我意识到自己置身事外的态度对他是一种伤害，抱住他跟他道歉。他转身把我抱到床上，用身体压住我，他太瘦了，身上的骨头硌得我很痛。但他力气很大，双手扣着我的双手，双脚扣压着我的双脚，让我不能动弹，再用一种很奇特的方法相吻，用鼻子压住我的鼻子，用口堵着我的口，我憋得透不过气，感觉已经到了窒息的边缘，脑子里没有任何思维，只有大片大片的空白。在我即将失去知觉的那一瞬间，他才把口鼻移开，先自己猛吸了几口气，再扑上来把新鲜空气呼到我的嘴里。双手也松开，移到胸部用力按压，像要把我肺里的所有空气全部逼出来，这种死去活来的感觉让人飘飘欲仙。而这一切，只是前戏。他太棒了，棒得无法用语言描述。就是在确诊肺癌晚期以后，他的欲望和力量仍然不可思议地强大。就在病房，午夜十二点护士最后一次查房之后，他只要稍稍有点儿精气神，就会要求我反锁上病房的门，爬上他的病床，他一次次把我送上天，感受腾云驾雾的快乐。我求他不要这样疯狂，留点儿体力对抗病痛，他嘻嘻笑，又一本正经地说，幸好肺离前列腺距离有点远，我还有让你快乐的能力，我能给你的太少了，请你一定接受。宝贝，我爱你，我要你快乐，你快乐我就快乐。我以前不懂爱，吃了很多苦，现在慢慢有点懂了，可惜又晚了，必须只争朝夕。

我们最终也没有成为合法夫妻。在准备去结婚登记的前两天夜里，肖国民剧烈咳嗽，吐出大块大块的血。我们认识时他就很瘦，咳嗽也厉害，我曾经有过一闪念关于他健康的担心，但他精神一直很好，我感受到他身体也很棒，就相信了他说的身体健康，瘦是体型原因，咳嗽是以前抽烟留下的慢性咽炎所致，现在戒烟了，慢慢会好起来的。

我吓坏了，打了120。第二天，诊断结果出来，肺癌晚期。医生问，怎么拖到这么晚才来医院？这个时候手术、化疗、放疗都已经没有任何意义，只能保守治疗，尽可能减轻痛苦。肖国民对一切心知肚明，他不停地跟我道歉，说早就猜到自己身体有隐疾，但没想到这样严重，以为至少可以陪我十年。而我也一个劲跟他道歉，说我耽误了他，还说是我命不好殃及了他，小时候就有人算命说我八字大，克父克夫。我们相拥而泣，哭了很久很久。

肖国民得知自己来日不多之后，提出了想见两个人，一个是他唯一的妹妹肖国珍，肖潇的姑妈。另一个是李浩，我对他没有秘密，和李浩的所有事情都早早告诉了他。我不知道他对肖国珍说了些什么，她从病房出来的时候双眼通红，对病房外的我深深鞠了一躬，说，谢谢你照顾我哥哥。他一生坎坷，总算在最后遇到了你，让他感受到了一点人生的幸福。我抱住她，无声地哭泣。我打电话给李浩说肖国民想见他，李浩说不见，凭什么要见。我说，他快死了，求你帮我一个忙，满足他的要求。李浩把我狠狠骂了一顿，骂我脑子进水，是天下头号傻瓜，才会和这样一个要死了的人好，让自己当不成新娘先当寡妇。我不回应，让他骂，骂够了骂累了继续请求他，他总算答应了。李浩来病房看肖国民的时候我有意回避，回了趟妈妈家，妈妈这时候已经有些不正常，说话颠三倒四，记忆力奇差。但我没太当回事，主要原因还是全身心都在照顾肖国民，分身乏术。我回病房的时候李浩已经走了，肖国民笑眯眯地说，你心中那些迷惑我都帮你问清了，李浩不喜欢女人，这也是没有办法的事情，但他有一个儿子叫李糖糖。我惊愕之后问肖国民，你见李浩就是要打探他的隐私？太缺德了吧。平时那么酷的李浩居然也会告诉你。太奇怪了。肖国民说，李浩看起来有吃不完用不完的傲慢，其实心里很孤独，只要遇到对的人真诚相问，他非常愿意敞开心扉。帮你解开心中关于他的各种迷惑是我见李浩的第一件事，还有更重要的一件事是我托他照顾你。他是一个能力很强，很有本事的人，有他的照顾我就可以走得心安。还有一个秘密我要告诉你，李浩的确很爱你，只是他拿自己没有办法，他也为此很痛苦。我苦笑着说，别骗我了，我认识他这么久了，他从来都不爱我。如果他爱我，哪里会有你。肖国民说，傻姑娘，男人更能看懂男人，见到李浩第一眼我就知道他恨我，我们素不相识，他为什么要恨我一个将死之人？原因只有一个，我是他事实上的情敌，爱上了他的爱人。他愤怒、嫉妒。但他拿自己没有办法，无论多爱你也没法真正和你在一起，这种糟糕透顶又无可奈何的感觉让他又痛苦又绝望，我的出现正好让他为这些感觉找到了出口，恨我，狠狠恨我，会让他好受得多。没猜错的话，就算今后我死了，他还会恨我，不停地在你面前骂我，诅咒我。同时，也会和你来往更密切。我说，不会的，我了解李浩，尽管他看起来一副桀骜不驯、独来独往的酷样，但骨子里很善良。肖国民说，这和善良无关，和人性有关。你不相信的话，我们打个赌，如果我说中了，你就每年在我们相识的纪念日那天给我烧炷香。

肖国民的确预料准了，他去世后，李浩经常来找我，关心我和妈妈的生活。有意无意都会主动提起肖国民，提起就开骂，好像我的人生是被肖国民毁掉了一样。我心里很为肖国民鸣不平，很想和李浩争论，但想起肖国民的生前预言也就一笑作罢。然而，我居然一次也没给肖国民烧过香，清明、七月半、他的生日、我们相识纪念日。从小到大，我接受的都是无神论主义影响，从没有烧香这个概念。爸爸走了这么多年，也没见妈妈给他烧过一次香。妈妈生病前，我问过妈妈为什么一直没有再婚，是因为怀念爸爸吗？妈妈说也没有特别怀念，他好像一直就在心里。我对肖国民也是这种感觉，没有刻意去怀念过，但他一直就在心里。和妈妈一样，我不是一个在乎仪式的人，肖国民走后，连追悼会我也没去参加，是他妹妹肖国珍一手操办的。我太累了，回家连续睡了两天才缓过劲儿来。又过了几天，肖潇拎了一个袋子过来，说装了些小东西，是肖国民遗物中不知道如何处理的，让我拿主意。我问她从哪里拿来的，她说有的从家里有的从医院，都是放在床头柜最下层或者枕头里面，应该是对爸爸很重要的东西。送走肖潇，我打开袋子，把这些小东西一样一样拿出来，也没啥特别的，硬币、纪念章、钥匙、早已不用的软盘、BB 机。有两个药瓶看起来比较新，我打开看，一个是蓝色小药丸一个是白色小药丸，蓝色的在杂志广告上看到过，是伟哥，白色的看了英文标签才明白，是男用口服避孕药。我恍然大悟，肖国民病中那么旺盛的欲望原来一直是药物在支撑，顿时泪如雨下。一边哭一边在心里骂：肖国民，你这个笨蛋，神经病，你把我当成什么了？把你自己当成什么了？你为什么要这样傻？

知道了肖潇的近况，我的担心又多了一层。赶紧联系李浩，微信问他有丁冬的消息没。他依然秒回：有消息，钱没有。我问怎么办？他说凉拌。我说，要不回钱肖潇只有借住姑妈家，三十岁了还寄人篱下，实在可怜。他说，人家比你年轻，有姑妈，还有有钱的妈。你妈还要你挣钱养，你们谁可怜？

又被毒舌戳到痛处，我很生气。可不可怜我自己知道，这么多年好不容易才弄了一层皮小心包裹着，岂能由别人来撕开剥掉这层皮？我关了微信，等着李浩来电话。先泼毒汁再给糖，反正他就这点套路。然而，这次他居然没来电话，当天没来，第二天、第三天也没来。奇了怪了。自尊心和虚荣心又不允许我主动打给他，或者微信联系他。第四天还没等到他的消息，我猛然想到，我可以去他家，以看陈阿姨和糖糖的名义。

4

我刚开门，一位中年男士竟然站在门口，他看见我立马满脸微笑地递上了一张名片说，你好，请问你是唐珊珊女士吗？我是安康人寿保险公司的工作人员李永新。我没有过被陌生保险员堵在家门口的经历，又急着想去李浩家，拉上门冷着脸回了一句，抱歉我目前不需要买保险。

中年男士李永新继续笑眯眯地解释说，唐女士误解了，我不是跟你推销保险，相反是有好消息要告诉你。你一直不接电话，我费了好多周折才找到你的住址，冒昧登门打扰，实在抱歉。你已故的朋友肖国民有两份保险的受益人是你，我必须找到你。

真有天上掉黄金的好事？肖国民去世三年多了，怎么会现在才冒出一笔保险出来？他什么时候买的？我怎么会是受益人？我愣了一下，甩了一堆问题出来。李永新职业的笑容一直挂在脸上，慢悠悠地说，这两笔保险一笔是身故险，他二十年前就给自己买的，之前他指定的受益人是他妹妹肖国珍，四年前他特地做了变更修改，指定你为唯一受益人。身故险在他去世时就该来申领，你一直没来。最近原指定受益人肖国珍来申领，我们才知道肖国民早已去世，特地来联系你。肖国民在变更身故险受益人时还为你买了双重保障险，一次性囤缴了所有保费。身故险五十万你现在可以一次性领取，双重保障险的第一重保障是大病医疗，如果不幸得了大病，可以一次性领取五十万；第二重保障是养老，六十岁以后你要么可一次性领取养老金五十万，要么每月可领取五千元养老金，直至身故。

我在心里盘算了一下，五十万没办法给肖潇买一套哪怕很小的房子，赶紧问，双重保障险现在可以提前一次性领取吗？李永新看了看我，有点严肃地说，现在只能是退险，退所缴保费，还要扣除一部分，很不划算。我说，谢谢，我考虑好了联系你。

和李永新道别后，我匆匆赶到李浩家。李浩居然在家里，正百无聊赖地瘫在沙发上，拿着遥控器对着电视机一顿乱按。我质问他为何不给我打电话，他说，你看看我还有电话吗？我看看他周围，还真没见着手机，一个也没见着。平时他都是两个手机从不离手。我突然意识到发生什么事情了，连珠炮一样问，你手机哪儿去了？你遇到什么麻烦了？陈阿姨和糖糖呢？他摇摇头说，不想让你知道你偏偏要自己撞进来，别吓傻了，先坐下。我破产了，和肖潇一样，被丁冬坑了。要债的到处在找我，我妈和糖糖都在安全的地方，放心。我说，这也太奇葩了，肖潇被丁冬骗是她智商不够，你这么聪明又见多识广的一个人怎么也被他骗了？李浩说，一点不奇葩，人性都有共同的弱点，都是贪和懒惹的祸。我有关系，搞到低息贷款，再贷给丁冬，吃利息差，这钱赚得很轻松。几年了，一直都顺利，没想到他今年跑路了，扔给我三四千万的债务。

天，三四千万！你拿什么还？我的确被这个数字吓着了，天崩地裂的感觉让我嗓子一下就哑了。李浩说，事已至此说什么也没用，走一步看一步吧，其实也没啥大不了的，就是现金流断了，做生意就这样，此一时彼一时，人平安地活下来就好。大钱都是向机构低息借的，他们不会做过分的事情，有小部分是向个人和小公司借的，他们闹得凶。我想起之前李浩说的有丁冬的消息，问他丁冬在哪儿？他说，在境外，钱都输光了，穷鬼一个。我问，陈阿姨和糖糖到底在哪里？是否安全？要不住我家去。李浩说，你不用担心他们，把你自己管好，别跟外人说认识我，也不要再和我联系，免得惹火烧身。我苦笑了一下说，我们从生下来就认识，现在怎么可能就成了不认识？我现在能做点什么，你说，我马上去做，这样我也好受点。李浩咬了咬下嘴唇，长长叹息了一声说，你最该做的就是别再当圣母，管好自己莫操闲心。若是平时，听到“圣母”这两个字我一定发飙，此时我却自动选择了脱敏装聋。我跟李浩讲了肖国民留了两份保险给我的事，他怔了一会儿，瞪大眼睛说，上天眷顾愚笨之人，你也算是傻人有傻福。那个死老头儿还有点良心，终究没让你当免费保姆。李浩喷毒就像吹泡泡一样轻松随便，我没法再强迫自己脱敏装聋，恶狠狠地回敬他说，你的烂嘴可不可以闭会儿？少喷点儿毒不会死。他见我真的生气了，呵呵一笑说，好，那恭喜你。你接下来打算怎么办？我说，原本是想把那个大病和养老双重保障险一起提前取出来，加上肖国民的五十万身故险，凑一起给肖潇买个房子。没想到你比她还惨，要不你先拿去救急吧。

李浩直愣愣地望着我，确信了我是认真的，用差不多是一字一句的节奏缓慢地说，唐珊珊，你永远记住，瘦死的骆驼比马壮，无论我还是肖潇，即便是落难也比你境遇好得多。请你别操这份闲心了。死老头儿的五十万身故险，你去取了，把房子重新装一下，买个代步车，再给自己买几件好点的衣服，过点像样的日子。双重保障险就别动，留着今后给自己兜底。我不能完全确定自己听明白了李浩的话，想了想说，我以为你遇到了比肖潇更大的困难，才提出可以先给你去应急。如果你不需要我还是给肖潇买房吧，她三十岁了还住在姑妈家的确不方便，反正这些钱也是她爸爸的。李浩从沙发上跳起来，扑到我身体的上方，又很小心地避开与我身体敏感部位直接接触，只是伸出右手摸了摸我的额头，又摸了摸自己的额头，才站起来直视我说，你没发烧呀，怎么脑子这么不够用。我已经调查清楚了，周莉手上的房子有一半都是肖潇的名下，人家是亲母女，再怎么闹也是血脉相连。只要肖潇回去认过错道过歉，周莉不会跟她计较，该给她的都会给。周莉已经四处控诉你害得她家破人亡了，你千万别再去掺和了。如果你确定要把钱给肖潇，那还是给我吧。这几十万对我现在的窟窿于事无补，但毕竟也是钱。你二选一，要么自己用，要么给我。我说，凭什么要听你的二选一，我需要考虑清楚了再做决定。

从李浩家出来，我还在为他转述的周莉说我害她家破人亡而难受伤感，捉摸要不要哪天去见见她把事情的前因后果、来龙去脉说清楚。两个穿黑西服的男子一左一右把我围住，右边个子稍小那个伏在我耳边低声说，如果你吼叫，你和屋里的李浩都没命。乖乖和我们走，配合我们了解一些情况，你就没事。左边个子稍高那位一直在骂骂咧咧，好像是说李浩很狡猾，家里安装了什么高科技防护设备，他们在外监视录不了音摄不了像。

他们把我带到了城郊一幢很旧的楼的顶楼，没有电梯。两个人把我交给了另两位穿黑西服的人就转身离去。我叫住他们，说，求你们别告诉李浩我在这里。他已经够烦了，我不想再去给他添麻烦。你们要问我什么，只要我知道的，都会如实告知。个子稍小那个和个子稍高那位交换了一下眼色，对我说，这个不用你管，你就老老实实待在这里，配合调查，坦白从宽。

留下的两个黑衣人反反复复就问我一个问题，李浩的钱藏在哪里？我说不知道，他到底有钱还是没钱，有多少钱，我通通不知道。他们把我的回答记下来，一个用手机录音，一个用笔在本子上记。但过一会儿，他们又来问相同的问题。不知道问了几十遍，我的答案都是不知道。天黑了，他们给自己叫了外卖，还有整整一箱农夫山泉，但不肯给我一瓶。我喉咙像着火了，口腔里冒出很多泡，嘴唇干得裂缝。我说要上厕所，他们说就拉在裤子里。我快崩溃了，哭着问他们到底想干什么？那个长着一张长马脸的人忙着抽烟一言不发，另一个缺了两颗门牙、说话漏风的黑衣人把吃完的空饭盒朝我砸来，一边抹嘴一边说，我们想干什么？问李浩去，他把我们挣的血汗钱都骗走了，那都是给爹妈的棺材板钱和娃儿的上学钱。我想干什么？就一个想法，欠债还钱，拿钱走人。李浩不还我的钱，那就拿命来抵。他别以为老婆儿子老妈都在国外，我拿他就没办法，光脚的还怕穿鞋的？笑话！

看着他情绪激动到歇斯底里，我反倒慢慢平静下来，问了他几个问题，弄清楚了他们和李浩的纠纷由来。他们是乡镇企业，主要做园林景观，所有业务都要先收预付款，因而账上一直都有些存留，觉得银行利息太低，经人介绍认识了李浩，李浩说可以放他那里。他们就把李浩那里当成银行，有钱就往他那里放，要钱就去他那里拿。好几年了，一直顺顺当当的，没想到最近连续几次去拿钱都拿不出来，没有现金流，导致企业直接停工。我说，你们知道李浩把钱拿去干什么吗？他说，不知道，反正只觉得他见识广路子多。我问在李浩那里共有多少钱，他说只算本五百万。我又问企业要正常运转需要多少资金启动，他说要一百万。我再次问道，只要启动就能赚钱？他说，是的，我们做这一行也不是一天两天了，清楚里面的各种道道。我说，如果你相信我，我看能不能帮你们凑点钱让企业启动，但丑话说在前面，这和李浩无关，而且一旦赚钱就要赶紧还。他像看怪物一样看着我，又和长马脸的人嘀咕了一阵，说，为了证明你的诚意，你先叫人送十万过来。说完把电话还给我，我一进来他们就把我的电话收了。我说，我得先上洗手间，喝水。他同意了，又把手机收回去，要求我必须当着他的面打电话。上完卫生间，又自己拿了一瓶农夫山泉来喝，感觉轻松了点，我才开始思考谁有可能在大半夜送十万元钱过来赎我，很悲哀，除了李浩我想不出第二人。缺牙巴黑衣人提醒我找父母最靠谱，我如实告知父亲二十年前已经离世，母亲失智住在城北郊外的红星养老院，还等着我挣钱去付生活费、护理费、尿不湿的费用。缺牙巴有些失望和生气，说，你也是一个可怜虫，怎么可能帮我们凑钱启动企业？骗我玩啊？我摇摇头说，都什么时候了，我还骗你玩，最有可能来救我的是李浩，但你们把他折磨成这样，他连手机都不用了，出来救我估计没戏。

我试试其他人吧，死猫当活猫医。

我拨通肖潇的电话，简单告诉她我遇到了紧急情况，希望她能找姑妈肖国珍借十万元钱来救急，“放心吧，你爸爸给我留了一笔保险费”这话到了嘴边我还是咽了回去。只一个劲儿保证会尽快还。

肖潇说，珊珊姐你等着，我这就去跟姑妈说，她还在楼下打麻将。大约过了半个小时，肖潇打了电话回来，一开口就是哭着说对不起。我说，肖潇难为你了，不怪你，我再想其他办法。肖潇抽泣着说，珊珊姐，你一定不能有事啊。我也再想想办法。

我像无头苍蝇一样在房间里来回走动，把手机和微信的通讯录翻了个遍，越来越绝望。一直在抽烟的马脸黑衣人说，一下凑十万可能是有困难，你先交五万，剩下的五万三天内补上。那个帮我们凑一百万启动资金的骗孩子谎言就别再说了，传出去丢人。我苦笑着说，谢谢你，我朋友圈也就五六十个人，我平时独来独往，连赞都懒得给别人点，这会儿怎么开得了口找别人借钱。你如果相信我，跟我一起回家，我把几张卡凑一下，估计能凑到两三万元。这是我目前的全部家当了。话一出口我就很后悔，把两三万给了他们，妈妈怎么办？那都是要缴给养老院的钱。我不再说话，有些绝望也有些赌气地想，随他们怎么办，反正生而无欢无盼，死了未必不是一种解脱，只求死得别太难受别太难看。

电话响起，是一个陌生的号码，我按了接听键，缺牙巴又伸手过来按了免提键，我刚说了声喂，李浩就在电话里破口大骂，你是又聋又哑的猪吗？在我家门口被他们带走，为什么不呼救？叫他们听电话。马脸男说，嚷什么嚷，欠债还钱，见钱放人。李浩说，别忘了你他妈当时是求我收你们的小钱，谁一辈子不碰到点难处，结果老子刚遇到点困难你们卑鄙小人样就出来了。一个小时内把这个笨猪女人给我送过来，她毫发未损我就付你们一点钱应急，若有任何闪失再别想拿到一分钱。李浩把电话挂了，马脸男和缺牙巴走到一起，头靠头用极低的声音嘀嘀咕咕了一阵，决定送我到李浩那里去。

走进李浩家，先前两个黑衣人也在，李浩见到我一把把我拉入怀里，从头到脚仔细看了一遍，连声问他们欺负你没？我眼泪直流，哽咽着摇了摇头，他顺手拿起沙发扶手上的一块布，做出给我擦眼泪的样子实际是盖住我的脸，我还没明白过来，瞬间，就听到砰地一声巨响，便失去了知觉……

我醒来时发现自己躺在沙发上，李浩坐在我旁边，若有所思地望着我，见我睁开眼睛，他微笑了一下说，没事了。我说他们呢？他说，他们被警察带走了，想跟我斗，他们还差得远。我问那声巨响是怎么回事，他说，弄爆了一个隐形气球，里面装的就是燃气，我威胁他们说是毒气，在他们吓瘫的时候我报了警。

可是你欠他们的钱没还，他们还是会来要债的。我有气无力地说。李浩说，没事的，他们那点儿钱我有办法，只是开了口子还，其他债主知道后都来讨债比较麻烦。

我想上卫生间，从沙发上起来，头晕目眩，这才想起好长时间没吃东西了。问李浩家里有什么吃的，他说只有泡面。我说，赶紧给我煮一碗，我要饿死了。说完挣扎着到了卫生间，刚坐到马桶上，他来敲卫生间的门，我问怎么了，他说找到两块巧克力。我起身开门，接过巧克力就直接送进嘴里，他说，别急，这是我妈的衣服，你有力气就冲个澡洗漱一下，将就穿。我说好。坐了会儿马桶，感到巧克力在身体里变成了能量，才开始洗漱。洗澡、洗头、洗脸，我把水开得很大，想把这一天的经历都狠狠冲掉。

吃完泡面，我问李浩今天是星期几，他说，星期四，你有什么事吗？我说，周四是雷打不动到红星养老院探望妈妈的日子。他说，我陪你去。我说好。

李浩比女人还讲究，出门一定要换衣服。等他进卧室换衣服时我掏出手机看时间，先看到一条陌生号码发来的短信：我结婚几十年的老公为了你和我离婚，和我已经决裂的女儿为了你回来跟我认错道歉帮你借钱。很好奇你是一个什么样的女人，方便时一起吃顿饭聊一聊。周莉。手机显示有肖潇打来的二十六个未接电话，微信也在不停地闪，我点开微信，全是肖潇发的：珊珊姐，收钱，我找我妈要了十万。你没事吧，怎么还没收钱？珊珊姐，接电话……

我回复肖潇：没事了，钱不需要了，谢谢你，也帮我谢谢你妈妈。那几笔共十万的转账直接按了退回。

李浩从卧室出来，他穿了一件大红T恤，说，你妈妈小时候总给我买红衣服，我穿红衣服去提醒她，看她还记得我不，我可是吃她奶长大的。我糊涂了，问，你怎么会是吃我妈奶长大的？为什么我一点记忆也没有？李浩调皮地笑笑说，你脑子这么笨，当然记不得。我妈妈生下我就没奶，你妈妈奶水很多，她就两个孩子一起喂，我贪吃占强总欺负你，她没有办法，你半岁时她就把你交给保姆带，她专心带我，把我当亲儿子一样养，成天叫我乖乖。你快三岁才重新接回来，看到你被养得傻傻的可怜样，大家就都绝口不提这事了。我也才回到自己家。

我心里五味杂陈，乱成一团糟，还是不忘问李浩，可是，为什么你都记得，我却什么也不记得。李浩说，你傻呀，我们都上幼儿园了，你妈妈还常常悄悄来抱我亲我。读小学了，我爸爸妈妈对你爸爸妈妈说这样不好，对我不好，更对你不好，这样才慢慢淡了。其实，在我心中，我跟你妈还亲些。

我的眼眶又一次盈满了泪水，心里有个声音在委屈地说，我爸跟你爸亲，跟你妈亲，我妈跟你亲，那我呢，我跟谁亲？我不想让自己陷入伤感的泥潭，转了念头安慰自己说，没有血缘之爱没关系，这世界总有人可以真心换真心。看看李浩对你多好，肖国民对你多好，肖潇对你多好，因为他们，生活就未曾亏欠你。我暗暗使劲儿，没让泪水夺眶而出。李浩看了看我说，没事吧？我说，没事，赶紧出门，去看那个叫你乖乖的人。连我自己也听出了话里话外浓浓的醋意。

姐姐的秘密

1

飞飞打电话来的时候，我正在替他妈江田跟一堆剩女讲如何“化剩为胜、以剩为王”。重庆美女和重庆火锅一样，在城市的旮旮旯旯或华丽盛放或暗自妖娆。时代变了，美女成剩女，老油变清油。江田看到了危机中的机，赶紧在她的江海创意婚庆公司中加了一样新业务：向女人兜售幸福。江田亲切友善地和大家姐妹般拉家常摆龙门阵，已婚的和她探讨相夫教子、锦绣婚姻，未婚的向她请教如何在稻穗中找金粒，居然把幸福生意做得风生水起。

头天晚上在安琪 SPA 分手时，江田说她身体有些不舒服，担心明天讲课不在状态，叫我把她的活儿接了。我嬉皮笑脸地跟她说，你讲课是教剩女如何插上美丽温柔的翅膀快快飞进婚姻殿堂，我只会鼓励她们如何剩得光荣剩得坚定，你不怕我把你的经典课程搞砸了？没事，殊途同归，我们说的是一个道理。江田的口头禅是“没事”，天大的事到她那儿也成了淡淡的没事。这么多年来，我一直以为“没事”来自她的大气、能干、勇敢，后来我才知道不是。江田的“没事”是说给她自己听的，这个走路连小草也怕伤到的柔弱女人要在江湖打拼，时时刻刻自我鼓励，或者自己哄自己，那是必须的。

我在玫瑰会所的英格兰厅对着二十八朵有点打蔫的“玫瑰”深情呼吁：亲爱的姑娘们，请记住，所有的心理压力、心理伤害都需要你自己配合才能纾解，即便你三十五岁了仍是一个人，能说明什么呢？说明你的生活还有无限可能，说明你在坚持、捍卫、等待自己的爱情。就这么简单的事情。别用“剩”字糟蹋自己，古人就说了，只有剩菜剩饭，哪有剩男剩女。别人爱说什么让他说去，你只管守护好自己内心的干净充实，该干吗干吗，该玩玩，该臭美臭美。

“我怎么从来没这么想过呢？”“但怎么面对父母？我妈把我耳朵都念长茧了。”我话音未落，姑娘们就炸开了锅，打蔫的“玫瑰”挣扎起了点儿精神。我的这番话不是心灵鸡汤，是神奇化妆品，姑娘们苍白黯淡的脸上立即泛起了点点红晕，像浮在清油火锅里的小干辣椒，不热烈，也还勉强能刺激一下欲望。江田说得没错，不管男女老少，美丑穷富，希望永远是最好的兴奋剂。

飞飞的电话就在这时响起，我举出右手食指嘘了一声，朝姑娘们笑笑说，抱歉，静静，我要接一帅哥电话。姑娘们回应了我十倍的嘘声和笑声，然后安静下来。我干脆按了扩音键，飞飞着急地说，二，我妈不在了。

我说，别瞎说，你妈不是黄赌毒也不是黑社会，哪个会说不在就不在了。

昨天下午我拉江田到安琪做了玫瑰蜂蜜 SPA，当美体师像涂云彩一样把玫瑰蜂蜜往我们身上涂时，江田双手抱肩，双膝弯曲，身体缩成一团，手脚都因使劲发力而僵硬。美体师一边轻拍她绷得很紧的背一边安慰她说，姐姐放松些，你的肌肤早饿了，急需吃饭补充营养，你是肌肤的主人，你不放松她们不敢张嘴吃呀。对，就这样，把手伸开，脚伸开。在美体师的鼓励下，江田的身体总算慢慢舒展开来，脸上还是有一层与她年龄不相称的娇羞。做完SPA，一个下午一个傍晚就甜蜜幸福地消逝了，我们在美容院吃了燕窝养生粥就各回各家。和以前一样，去所有高档场合，都是我的主意，江田配合并埋单。为此张光辉没少骂我，他说江田本质上朴实节俭，我这样强拉她高消费很不厚道。我说，你不懂，金牛座的江田就是一头老黄牛，心里只有他人没有自己，我不带着她出来接触新鲜事物，学着对自己好点，她才亏死了。张光辉翻翻白眼说，明明是占人便宜还要找个堂皇的理由，也只有你这种虚伪的人才干得出来。江田有你这个妹妹也是倒八辈子霉了。我岂是省油的灯，立马还击道，你怎么不说江井有你这个烂男人是倒十辈子霉呢？臭不要脸的，没本事让我享受生活，我沾沾自己老姐的光，关你屁事，要你在这里发噪音？我和张光辉好了七八年，吵了七八年，连老妈都奇怪我们怎么没吵脱。我不知道，问张光辉，他也不知道。江田关心的是我们在一起这么久了怎么不结婚，张光辉说不知道，问我，我也不知道。老妈抿抿嘴说，江田已婚享受未婚待遇，江井未婚享受已婚待遇。都不是正经女人该干的事。

飞飞电话中接着说，二，你别二了，我们已经打了几百个电话，妈都没接，现在关机，肯定是被打得没电了。你觉得我妈会无聊到玩人间蒸发吗？不跟你啰唆，外婆这会儿在成都过来的动车上，三点半到。我在首都机场，已过安检，你算着时间去龙头寺接外婆。不等我回话，飞飞啪地挂掉了电话。

关上电话，我嘴角的笑意依然，但自己都感觉得到有些僵硬。

我咽了一下口水，对着台下二十多个眼睛像口香糖一样黏着我的姑娘们解释道，打电话的这位帅哥叫飞飞，他喜欢我们叫他小飞哥，是我姐姐江田的宝贝儿子，十三岁，一个人在北京的中学住读。你们好奇他为何叫我二吧，我叫江井，臭小子到北京读书后就说井横竖都是二，擅自给我改名为江二，后来连姓都省了，直接叫我二。我妈找不着我姐，就打电话给外孙，两人竟然从成都从北京跑过来，你们说这是什么事呀。

我很想把这事解释得轻松点，但就在我说话的时候，发生了一件奇怪的事：爸爸那双忧伤的眼睛明明白白在我眼前一晃，我背心马上就冒出细细密密的冷汗，不安和恐惧不知从哪里跑出来攥住我，先是心脏再是喉咙，我最后说的“什么事呀”明显变调，有浓浓的急促慌张味道。爸爸去世前有一段时间脑子不好用，时好时坏，最后两天反倒特别清醒。他把我和江田的手拉到一起，忧伤地望着我们，自我检讨说他给我们把名字取错了，江田的田没有缺口，什么都往心里装，活得很累。我的井有八只脚，闷头瞎撞，也不易撞出一条路。爸爸说，你们身上流着同样的血，一定要互相照顾互相帮助，江田是个懂事的姐姐，知道对妹妹好，江井你也要知道心疼姐姐，别让她太辛苦。

江老师，你快去接你妈吧。坐在前排的一个姑娘轻声说。

走出玫瑰会所，我一遍遍拨江田的电话，家里办公室均无人应答，手机是“该用户已关机”。一种不详的预感像毒蛇一样在撕咬我的心。冲到停车场，掏出钥匙，车点火的声音惊醒了我，赶紧拨张光辉的电话。就像张光辉说的，别看我平时张牙舞爪，真遇什么事我必六神无主，只能紧紧抓住他这唯一的神。

电话里麻将声声，张光辉懒洋洋地问，啥子？

江田不在了，你赶紧来帮我找。

江田比你靠谱一百倍，放心好了，她不会不在的，你把自己管好就是。

张光辉，麻将是你亲爹，打吧打吧，打够，打到养老送终披麻戴孝。

2

盯了一眼仪表盘上的时间，马上三点半，我立即按下通话键，把手机往副驾上一扔，加大油门开跑。唉，开跑不过是我的美好想象，一拐到主路就是密密麻麻的车在排队爬行，我不停踩刹车踩得小腿打抖脚发软，重庆的马路就像蚯蚓弯弯曲曲，我的小POLO只是一粒绿豆在蚯蚓窄窄的背上缓缓爬行。每每此时，我耳边自然会响起江田的忠告，尽可能离黄大白远些。重庆人都知道，黄是出租车，大是大客车，白是面包车，在路上撒野横冲直撞的它们仨占了大半。江田眼睛没我大，但比我明亮，她看什么都比我看得清、看得远。我大学四年一直走小清新、乖乖女路线，披肩直发、纯色衣裙、略施粉黛，周末节假日都宅在家里从不出去疯玩，老妈担心我会宅成性格古怪的老姑娘。江田说，没事，江井现在是冬眠潜伏，春天一到她就鲜活了。我并不知道她的这个预言，但读研后的第一个周末，鬼使神差般我就到发廊把一头黑瀑布又剪又染整成了一把鲜红的火，后来还把头整成一把绿油油的嫩菠菜、一个黄灿灿的老南瓜。妈妈看不下去了，天天唉声叹气，又是江田出来替我摆平，她说，江井今后注定靠脑袋吃饭，让人一眼记住她的脑袋不是坏事。

江田，你到底跑哪儿去了呢？从来都是你为我们操心，今天怎么让我们为你操起心来？你是突然发飙了吗？谁招惹了你？车走走停停，我的心也起起落落，一直在围着江田转。

我和江田出生在大巴山深处的一个三面环山的小镇，妈妈是镇小学的代课老师，爸爸在东北当兵，平时家里就是眼睛和腿脚都不好使的奶奶、妈妈、江田、我四个人。

江田体弱多病，很怕冷，从小就和奶奶住外屋，奶奶对她宠爱，她和奶奶也特别亲。江田大我四岁，那时候她仗着奶奶的宠爱从不让我。二十世纪八十年代初，肉还是紧俏商品，家里一周打一次牙祭，她都在灶台边守着，一双眼睛死死盯着锅里的肉。妈说，你是姐姐，让妹妹多吃点儿好的。她横了我一眼，不屑地说，凭什么？要让也是你当妈的让。邻居家做肉都是肉丝、肉片、回锅肉、红烧肉换着做，我家的肉永远只有一种做法，炖。一块肉买回家分成四等份，加一大锅水炖，肉炖熟了四个人一人一块，肉吃完了大家再喝肉汤，也是一人一碗平均分配。奶奶常说她牙不好，把她的那块肉给江田，江田一边说谢谢奶奶一边用筷子把肉夹碎，沾上豆瓣酱重新放回奶奶碗里，说着“奶奶，给你点儿酱下饭”，便把碎肉和酱一起拌在奶奶的饭里了。

我和妈妈住里屋，爸爸过年回来时我也去外屋和奶奶江田挤着睡。妈妈看起来对奶奶对江田都很好，但我知道她最喜欢我。镇小学校长的父亲是供销社主任，妈妈有时会从学校带点儿吃的回来，说是校长发的，很少，但在那个年代很珍贵，有时是几颗粉红色的橘子味水果糖，有时是几块像煤炭一样黑却香香甜甜的巧克力。妈妈从不声张，悄悄塞在她枕头底下，晚上我们俩躺在床上，她关灯前朝我眨眨眼睛，我就知道待会儿有好吃的，兴奋地闭上眼睛佯装睡觉。等外屋的灯熄了，奶奶的呼噜声和江田的磨牙声响起，妈妈的头就靠过来了，和我脸对着脸，温热的气息扑在我脸上，痒痒的，她的嘴对着我的嘴，吐气一般，小小的一块糖或巧克力就到了我嘴里，慢慢融化，到喉咙，到心，到肠胃，到手，到脚，到骨头，到血液，甜蜜弥漫身体的每一个角落，黑暗里的甜蜜让我乐得想疯。这是我和妈妈之间的秘密，属于黑夜。早晨醒来看到妈妈笑眯眯地在跟奶奶和江田说话，我会迷糊，昨晚的甜蜜到底是不是梦境？我把手指伸进嘴里，想在牙缝里摸点儿什么出来，却什么也摸不到。

爸爸过年回家时，家里总会像变魔术一样变出些好吃的，那是全家人的幸福时刻。爸爸一年回来一次，看到两个女儿像两棵小树长高长大，自然很欢喜，想方设法把积存了一年的父爱尽情释放。我们的经典游戏是爸爸蹲下身子让江田和我轮流坐在他脖子上玩骑马，江田上去了就不下来，双手死死抓住爸爸的耳朵，两脚猛踢他的胸，嘴里嚷着，马儿快跑马儿快跑。

我感觉江田是一夜之间变成我的姐姐的，此前她更像一个不大正眼瞧我的人。那一夜，奶奶去世，没人知道。江田早晨醒了，习惯性去摸奶奶的胳膊，头天晚上，她和以前所有的晚上一样为奶奶捂好脚，蜷到奶奶臂弯里睡觉，奶奶喜欢这样半抱着江田睡觉，她说江田身体暖和，这样的睡姿可以给她暖心窝。很久以后，江田才明白，哪是她帮奶奶暖心窝明明是奶奶为她暖背心。有一次爸爸说江田是豆芽身材个子小脑袋大，提醒她别压断奶奶的胳膊。江田每天早晨醒来的第一件事就是摸奶奶的胳膊，看看是不是完好无损。那天早晨，江田摸到的不是平时摸到的奶奶那个皱皱巴巴、暖和柔软的手臂，而是一根离开土地冷硬得像冰的木棍。她吓得大哭起来。奶奶走了，江田还是一个人睡奶奶的床，家里人都忘了问她怕不怕。从那以后，她变成了懂事的小大人。那是1987年，她不过十二岁。

若干年后，爸爸去世前说，江田是另一个妈妈生的孩子，江田脑袋太大，那个妈妈生她很困难，费好大劲把江田生下来后就离开了世界。江田你要原谅爸爸现在才告诉你，爸爸不想你和江井不一样。爸爸当时高烧中，声音断断续续，和他的生命一样气若游丝，江田和我都睁大眼睛，吓得不敢说话。爸爸的葬礼上，江田贴着我的耳朵低语，爸爸烧糊涂了说的胡话，别让妈妈知道，她会伤心，我们只有一个妈妈。说完她还对我笑了笑，露出细细密密、白白净净像玉贝的牙，我用舌头舔自己参差不齐像被老鼠啃过的黄玉米牙。那一个个消失多年的隐秘黑夜重新浮现出来，但我嘴里再没有快乐的甜蜜，只有无尽的酸涩。我想到了奶奶走的那个晚上，她是不是对江田说过类似爸爸临走前说的胡话呢？

爸爸走后的第二个清明节，我们根据他的遗愿把他的骨灰带回老家埋在奶奶的坟边。附近的废弃工地不知何时成了垃圾场，墓地也跟着脏得连脚都没地方放，还奇臭。妈妈、我、飞飞捂着鼻子，看着墓地的工人在奶奶的坟边挖坑，把爸爸的骨灰盒放进去，填土，安墓碑。我们在重庆已经为爸爸举行过多次追悼仪式，一七、二七到七七，生日、祭日、清明、七月半，沉痛的悲伤已经无数次消解稀释，我们沉默无语但心知肚明，爸爸入土为安已经只是一个仪式，快快完成快快撤退。只有江田很虔诚地和工人一起挖土、掩土，墓碑安好，她解下颈子上的丝巾当抹布，仔细地擦，又蹲在地上把奶奶坟头周围的垃圾清理干净。妈妈感慨道，江田啊，你奶奶和你爸爸真没白疼你。江田泪眼朦胧地说，妈，你真是幸福的女人，你有一个世界上最好的老公。我抢过话头说，江田，早晨吃小面醋放多了呀，怎么这么酸呢，黎明然也是数一数二的好男人，你别这样没良心。她立即破泣为笑，说那个坏人早晨发短信说要替他给爸爸烧一炷香。

江田和黎明然是高中同学，江田高考考砸了读的大专，黎明然正常发挥考上本科，江田比黎明然早工作两年，挣的钱都存起来做嫁妆，黎明然一毕业他俩马上就登记结婚。我问过江田，这么急刨刨干什么？她坏笑着说，好不容易逮住一帅哥，不火速套牢等着别人来抢呀？像算命先生说的那样，江田超级旺夫，他们结婚第二年就双喜临门。江田生下八斤八两重的胖小子飞飞，黎明然考上清华大学研究生，江田在重庆一边带儿子一边开她的小公司。她说她来养家挣钱让黎明然一心做学问，黎明然的理想就是做一个纯粹的学者。妈妈心疼江田辛苦，江田笑着说，他喜欢就随他吧。黎明然也还真能读，读了硕士就考上美国的博士，读完博士在华盛顿一家科研所找了工作，因为工作要求，五年工作期间不能离开美国。可怜的江田倒是去美国探过一次亲，但她回来后就发誓不再去了。她在美国的食宿都由科研所安排，两周时间和黎明然吃了三顿晚餐，三顿早餐，住了三个晚上。江田说，那里一举一动都有严密监视，到处都是看不到的眼睛在盯着你，想想有多可怕，晚上黎明然想抱着我睡，我问他监视器关没，他说不知道，应该不会关，我的身体马上就像结冰一样又冷又硬，他感觉到了，叹息一声钻进了自己的被窝。江田跟我讲这些时又委屈又愤怒，身体在轻微地打抖。我抱了抱她，不知道说什么来安慰她。谁都知道黎明然是她的骄傲和荣耀，但又有谁知道骄傲和荣耀背后的清寂呢？我和张光辉在床上做快乐的双人运动时，偶尔会想到江田，她只大我四岁，无数个本该美好的夜晚，都是她一个人在两米宽的大床上虚度，心里就顿生同情悲悯，以及对自己人生的强烈满足。

如今的江田自己事业小有成功，老公孩子大有出息，多少女人视她为偶像，多少男人对她充满倾慕。我读完心理学硕士后受不了任何单位的约束，一直晃荡着没去找稳定工作，偶尔讲讲课，写点文章，做点心理咨询挣点钱，和麻友张光辉搭伴混日子。初中没毕业的张光辉遇到我之前还是一个正经做生意的小包工头，跟我好了以后做生意也是有一搭没一搭。好在他脑袋瓜子不是一般的灵光，打麻将赢多输少。我们俩都是吃货，饿了就吵架打架，一吃饱就屁事没得。钱多到大饭店吃山珍海味，钱少到街边店吃麻辣小面，吃饱就好。如果没有江田这个参照物，我不会觉得我的生活有什么不好，但在主流价值观里她光彩夺目我灰不溜秋，我心理是强大，但还是没强大到什么都无所谓的地步，她的光偶尔还是会刺痛我的眼。不过绝大多数时候，江田的光是带给我温暖和踏实。老妈总担心我没个正经工作，江田说，没事，我给江井兜着底呢，我的小公司永远有她的一个办公桌。我的社保医保一直是她在给我买，为了我今后领退休金多点儿，她都是按上限帮我交的保费。有时候我耐不住寂寞出去混社交，拿的也是她给我印的名片，江海广告副总经理及创意总监江井。

3

三点半了，我还堵在黄花园大桥上，打电话给老妈，说到了先在站台等等我。结果动车提前到，她已经坐在去江田家的出租车上了，叫我直接往那边赶。老妈去年在世纪佳缘上认识了一个成都老先生，两人从网上热络到网下，本来是老先生来重庆和老妈一起生活，老妈觉得成都气候好，又拉着老先生回成都过日子去了。她心里又放不下我和江田，常跑来重庆看我们，我说她这么大年纪成渝两地跑累不累，她哼了一声很不屑地说，脑壳挨，什么是动车？沙坪坝来观音桥还堵在石门大桥上，我就到了。

电话刚挂下，妈又拨过来说，你还是赶紧通知一下黎明然。我心里慌得很，江田要是有什么事我们怎么对黎明然交代呀？我实在搞不懂我妈的逻辑，江田规矩老实为黎明然当了这么多年高科技寡妇，还要怎么对他交代？

我恐怕有十年没见到黎明然真人了，但并没有任何疏离感，我有他的QQ、MSN、邮箱，有事没事都会在网上扯几句。而且不知是受江田的调教还是受美国文化的影响，他礼貌周到、风度翩翩，生日、圣诞、新年、三八节，都会从美国发来贺卡寄来礼物，或名牌护肤品，或稀奇古怪的小玩意儿，可爱贴心。老妈爱钱，所有节日收到的都是他从网上银行转来的美金，老太太乐得见人就夸她的洋博士女婿。

我用手机上网，登录QQ、MSN，黎明然不在，留言、发邮件，告诉他江田失踪，请他速和我联系。

江田给过我她家的钥匙，我早弄丢了，老妈有江田家的钥匙，但她留在成都了，我们俩到了江田家门口却进不了门。我们到楼下去找开锁的，开锁的法律意识强，要我们出示物管证明，江田搬到这里不到一年，物管根本不认识我们，拒绝开证明。老妈急得嘴唇发白，眼看高血压要犯了，我才想起户口本可以证明江田和我们的关系，带着老妈回她的老房子去取户口本。一番折腾，我们终于凭户口本找物管开了证明，带着锁匠上楼，结果电梯刚停在江田的二十三楼，我们就听到了飞飞狼一样的号叫。我拖着软泥一样的老妈冲进江田家大开着的门，江田，我的姐姐，赤身裸体仰躺在卫生间门口，飞飞跪在她身边，双手抓住她的肩，使劲摇。张光辉在打电话报警。

4

没人知道江田是什么时候走的，也没人知道她走之前到底经历了什么样的疼痛和黑暗，警方出具的结论只有四个字：心梗猝死。

江田年年都体检了的，怎么可能突发心肌梗塞猝死？我不相信警方的说法。

老妈连续两天不吃不睡，这会儿在江田床头柜里看到有开了封的舒乐安定，服了两粒，躺在江田的床上自言自语，江田，妈在你床上躺着，你心里有什么冤屈，就投梦给妈。她的头上，江田和黎明然在灿烂地笑。十四年前的结婚照，崭新如初，足见江田保存之用心。左边床头柜上，是黎明然博士毕业照，右边床头柜，是飞飞到北京读书前和江田的合影。

平时小大人一样的飞飞傻了，坐在床头，把头埋在外婆胸口上，一言不发。

我的状况也好不到哪里去，闭上眼睛就是江田白生生的裸体，我很后悔警察和法医来的时候我没给她穿上衣服或者搭上一张遮盖的床单。尽管张光辉一再跟我保证，江田被法医诊断为突发心肌梗塞猝死，遗体送到殡仪馆时，他专门买了一套寿衣让殡仪馆工作人员给江田穿上。寿衣多难看啊，我相信以江田的品味，她会更喜欢她平时穿的旗袍或者长裙。

张光辉把我叫到阳台上，拍我的脸，提醒我作为江田的至亲此时没有权力跟老的和小的一起陷入悲伤。你不能就让江田一直躺在殡仪馆的冷棺里，那里面都是冰，江田不是从小都怕冷吗。这个“冷”字把我冷得打了一个战，扑倒在张光辉怀里，眼泪哗啦啦地流。张光辉紧紧抱住我，我第一次觉得他的胸膛如此有力。

一天过去了，黎明然仍然没有任何消息。我问飞飞有爸爸的电话没，飞飞说，我没有爸爸只有妈妈。我以为他是被这突如其来的灾难吓傻了，摸摸他的头说，飞飞乖，好好想想，除了QQ、MSN、邮箱，你爸还有什么联系方式？再想想爷爷奶奶那边的亲人，妈妈平时和谁联系的？爸爸的同学、朋友、熟人中有没有和妈妈有联系的？你爸爸一个大活人怎么可能就突然找不到了呢？爸爸工作的单位具体叫什么名字你听你妈说过没？实在不行我们可以向驻美大使馆求助。

真的，我没有爸爸，你们都被我妈骗了。飞飞加重语气重复了一遍，眼里全是泪。我想起飞飞出生不久黎明然就离开重庆，十多年来他都和妈妈相依为命，难怪他心中没有爸爸。这样一想我更是肝肠寸断，抱着飞飞一起痛哭。

张光辉把我拉开，哥们儿一般拍着飞飞的肩膀说，小飞哥，关键时刻女人靠不住，江井本来就二，这会儿脑子更不好用，你别跟她啰唆，到底怎么回事你告诉我。家里就我们两个男人，我们要撑起这个家，目前最要紧的是给你妈办葬礼让她安息，所以要把你爸的事弄清楚。有他，必须由他出面来办，没他，也要说清楚，我们自己办。

飞飞点点头，叫我们跟他去隔壁书房。我心里莫名其妙地咚咚直跳，爸爸忧伤的眼睛又在我面前一闪，身体里仅剩的一点儿支撑力也被抽走了，人像一堆散泥一样往下滑，张光辉眼疾手快伸出胳膊托住了我，半抱着我到了书房，把我安放到书桌前的椅子里。飞飞打开书柜，搬开一摞书，滑动书柜的后壁，竟是一个隐藏在书柜后面墙里的保险柜，他按了一串数字，保险柜打开，拿出一台笔记本电脑，接电源，开机，打开E盘里一个隐藏的文件夹，一言不发。张光辉目不转睛地盯了两分钟，拍拍飞飞的肩膀，点点头，然后回头看着我说，世界上确实没有黎明然这个人，他的一切都是江田自己制造出来的。

绝不可能！我站起来，大声朝他们吼道，你们疯了，江田和黎明然恋爱、结婚、生飞飞，我都是亲眼所见，怎么可能没有这个人？黎明然左耳垂上有颗大红痣，第一次来我家被妈发现，妈担心不吉利，还叫他去医院取掉。他们婚礼是在青草坝的一条船上举行的，黎明然穿的蓝白相间的水兵服，江田打扮成了一条美人鱼，所有来宾都大呼新奇别致。就是这场婚礼之后江田开创了她的江海婚庆创意公司。黎明然喜欢吃妈做的烧白，他在北京读书后，冬天妈给他蒸了放在冰箱里冻硬再放在密封盒里，让铁路局的亲戚带过去。我的自由女神钥匙扣，是他刚到美国时给我买的。

飞飞紧咬着嘴唇，看着我不停地摇头，越摇越快，像疯了一样在甩。我吓住了，又瘫坐在椅子里，张光辉双手按住飞飞的头，吩咐他闭上眼睛。好一会儿，飞飞才平静下来，看看我，看看张光辉，再把眼睛停在屏幕上，轻声说，我一年半前就知道了这个惊天大秘密，我问妈妈是怎么回事，希望她能告诉我真相。她拒不承认，我拿出铁证，那个黎明然所有通讯软件的 IP 地址都来自重庆——我们家和妈妈的办公室。妈妈哭了，哭得死去活来，不做任何解释，只求我为她保密，还用自杀威胁我。我恨死了这个秘密，它不仅让我失去了爸爸，也同时失去了妈妈。但再恨它，它出来了就不可能被重新藏起来，我和妈妈都痛苦得要死。我提出远离重庆，出国读书，妈妈觉得我太小了，不放心。我说就到北京吧，我去过几次北京，喜欢那里。妈妈说好，北京很大很开阔，再大的事到那都成了小事。我到了北京后，我和妈妈每天都会在网上聊一会儿，她叫我别问她什么，她说我还小很多事情不会明白，以后长大了该告诉我的她自然都会告诉我。我跟她讲我的心理年龄远远大于生理年龄，她什么都可以告诉我，我至少可以从男人的角度帮她出出主意。她当时笑喷了，说好吧小飞哥你给江田女士指条阳光大道。我什么也没说，当天就帮她注册了世纪佳缘，直接把账号和密码发给她，我觉得她最大的问题是孤单，她太需要爱情的滋养。可是，你们知道她接下来告诉了我什么吗？她说她三十岁那年就悄悄试过网上征婚，半年时间见了七位，有六位完全不靠谱，学历、工作、年龄、身高通通造假，有一位倒是真的，一见面就出示了身份证、学历证、离婚证、工作证，但验明正身后就开口借钱，要借两万有急用。吓得她从此对网络征婚灰心丧气。

江田三十岁那年是我读研的最后一年，学校事不多，我成天都跟着她屁股后面，怎么就一点不知道她征婚见网友这些事？飞飞的声音变得有些模糊，我看到他的嘴在动，听不到他的声音。倒是我自己的声音在脑子里说：江井，你以为你和江田从小一起长大，只要在重庆几乎每天都会见面，一起吃饭一起玩，你生气就冲她发脾气，没钱就找她要，你就坚信她是可以给你晃荡人生兜底的世界上唯一的亲姐姐。这些都是你的一厢情愿，你在她心中其实什么也不是，她这么多秘密，全瞒着，什么也不让你知道。巨大的委屈、失落、挫败汇成更大的悲伤涌上心头，我两眼一黑身体就从椅子上滑落下来。

5

信任是一条变色龙，与它友好相处时，它像棉被一样温暖宽厚，一旦与它有了间隙，它立即变成厚冰，坚硬、尖锐、寒冷刺骨。我一直相信鸡蛋是母鸡肚子里生出来，红苕是地里长的，火锅锅底是骨头、牛油加辣椒、花椒熬制的，它们是我最热爱的三种食物，当我知道人造鸡蛋，人造红苕，火锅精满天飞，我就跟它们有仇了，将它们彻底排斥在我的食谱之外。江田在的时候，我们相亲相爱，她走了，我们却隔了千山万水。一想到这个，我就悲伤不已，但我没办法像对待鸡蛋、红苕、火锅一样将其简单地隔绝驱除，三十多年了，她一直在我的身边，我的眼前，我的心里。我们之间的信任坍塌，那就是心被撕成碎片伴着鲜血一块一块往下掉，死去活来的痛，漫无边际的虚空，深不见底的黑暗。

即便如此，我也只能承认黎明然到北京后成了一个谜，这个谜被江田用来骗我们，骗她自己。要我说服自己相信世界上根本没有黎明然这个人，他至始至终都只是江田设计制造的一个符号，那我可能就真要到精神病医院去接受治疗了。

幸好张光辉仅用半天就找到了黎明然。他就在离我们五站路的一个小区当保安，几乎就是近在眼前，可整整十三年我们都以为他远在天边。在只有一把椅子的保安岗亭里，黎明然把椅子让给我坐，他靠门站着，保安亭太局促了，他那张油光水滑的脸离我近得有些可怕，我只好把手放在口袋里，否则我真担心自己随时都会跳起来伸手卡他脖子或者打他耳光。我克制住波涛汹涌的情绪，平静地请他把事情原原本本讲出来。他叹了口气说，江田是个好女人，可惜我无福消受。我毕业后工作不顺，江田毅然嫁给我，我还是很感动，但她对我寄予厚望，每天谆谆教诲，我都快疯了，只有天天酗酒。我有个师兄在北京开公司叫我过去帮忙，江田不同意，但我去意已定，她说要去就以读研的名义去，还帮我报了北京的考研补习班，买了很多考研教材，希望我到北京好好学习修成正果。不到一年师兄公司关门我就回到重庆，我怕了江田，不想和她过了。回重庆后我发短信通知了她人没回去，那时我父母已经跟我妹妹去了广东，我没地方可去，就住到了一个离婚女网友家里。女网友和我臭味相投，好吃懒做没有什么远大抱负，从不对我提要求，跟她一起我觉得很放松也很舒服，两相比较我就打定主意要离开江田。江田不同意，拖了三年，提了一个条件，说可以和我离婚但离婚后我不能叫黎明然这个名字。她的条件是有点怪，但我还是同意了。我现在的名字叫黎壮，是老婆取的，对，就是那个女网友。

来见黎明然之前张光辉提醒我先想好找他最重要的事情是什么。我想的是让黎明然去见江田最后一面。见了黎明然，不，黎壮，我就放弃了这个想法。我甚至都不想跟他提及江田的噩耗。他也没问一句江田和飞飞的近况。

一周以后，我们在殡仪馆为江田举行了一个简单的追悼仪式。谁都没有提黎明然，连老妈也没吭声，不知是不是猜到了什么。可就在追悼仪式结束，江田的遗体缓缓进入传送带渐行渐远，飞飞突然咚地一声跪下，看着越来越小越来越远的江田大声说，妈，爸爸打电话了，他很伤心不能回来送你，他和他的同事在美国哀悼你。妈，放心吧，爸会好的，我也会好的，你在天堂等着我们啊！

漫长的告别

楼梯拐角处，下楼的男人和上楼的女人擦肩而过。忽然，男人驻足、回头、目光如炬，直直盯着女人的背影。大约三秒钟之后，男人回转身，“嗒嗒”的脚步声渐行渐远。

连续五天，唐欣在同一时间同一地点遭遇同一个男人。男人瘦高，五官精致，身体的每一个细节都洋溢着玉树临风的韵味。唐欣芳龄三十七岁，尚未婚嫁。此时，这个男人款款向她走来，可怜的她憋得喘不过气来，迫切想把盘在头顶的发髻解散，让一头长发像黑瀑布般飞泻下来，尽快遮掩颈部那些不甚光洁娇嫩、能暴露真实年龄的肌肤。平时她倒一向不喜欢披肩发，一头长发在风中乱舞，于她这样的年龄多少有点像绝望中的垂死挣扎。她总是梳各式发样漂亮的发髻，高高屹在头顶的发髻至少能支撑起一点自信和骄傲。虽然，这种支撑明显有点虚张声势。

1

九月十日，唐欣准确地记得，这天是教师节，唐欣离开太阳底下最光辉的职业已经十一个春秋。每年的九月，那个阳光灿烂的地方，那段晶莹剔透的岁月，都会化作一个精灵飞到她眼前摇摇晃晃。她的不少学生都能记住当年那个爱穿白裙子，一说话就脸红的女教师。至今她还会不时收到学生的问候与祝福。

下午，唐欣还在打盹儿。多年的商海沉浮已剥夺了她午睡的闲情，顶多只靠在床头或沙发上迷糊一会儿，让生命暂时呈现半梦半醒的状态。这样思维就会以一种轻盈的姿态自由飞翔。

电话铃响了，按了应答键，山涧泉水一样清冽甘甜的声音立即飞了出来：“唐老师吗？我是怡乐，你还好吗？”

“我还好，你怎么样？”

“我当妈妈了。”

“真为你高兴。”

怡乐是唐欣最为得意的学生，高考时以全市文科第二名的好成绩考入北师大，可谁也没料到毕业时她要求到贫穷偏僻的大巴山工作。唐欣受怡乐父母之托劝阻她打消这个傻念头，最终却缴械投降，成了怡乐“私奔”的“帮凶”。唐欣永远也忘不了怡乐睁着星星一样发亮的眼睛说的那句话：我爱他，为了爱情我化作灰烬也心甘情愿，何况仅仅是随他去山区生活。

爱情是什么？一首歌、一个梦、一阵冲动。即使歌会唱完，梦会醒，冲动会平静，我也乐意去唱歌、做梦，让心灵颤抖。唐欣笑笑，又不好意思地摇摇头。

这个下意识的动作让她想起了林。无论喜悦还是沮丧林都会摇摇头。岁月有痕，林和她天上人间，已分开整整十年。他的气息仍然无处不在。林是一个令唐欣柔肠寸断的名字。

唐欣现在不想伤感，她看了看墙上的钟，正指着六点十分。她决定上六楼餐厅吃饭。饱腹可去惆怅。

她关上门，上楼，在四、五楼拐角处与一个下楼的男人擦肩而过。她感觉男人的眼光转了个弯直愣愣地盯着自己。会是认识的人吗？她转过头，看见男人已回转身，但眼角的余光仍斜视着自己。从侧面看，男人在牵动唇角微笑，那一口洁白整齐的牙齿，玉贝似的漂亮。

唐欣每年都要花大把的钱来医院做形体美容，一心想死死揪住青春的尾巴苟延残喘。所谓的形体美容就是抽掉身上多余的脂肪，磨去脸上的皱纹、色斑，割下松垂的眼袋。她着魔似的迷恋美容，准确说是迷恋美容手术。那些刀呀，枪呀，针呀在身上划过，仿佛有无数只鸟儿从她身体深处飞出，飞翔的声音是令人晕眩的飘飘仙乐。

这次住院唐欣发现医院门前辟出一大片草地，轻柔、鲜活，芳草碧连天。她对美容科主任盛赞草地的美丽，主任笑眯眯地说："小唐，有你的功劳呀。这些年你可为我们医院做了不少贡献。"唐欣玩味了好长一阵，也没品出主任是在感激还是嘲讽。

一切的一切都是深刻的寂寞所致，前些年拼命地挣钱，大脑的每一个细胞都塞满了与金钱有关的数字、符号、信息，反倒没有这样多愁善感。当拥有的金钱到达一定的数额之后，唐欣赚钱的欲望已接近零点，如果不是考虑到员工的利益和几个助手的积极性，唐欣真想把自己财源茂盛的公司关门大吉。就是现在，她也只是一个逍遥老板，公司全权由两个副总负责。

秦嫂是纺织厂的下岗女工，被社区介绍到唐欣的公司做清洁工。她要么哑巴一样一声不吭，要么就长吁短叹日子艰难，细长的苦瓜脸从来都是阴云密布。有个副总很迷信，说这样一张苦难深重的脸成天在公司出现很不吉利，一心想辞了她，可唐欣不忍。

一个寒冷的早晨，唐欣很难得地早早来到办公室。看见秦嫂脸上透着红扑扑的喜气，一边做清洁一边哼着歌。她很惊讶，说秦嫂今天有什么喜事吗？秦嫂像娇憨女孩那样低垂着头说：“今天是我和丈夫结婚二十周年纪念日，他戒了三个月烟给我买了一个戒指。外地念大学的儿子也给我们发回来恭贺电报。”

“真好，秦嫂，祝福你。今天你就放假回家吧。”唐欣很感动，从钱夹里拿出五百元钱递给秦嫂：去好好过节吧，享受属于你们的幸福。

目送着秦嫂突然年轻的背影，唐欣的心一下子跌入万丈深渊。她发现自己是那样的羡慕甚至嫉妒秦嫂。有一个陪了她二十年仍愿省下烟钱为她买礼物的丈夫！有一个在远方念大学仍记得住父母结婚纪念日的儿子！这是多么真实而深刻的幸福啊！唐欣身边当然不乏男人，这些男人大致可分为两类：一类对她的公司、住房、金钱充满浓厚兴趣，孜孜以求；一类则对这一切充满恐惧，敬而远之。这就是我的悲哀，唐欣不无幽怨地想。

唐欣念小学时才第一次见到“家”。她问老师“家”的意思。老师说家就是男人、女人、孩子在一起相亲相爱。“什么是爱？”“爱就是——”老师知道唐欣是孤儿院长大的，一时哑然失语，只是用手轻柔地抚摸唐欣的脸。唐欣有了第一次被抚摸的感觉，多么美好的感觉啊！可能就是那一刻，对家和爱的渴望就像种子一样深深埋进了她的骨髓，并与岁月一起长成一棵大树，深深扎根于她的内心。

唐欣一刻也没放弃过期盼。她把家布置得温馨十足。她爱待在厨房，认真地做菜。做菜的过程能让她产生纯粹的女人的感觉。

熬鱼头汤，那一锅洁白如雪、浓酽如乳的汤让她想起纤尘不染的情怀以及对未来的一腔浓情；剥葱剥蒜，眼睛会流泪，意味着自己一桩桩伤心的爱情；炒青菜，青菜的颜色由绿转黄，则让她想到生命的脆弱与卑微。

女友们即便没有丈夫，至少也有一个叫男友或恋人的准丈夫。唐欣没有，她是纯粹的单身。在孤儿院一起长大的没有血缘的姐妹们通常是一到法定结婚年龄就赶紧把自己嫁出去，早早嫁早早有自己的家，是她们这种女孩稍稍懂事以来就有的人生规划。至于嫁得好不好，那是另一回事，就像她们常挂在嘴边的，嫁出去靠努力，嫁得好看运气。

唐欣也不能说没有努力，读大学时，学校、班级所有的课外集体活动，她都积极参加，从唱歌到跳舞，从跑步到做操，从朗诵到郊游，不少同学都是在这些活动中从一个变成了一对。她当时不明白原因所在，很多年之后才有师兄告诉她答案：你做人做事都一丝不苟的认真，一板一眼的正经，把整个人弄得像冰雕一样，可敬不可亲。

第二天唐欣很忙，做完激光去死皮手术已是四点半，又认真阅读了公司发过来的一份传真文件。六点十分，她上餐厅吃饭，楼道拐角处，一个眼熟的身影从身边滑过。不是昨天那个男人吗？怎么这样巧？她听到男人的脚步声停下来，感觉他的目光正炽热地聚焦在自己的背上。

“小姐，你的发髻就像一首宋词。”男人叫住他。发髻？宋词？唐欣有点不敢相信自己的耳朵，许多人夸过她的发髻漂亮、雅致，唯有这个陌生的男人说她的发髻像一首宋词。她的心莫名地颤了一下。这时，直到这时，她感到了一点异样和不自然。久违了的男人气息像云一样轻轻地、轻轻地向她涌来。

第三天，唐欣一出门，心就开始“咚咚”直跳，如她的直觉一样，男人还是在老地方出现，远远地，男人朝她点头，脸上挂着老朋友似的微笑。她注意到他穿一件咖啡色灯芯绒衬衫，下面是发白的牛仔裤，一双白袜子裹着踝骨。脚上是一双质地上乘的休闲皮鞋，这种朴素而不粗糙，精致而不张扬的服饰风格正是唐欣所欣赏喜欢的。

第四天，一大早醒来，男人的影子就在唐欣眼前打转，忽明忽暗，闪烁不定，整整一天她都心神不定，不停地看钟，好不容易熬到吃晚饭的时间，她迫不及待地上楼。她意识到了自己情绪的反常，觉得自己真是可笑和有失体统。才见几次面呀，就如此自作多情，她在心里嘲讽着自己。

走到楼梯拐角处，她的五脏六腑都在痉挛，头脑一阵阵晕眩，她觉得自己快窒息而亡了。男人静静地站在那儿，温和地望着她，目光里有如水的柔情在流淌。唐欣也傻了一样站着，他从包里拿出一个造形考究的紫色小玻璃瓶，递给她，他的喉结轻微动了一下，磁石一样的声音从胸腔传出：“你的发质偏干，试试这种护发液。”

“谢谢。”唐欣礼貌地说。

晚上，唐欣躺在床上辗转难眠，男人和林的影子交叉重复，乘虚而入。唐欣心酸心痛，她抚摸自己的肌肤，感觉肌肤的水分、营养已被体内纠缠在一起的焦灼和渴望发出的热力蒸腾得所剩无几。肌肤如此的饥渴，却得不到真正彻底的滋润，总有一天我会变成一具干枯的木乃伊。唐欣自艾自怜地想。

第五天，唐欣从医院逃了出来，她知道自己不可救药地爱上了楼道中相遇的男人，可她对他一无所知，她觉得太快了，太快了，一切都太快了，快得让人害怕。作为商人的唐欣要求自己冷静且理性，她来到车站，照着地图随便找了一个近郊陌生的小镇，乘车前往。她想，行走在陌生的街道，看到陌生的面孔，焦灼紧张的心该会有所舒缓吧。

她走进一家小茶楼，斜躺在竹椅里，喝茶打盹儿。偶尔心不在焉翻翻手中的书。书的纸质很好，手指翻过，一种丝绸般熨贴光滑的感觉从指尖传到内心，本不宁静的心更是波澜丛生，一片翻腾。她深深思念着那个陌生的男人，她猜测他的年龄、职业，想象着他们相爱，想象着他温暖的手如弹琴一样抚过她的全身，想象着他有力的拥抱，同时，她清醒地意识到三十七岁的年龄陷入这种情绪多么荒唐。她嘲笑自己神经过敏、异想天开，她告诫自己保持清醒冷静，自尊，自重。她一遍遍想入非非，又一遍遍严肃自审——她用感情和理性的挣扎折腾自己。一个声音说，这是天赐奇缘，你已经心动，你要牢牢抓住；一个声音说，你不要屈服于寂寞，你不要不知羞耻。她像瞎子走进了迷宫，束手无策，茫然失措。

下午，天刚开始发灰，她就再也坐不住了，叫了的士直奔医院。赶到医院，不早不晚，六点十分，她发现自己的腿像灌了铅似的沉重，她艰难地挪着腿，一步一步上楼。刚上四楼，她的目光与男人的目光相遇，她觉得自己的身心都已被他的目光逮住。她虚弱得快站不住了。他迎面走来，她真想叫住他，可她的嘴像鱼呼吸那样大张着，说不出一个字。她眼睁睁地看着他从身边走过。

她真切地看到他的眼睛里有星星点点的火在燃烧，脸上的笑容像钻石那样富有诱惑力。他为什么不叫住我呢？他看出了我的疲惫？或许是我的表情过分矜持或者傲慢，吓着他了。她又谅解了他。

她径直来到屋顶花园。一位年轻的母亲抱着孩子在观赏一盆含苞欲放的昙花。胖乎乎的孩子依偎在母亲的双臂之间。他堆满肉、鲜藕一样的手脚不停地动，肉嘟嘟的脸靠在母亲脸上不停地摩擦，唐欣偷偷猜想与孩子那圆润光滑的肌肤接触是什么奇妙的感觉，一定是难以言传的快感吧。想要一个孩子的欲望又在胸中熊熊燃烧。都是那个该死的男人，唐欣咕哝了一句，心里早已是云蒸雾腾。

2

越渴望的东西越不容易得到。唐欣一直渴望尽快走进婚姻有自己的家庭，但到了二十五岁也迟迟没有开始真正意义的恋爱，更别说婚姻。她对渴望唯一能做的事情就是等待，静静的等待，像一个不谙世事的孩子，或者饱经沧桑的老人。只是偶尔，她才被动地回到真实的状况里来，比如参加别人的婚礼，别人孩子的满月酒、百日宴、周年庆，她在心里默默计算自己的年龄，就会感觉到时光匆匆流过，从不停下一分一秒等她，惶恐、焦虑、担心、紧张这些小虫子就一条条钻出来咬她。有时候，学校某个年长的女同事会安排她去见某个男子。当这位年长女同事事无巨细告知男子的年龄、身高、体重、学历、经济、家庭状况，她就会想，自己也被同样事无巨细告之了还未见面的男子吧，仿佛脱光了衣服一样，又会生出莫名的荒谬和恐惧。好不容易克服了荒谬和恐惧，鼓足勇气去和别人认为般配且有美好结合前景的男子见面时，又总是出不完的错，头发没打理好，口红颜色错了，包包款式错了，衣服裤子搭配错了，说话结结巴巴，正眼也不敢瞧对方……好好的相亲最终都会以她搞砸而草草收尾。

林是个意外。唐欣堵车，晚到了十分钟，林已经点好菜在等她。她在餐厅阳台窄窄的卡座刚一坐下，就感觉地板在轻微地抖动，很快她又发现其实不是地板在抖，是坐在对面这位来与自己相亲的男子的脚在抖，他紧握的双手也一直在动，下巴收得厉害，她突然意识到他很紧张，比自己还紧张。因为这个发现，她反倒一下就放松了，回到了正常的唐老师状态。她问他有什么业余爱好？问这个问题是她实在记不起介绍人之前对他的职业介绍，她想无论干什么工作都有业余时间，有业余时间就会有业余爱好，她自认为问这个问题不会出错。

还是错了，林说我没有业余爱好，每天除了工作还是工作，除此以外就是饿了吃饭困了睡觉。唐欣以为他开玩笑，正在迷惑有心思开玩笑的人怎么还会如此紧张呢。他接着说，我压力很大，要养弟弟妹妹，除了本职工作还有兼职，全天候工作没有业余时间。不好意思，我还是实话实说吧，恋爱结婚这些奢侈的事情不是我现阶段可以考虑的。不好意思，让你白跑一趟，我该推掉的。哎，你同事是我表姐最好的朋友，表姐没有办法拒绝好朋友，我也没办法拒绝表姐，只有硬着头皮来见你，对不起，实在对不起。

唐欣愣住了，心里有那么一点点不舒服，但这种不舒服转瞬即逝，取而代之的是对他敞开心扉坦诚相告的感动。她笑笑说没什么，反正我也没抱希望。林嘘了一口气说，太好了，你这样说我就没那么愧疚了。哈哈，菜快凉了，赶紧吃，不知我点的菜合你口味不？唐欣看了一眼桌上的菜，鱼香肉丝、热拌豆腐、青菜汤，一荤一素一汤，简单清爽。她拿起筷子，真心实意地说，都很喜欢。两个人开始吃饭，不再说话，只专注地搛菜，两双筷子伸向同一个菜时，两人会相视一笑，也不说什么，只管把菜搛到自己碗里，默默地咀嚼、吞咽。林饭量大些，也吃得快些，他吃完两碗饭刚好唐欣的一碗饭也见底了。两人差不多同一时间放下筷子，林递了一张纸巾给唐欣。唐欣想起之前他说的压力很大，就起身想悄悄去埋单。林却说我们走吧，点菜时就已经埋好单了。两人走出餐厅，唐欣以为该道别了，林看了看时间说他离上晚班还有三十分钟，问唐欣愿不愿意在他上班前一起去餐厅边的公园散散步。唐欣没有考虑直接答应了，他说那我们还是互相介绍一下吧，我经常在这个公园散步，很可能会碰到熟人，这样我才方便给别人介绍你。她老老实实说我叫唐欣，唐朝的唐，高兴那个欣，中学语文老师，你叫我唐老师就好。他说我叫林木森，六个木，你可以就叫我林，也可以叫我六个木。本职工作事业单位小职员，兼职小园林公司园艺师、小餐厅厨师、小广告公司文案……

哇，你太厉害了，可以同时从事跨度这么大的职业。唐欣惊叹道，眼神里满满的佩服和景仰。

“高兴姑娘，你是哪里人，我神奇的耳朵居然一点也听不出你的口音。”林有点好奇地问。唐朝的唐，高兴那个欣。唐欣一向都是这样跟人介绍自己的名字，但被人听完介绍后直呼高兴姑娘还是第一次，她有点不好意思，掩饰不好意思的唯一做法就是继续往下说，不停说话可以让脑子和内心跟着嘴不得空，不闲下来。

“我就是土生土长的本地人，难道你不是？”

“当然不是，我来自大巴山的云凤镇，名字听起来很美，云中之凤，云上的凤凰，哈哈，其实就是大山沟沟里的一条青石板街，真正的山区。”

“山区好啊，水土好，空气好，物产丰富。你们云凤镇最有名的特产是什么？”

“木材、洋芋、茶叶、蜂蜜、土猪肉，和其他山区也没啥区别。我想想，可能最好的东西还是最不有名的红花，长在‘天空’里的红花。”

“红花？长在‘天空’里的红花？听起来好神奇。”

“我先要给你解释一下，云凤有两个天空，一个就是天上的天空，和哪里的天空都一样。还有一个是地上的‘天空’，准确说是地洞，露在地面就汤碗、脸盆大小一个洞，多被荒草遮掩，扒开荒草往下看，洞越往下越深越大，深不见底，大不见边。不知为何云凤人祖祖辈辈将地洞也称为‘天空’。接近地面的洞壁有很多的野花，每年冬天盛开，那种细细小小像星星一样的花，玫红、大红、粉红、各种各样的红花。”

他们刚从餐厅走向公园时，两人之间隔着正常的社交距离。唐欣听得入迷，不知不觉和林越靠越近。公园的步道并不宽阔，如果有人迎面走过来，他们的胳膊和手就很容易碰到一起。如果他或者她其中一人先看到对面的来人，就会侧身避避，避的时候两个人的胸和背就会有一瞬间的接触。如果恰好对面来的是手牵手的两个人，他或者她在侧身避的时候也会碰碰对方的手。看上去都自然而然，唐欣心里还是像揣了个小鹿，尤其想到对面的人会把他们也想成一对，小鹿就在心里乱蹦，她听到了乱蹦的声音，也听到了林突然变粗的呼吸。

接下来林说起了他的工作，同时打多份工当然是为了多挣钱，同时也是因为喜欢。喜欢做饭就用晚上和周末去读了厨师学校，做得像模像样了就去小餐厅打工；喜欢文字就在网上学习创意写作，学习结束就到了广告公司做文案。园艺师也是差不多的机缘。

林还说起了他的家人，父亲是云凤镇小学的老师，母亲是镇卫生院的护士，小镇出了名的恩爱夫妻。有了林以后，父亲还想要一个女儿，母亲一向身体不好，她还是勇敢地怀了二胎，结果老天加倍奖励，给了她一对龙凤胎。可惜弟弟妹妹还不到五岁，母亲就走了，留下父亲独自抚养他们。他参加工作第一天就跟父亲说你辛苦了这么多年，现在年纪大了该休息了，照顾弟弟妹妹的事从此由我来承担。时间真快呀，一晃五年了，弟弟妹妹明年就大学毕业。哈哈，今后的日子会越来越好。

唐欣静静地听着，作为一个没有父母没有兄弟姐妹的孤儿，林的故事让她心里五味杂陈。林注意到了唐欣的沉默，他看了看她，叹息说，你是城里长大的姑娘，应该也是独生子女，很难理解我们山里孩子。唐欣摇了摇头，还在琢磨如何跟他开口讲述自己的经历。林苦笑了一下说，没关系，我完全理解。我很清楚恋爱结婚这些奢侈的事情不是我现阶段可以考虑的。一切还是等弟弟妹妹明年毕业参加工作后再说吧。我的责任只是我的责任，不能拖累其他人。但是，来自唐朝叫高兴的姑娘，我必须如实告诉你，我很高兴见到了你，非常非常高兴。你呢？

我也是。唐欣看着林的眼睛，坚定地说。林转过身，双手抱住了她的肩，手一点点下滑，滑过她的手臂，抱住了她的腰，她听到了他的喘息，羞赧地闭上眼。他没像她预料那样把嘴贴到她的脸上，而是把她整个人举起，抱离地面，转了几圈，再轻轻放下，把脸埋在她的头发里，深深地吸了一口气，仿佛要把她吸进去一样。稍稍平静后，他才用极低的声音缓缓说，我们见到了，我闻到了你的气息，是我最喜欢的味道，我永远都会记住。明年，等我弟弟妹妹毕业参加工作，我就来找你。这之前，我们不要联系，不打电话，不写信，不见面。到时如果你的感觉没变，我们就一直在一起。

整整有两三个星期，唐欣不怎么敢相信林是一种真实的存在。她有些怀疑自己是做了一个梦，但即使是梦，她也不愿意从梦里醒来。她有点想去找介绍的老师聊聊与林有关的事，思来想去又觉不妥。林说了不要联系，就应该遵守这个约定。

唐欣在网上搜大巴山的云凤镇，资料极少。她又上图书馆去查询，还是很少。她向学校的地理老师请教地洞和地洞里的植物花卉。林说的每一句话她都牢记在心，她花工夫去搜寻研究各个细节并不是想去求证真伪，仅仅是希望与林联系得更紧一些。她也觉得自己的行为很可笑，林根本没离开过她，睡觉的时候他在梦里，醒来的时候他在心里，时时刻刻与她如影相随，吃饭会想到他，工作会想到他，逛公园会想到他，看到草地和树会想到他。心有所依、情有所寄让唐欣的变化很大，她注意到自己的皮肤越来越好，白净细腻散发出健康的光泽，上课的时候，走路的时候，无缘无故就会笑起来。同事和学生都在猜测唐老师恋爱了，唐欣不承认也不否认，只是笑笑。她依然独来独往，但整个人仿佛被温暖和甜蜜包围，幸福而知足。

有的时候唐欣会觉得林的不联系冷漠绝情，更多的时候她站在他的角度理解他赞同他，认为他这样做是负责任，对亲情负责也对爱情负责。如果我们像其他恋人一样天天胶在一起，林哪有时间做那么多工作？怎么挣钱帮弟弟妹妹完成学业？一年的不联系是为了今后更彻底地在一起。不过，林，你也真傻，你凭什么认定我不能理解你对弟弟妹妹的感情呢？没有兄弟姐妹的我多么羡慕你，羡慕你的弟弟妹妹。如果能够和你一起照顾弟弟妹妹，那将是我天大的荣幸和快乐。林，你之前被城里的独生女孩因为这个原因拒绝过伤害过吗？我跟你保证，今后我们在一起，可能会为早餐吃甜还是吃咸争论，会为周末踏青还是去看电影意见不同，但我绝对不会因弟弟妹妹的原因跟你吵架。你和弟弟妹妹的感情那么深，我一定不会有一点点冒犯。

快放寒假的时候，教研室主任找到唐欣，希望她寒假能去乡村中学支教两周。主任说这是学校多年的传统，和大山里的乡村中学结对子，每年寒暑假派一位老师去乡村中学支教两周，支教的主要内容是培训乡村中学老师。由各教研室轮流派优秀老师前往。到乡村中学支教虽然辛苦，但也是一个锻炼成长的大好机会，学校的年轻老师大多主动申请。今年轮到我们教研室，本来是周晴老师主动请缨，结果她怀孕了，妊娠反应还很厉害，她自己倒是说没什么，可以坚持。我和分管副校长一致认为不妥，希望你能顶上来。

唐欣看着主任着急得有些变形的脸，回想着他只要来找她，从来就是这副急火攻心的样子，教研室几十个老师，为什么独独把我当成灭火的消防队员？因为我是一个人，没有家人没有家事，可以二十四小时随时待命无条件去工作吗？唐欣心里有一点点不公平的委屈感，她很想理直气壮地拒绝说，真不巧，我和爱人早早安排了寒假去乡下看他父亲。对，她脑子里冒出的就是爱人这个词，而不是男朋友，未婚夫。她被自己的这个想法吓了一大跳，赶紧阻止，默默地跟自己说，千万别犯傻，说出去就出卖了林，稀释了幸福。她和以前一样，对着主任点了点头，说好的，我去。

拿到支教的具体文件，看到支教的具体地点是巴东县棉花镇棉花中学，唐欣吓了一大跳。她无数次在网上，在图书馆查阅过云凤的地址，就在巴东最北边，与棉花镇毗邻，棉花是巴东县城到云凤的必经之地，也是巴东北部公路能到的最远处，从外面到云凤，汽车只能坐到棉花，剩下就是山脉折皱里蜿蜒曲折的小路。唐欣再一次仔细研究地图，又打通了棉花中学联系人丁校长的电话，确信了就是那个巴东，那个棉花，那个云凤，她感觉自己整个人在往上飘，像再度被林抱起旋转，内心里满满的甜蜜，幸福，感恩。

3

唐欣望着窗外，透过窗子可以看见外面的山，从近到远，数不清的山，大大小小，层层叠叠，云或者是雾在山间缓缓飘移，有些从山腰到山顶，有些又是从山顶到山谷。山里的时间过得很慢，来棉花中学支教两周刚刚过了十天，唐欣感觉比城里过了一个月还长，文件上规定的，仪式化的内容都已经完成，剩下的四天，棉花中学的丁校长说得很清楚，欢迎唐老师在棉花镇多逛逛，感受感受山里的风情。当然，如果唐老师急着回城，也是可以的，毕竟年越来越近了。唐欣犹豫了一个晚上，还是跟丁校长说了实话，想去云凤看看。

丁校长立马说没问题，唐霞老师老家在云凤，我叫她陪你，正好，你们都姓唐，多有缘分。唐欣对唐霞这位本家姑娘印象不错，唐欣来到棉花中学第三天下午（前两天都是丁校长在学校教师食堂安排唐欣早中晚餐，第三天唐欣婉拒了），唐霞主动提出带唐欣到棉花镇去吃当地特色美食。唐欣一口气吃完了唐霞点的翡翠凉粉、苞谷粑粑，唐霞笑眯眯看着唐欣问，我没说错吧，是不是很好吃？唐欣说这个绿油油的翡翠凉粉是什么做的，有种药草的味道，很特别，苞谷粑粑真香，是小时候吃过的那种苞谷味。唐霞说翡翠凉粉是一种叫斑鸠叶的野生树叶子做的，只有山里才有。

第二天一早，唐欣就随唐霞一起从棉花赶往云凤，两个人出了学校大门就往山上走，只走了几步，唐霞又倒回去给唐欣拿了根细木棍，叫她做拐杖。山路很是狭窄蜿蜒，最宽的地方也只够放下一个人的两只脚，两个人并排走想都别想。很多地方没有路，只有荆棘和泥土，早上起过雾，地是湿的，很滑。唐霞走在前面探路，她牵着唐欣，唐欣另一支手拄着拐杖，唐霞的手温暖有力，给了唐欣方向和支撑，拐杖则像忠诚的卫士，守护着唐欣，尽管每一步都艰难，唐欣的内心却是稳稳的踏实，没有一点点惊慌和害怕。唐霞一路上都在说云凤，她好奇唐欣怎么知道云凤的，“我们云凤是隐藏在大巴山深处的一颗古老的夜明珠，无人知晓，但的确到处是宝。作为云凤人，我们也很矛盾，一方面希望云凤的美、云凤的好广为人知，让古老的云凤焕发生机。另一方面又担心变热闹了的云凤不再是云凤，云凤的各种宝也不再是宝。”两人一边说着话，一边一步步前行，两个多小时就到了山顶。唐霞说翻过山顶不远就到云凤了，但下坡的路更不好走，腿肚子容易发软，我们得歇歇攒点儿力气。我先做个祈祷，请老天保佑我们一路顺利，还要保佑我们看到地上的“天空”，这可不是任何人、任何时候都能看到的。你知道我们云凤地上的“天空”不？绝对的神奇。唐欣点点头说听人说过，是很神奇。唐霞双手合十，闭上眼睛，虔诚地朝着太阳默默祈祷。

祈祷完毕，唐霞微笑着拍了拍还在发愣的唐欣的手说，走吧，两人起身继续往前走。唐欣跟在唐霞后面，先右拐，再左拐，还是那种狭窄崎岖的小路，大约过了一个小时，来到一块小小的平地，唐霞停下来，蹲下身子，很专注地凝视地面。唐欣也跟着蹲下身子，顺着唐霞的视线看，看到一些杂乱的荒草，没有任何异样。唐霞双膝跪地，双手趴在地上，眼睛贴着荒草看了会儿，又用双手刨开一些荒草，才叫唐欣趴下看。

映入唐欣眼帘的是深深的洞穴，闻着泥土与干草的味道，唐欣仿佛看到了蓝天白云，青山绿树，清澈的河流，壮阔的草原，盛开的鲜花，鸟儿在空中飞翔，鱼儿在水里嬉戏，马、牛、羊、兔、鸡等各种动物在逍遥地游荡。唐欣看呆了，她无法用语言描述此情此景，只觉得种种从没有过的安宁、愉悦、美好在心底升起。她抬头看唐霞，已经坐在地上的唐霞也正在看她，她在唐霞的眼睛里，看见了满足、幸福、甜蜜，她想唐霞也一定在自己的眼睛里看到了这些，她们的眼睛都是从未有过的晶莹透亮。

终于到了林说的那条青石板老街。翻山越岭，上坡下坡，走了半天山路，唐欣这才感受到两个小腿肚子都在发抖，一双膝盖又酸又软，每挪一步都很吃力，整个下肢就像要随时罢工。她想在老街随便找个旅店住下，烧一壶热水泡泡脚，然后躺下。

唐霞怎么也不同意，她说你是我们唐家人，又是我请回云凤的贵客，让你住外面那会是全云凤的笑话，不仅丢尽我的脸，我父母的脸，还会丢尽整个唐氏家族的脸。别忘了云凤主要就三个家族，唐家王家林家，每一家都很在意爱惜自己的名声。唐霞话说到这一步，唐欣实在没有办法拒绝。况且，她听到唐霞提到林家时，心里也咚咚直跳，她渴望了解林的一切。平时在城里，似乎还可以用理智管理控制这个渴望，但到了云凤，尤其看到了云凤地里的“天空”，理智的力量就莫名其妙被削弱了不少。

唐霞家在老街街尾，两人要穿过整条老街，一路上都有人和唐霞打招呼，“回来啦”“又长乖了”“衣服好漂亮”“带贵客了”……老街上的男女老少，好像每个人都认识唐霞，全都乐滋滋、笑眯眯地看着她，和她说话的样子语气也是特别亲热。唐欣双腿又重又痛，看到这一幕，心里也暖融融的。

离唐霞家还有大约一百米，唐霞就拉开嗓子大声喊道：爸，妈，我们回来啦。两位长得很像的老人一路小跑出来，脸上笑开了花。唐妈妈一手拉着唐霞，一手拉着唐欣，左看看右看看，开心得像个小孩子。唐爸爸接下两个姑娘的背包，咧着嘴笑了笑，说快回家先吃饭吧，鸡汤热了几遍了。一进家门，唐欣首先看到的是满满一大桌正冒着热气的菜，桌子正中是一束她有些眼熟的鲜花，浓烈炽热的红色鲜花，桌子下面是一个燃烧着木炭的火盆。唐妈妈给两个姑娘递上早准备好的折成长方形的热气腾腾的毛巾，唐欣像唐霞一样，先把厚厚的长方形热毛巾放在眼皮上捂一小会儿，再把长方形毛巾展开，擦脸，从额头到耳后，从脸颊到颈窝，仔细地一一擦过，最后还要仔仔细细擦手，每一个指甲缝都要擦干净。这个过程中，唐欣一直有想哭的冲动，太隆重，太温暖，太亲切了。她孤苦的生命里，何曾被如此厚待过？坐下来吃饭，两个老人不停地给唐欣搛菜，把她面前的碗盘全装得满满的。唐霞看不下去了，说爸妈你们这样会吓坏唐老师的。边烤火边吃饭，唐欣的腿脚不再那么僵痛了，她想吃完饭自己可以去洗碗，两个老人准备这么大一桌菜够辛苦了。结果她刚一放下碗，唐妈妈和唐霞就连拉带推把她带到卧室，说走了大半天山路太辛苦了，躺在床上休息会儿。

唐霞安排唐欣住自己的闺房，她住到隔壁唐力的房间。唐力是唐霞唯一的哥哥，在省城工作，早早在省城结婚安家，很少回云凤。但家里一直留着他的房间，房间的摆设也从没变过。唐霞说这是云凤的老规矩，孩子走得再远，家里也会有孩子的床、孩子的碗，这是长辈留给孩子的根。两个房间之间的隔墙上有一个小窗，唐霞说小时候哥哥经常趴在小窗上给自己讲故事。两个房间的大窗都对着镇外的河流，河的对岸是连绵的青山。唐霞看了看时间，叫唐欣赶紧休息，说傍晚起来看落日，就坐在大窗前，夕阳先落在对岸的山上，把树木染成火红，再慢慢映照在河面上，让河面洒满金子，最后会给我们的房间镀上蛋黄的光芒，坐在窗前的我们也会被光照耀，是那种柔和、宁静的暖光。哈哈，美得无法想象。唐欣听话地换上睡衣躺上床，被窝里早早放上了暖壶，连空气都是暖暖的，周围沉寂下来，安宁香甜的睡意不请自来。

唐欣这一觉睡得很香很沉，醒来睁开眼睛对着陌生的时空又犯了一会儿迷糊，清醒过来赶紧跳下床走到大窗前，被唐霞深情赞美的落日早不知到哪里去了，深蓝色的天穹上繁星满天，每一颗都明亮璀璨，万物说不出的纯净和沉静。唐欣从没见过美得如此令人震撼的星空，她走到隔墙的小窗，想叫唐霞一起欣赏。唐霞没在房间，唐欣看看时间，已经是深夜十一点半了，她心里一愣，这么晚了，唐霞会在哪儿？想了想，她轻轻开门走出房间。两个老人还围着火炉在喝茶，唐爸爸先看见唐欣，立马站起来笑眯眯地说饿了吧，饭菜都是热的，快来吃点。唐妈妈见唐欣穿着单薄的睡衣赶紧把自己身上的大棉袄脱下来给她披上，自己又进房间穿了另一件棉袄。

唐霞呢？唐欣坐下来就问。唐爸爸摇摇头叹了口气，脸上的笑容瞬间消失得无影无踪。唐妈妈拍了拍唐爸爸的背说，老头子你莫怄气，女儿大了有自己的主见，我们高不高兴都阻挡不了的，再怎么说当爹妈的也不能生自己女儿的气。唐欣直觉自己问了不该问的问题，尴尬得脸红一阵白一阵。唐妈妈看了看唐欣，也叹了一口气说，姑娘，你也姓唐，我们不把你当外人。唐霞这个傻丫头去林老师家了，林老师上了年纪，又是一个人过，三个孩子都在省城，老大上班了，双胞胎老二老三还在上学，快过年了家里啥都没准备。唐霞送年货过去，还要做大扫除，洗被子，收拾房间。林老师家？唐欣心里又怦怦直跳，她深吸了一口气，佯作理性地说，唐霞是个善良的好姑娘，乐于助人。唐爸爸呸了一声说，再善良也得看对象，那个姓林的全家都不是什么好东西，唐霞就是睁眼瞎，看不见。唐欣吓住了，不自觉地缩了一下身子。唐妈妈瞪了一眼唐爸爸，你吓着姑娘了。转身对唐欣说，唉，说起来也丢人，唐霞和林家老大从小是同学，她鬼迷心窍喜欢上了他。但人家根本没瞧上她，一心只想当省城人的女婿。唐霞不死心，林家什么事她都去管，对林老师比对我们亲爹亲妈还好，你说她这样没名没分，热脸贴冷屁股算什么嘛，心里得多委屈。唉，她这样我们还一点不敢声张，怕声张了她更难受，也只有跟她一样装睁眼瞎。今天她像土匪一样悄悄拿走我不少年货，腊肉、风鸡、鸡蛋豆干，都是她爸爱吃的下酒菜，老头子心里都憋屈得很。

两个老人的话语在唐欣心里激起层层波涛，林家老大不就是林吗？他竟然是唐霞苦恋的心上人？巧合到让人惊悚。不过幸好林没接受唐霞的爱，脑子里刚一冒出这个念头，唐欣立马又很自责：唐霞那么好的姑娘，我这样想真是太自私太无情了。但是，这并不关我的事啊，她和林早早就相识，林不喜欢她不接受她，跟我一点关系也没有。另一个声音又从心底钻出来。层层波涛在唐欣心里持续涌动，她想：不来云风就好了，不知道这些事就好了。

唐霞推门而入，有点羞怯地嘀咕说这么晚了你们怎么都还没睡。两个老人脸上的沉重表情神速般褪去，唐妈妈说不好意思，我们和唐欣老师聊天，聊得很开心忘了时间，都赶紧洗了睡吧。你们平时忙工作难得睡懒觉，回到家就放心好好睡，明天睡到自然醒。边说边避开唐霞的眼光对着唐欣眨了眨眼，唐欣明白这是唐妈妈在叮嘱自己要保密。可怜天下父母心，唐欣有些辛酸，朝着唐妈妈轻轻点了点头。

唐欣先去洗漱，洗漱完刚刚重新躺上床，唐霞就在隔墙的小窗那里轻声唤她：你累不累？不累就先别睡，我洗了过来和你聊天。唐欣看着唐霞兴奋的面孔，眼睛里像有喷薄欲出的火焰，心里的滋味很复杂。她想了想说，有点累，你也累了一天了，我们先睡觉，明天聊，好吗？唐霞嘟了嘟嘴，看得出有点小小的失望，但还是很乖巧地回答好的，明天聊，我要告诉你连我爸妈都不知道的秘密。

木质结构的房子隔音效果很差，一整晚，唐欣都听到唐霞在隔壁房间走来走去，一会儿在轻声哼歌，一会儿在捂着嘴笑，一会儿趴在隔墙的小窗朝这边望。唐欣一直闭着眼睛，不敢动一下，生怕唐霞看出自己在装睡。直到天光慢慢变白，唐霞才上床，在床上又翻来覆去了一会儿，终于才安静下来。唐欣听到隔壁传来轻微的鼾声，也才昏昏沉沉入睡，但这次睡得很浅，迷迷糊糊中还做了一个奇怪的梦，自己在云凤住了很久很久，每一个地上的“天空”，每一段山路，每一棵树，街上的每一块青石板，每一间木房子，每一个人，她都熟悉。这里有她的童年、少年、青年，也会有她的中年、老年，有她的父母、兄长，也会有她的丈夫、孩子。她和邻居一起到河边洗衣服，波光粼粼的河面映出她的面孔，竟是唐霞的面孔，她吓坏了，跌入河中，看似清浅的河流实际深不见底，她一直在下沉，越挣扎下沉越快，窒息的感觉越来越强烈……她在惊恐中醒来，全身都是冷汗，湿漉漉的，似乎就是刚刚从河里爬上来。

唐欣不敢再闭眼睡觉，赶紧起床，本想去浴室冲洗一下，又担心吵醒了唐霞，就用枕巾简单把身体擦干，穿好衣服简单收拾了一下，才打开房间门。没想到唐霞就站在门口，做着怪相坏笑，唐欣吓着倒退了一步，唐霞赶紧拉住她，道歉说不好意思，我没想到你胆子这么小，哈哈。两人吃完丰盛到奢侈的早餐，唐霞就说要带唐欣到处逛逛，唐妈妈说好的，逛累了就回来吃午饭，老头子天没亮就上山挖了新鲜的冬笋，要给你们炖腊猪蹄。唐霞撒娇说只要回到云凤每天就是吃吃吃，你们两个优秀饲养员非要把我养成肥猪才甘心呀。

走出家门唐霞就对唐欣说起了她的秘密，林老大今天要回云凤。唐欣大惊，双腿一软差点摔倒在地。唐霞一边大笑一边扶住她说，你怎么比我这当事人还激动。说起来真得感谢你，如果不是陪你来云凤，我肯定要下周才回来，林老大回来只待两天，为了多挣加班费，他过年都不在云凤，我下周才回来的话肯定就与他错过了。昨晚在林老师家得知这个消息我开心得跳了起来，把他房间的每个角落都扫了又扫，抹了又抹，心里一个劲念叨唐欣老师真是我的大福星。哈哈。

唐欣清晰地闻到了发自自己内心的醋味，她深吸了一口气，压住心里的醋意和嫉妒，装作平静且不知情地问，林老大是你的恋人吗？恭喜你。唐霞像小孩子表达失望那样嘟嘟嘴说，唉，不能称为恋人吧，恋人应该是双方的，林老大是我的心上人，但到目前为止我还并不是他的心上人。但愿你这个大福星继续给我带来福气，帮我走进他的内心，那我就是全世界最幸福的人了，你也将是我一生一世的大恩人。唐欣有点小窃喜，随即又为自己的小窃喜以及之前的醋意、嫉妒深深的自责，我太自私，太虚伪，根本配不上唐霞纯净诚挚的信任。

唐霞见唐欣没有说话，也停下幸福的唠叨，默默而深情地望着唐欣的眼睛。在省城几十年，唐欣很少被如此专注地凝视，她很不好意思，心跳很快，想了想，她轻声对唐霞说，你的心上人并没有把你视作心上人，你不觉得委屈吗？你这么好的姑娘为什么要遭遇如此的不公平？唐霞没等唐欣说完就哈哈大笑说，天啊，你一个省城重点中学的优秀教师，特地来给我们山区学校传经送宝，结果如此保守。感情缘于内心，哪有什么公平不公平，委屈不委屈。如果每个女人都只爱爱自己的人，喜欢喜欢自己的人，那多被动，多无趣。

唐霞带着唐欣去老街农贸市场，鸡鸭鱼肉，蔬菜水果，见啥买啥。两个人的左右手都拎着好几个袋子，唐欣从没在菜市场买过如此多的东西，感觉有些狼狈，唐霞则是一副欢天喜地的样子。唐欣看看她，哭笑不得地摇了摇头。唐霞以为唐欣拎不动了，转身到卖竹制品的铺子买了一个大背篓，把两个人手上的袋子全放到背篓里，背到背上，笑嘻嘻地说这下轻松了。

走出农贸市场拐进了一个细细长长的巷子，唐霞说林老大从小就在这里长大，夏天他家闷热，他总是端一高一矮两个凳子来巷子里做作业，矮的坐，高的当桌子。我现在一闭上眼睛，还是他坐在矮凳子趴在高凳子上做作业的样子。他个子从小就长得快，在班上总坐最后一排，做作业时颈子和背都弯得很厉害，当时我很担心他长大了会成驼背，结果他长大后身材可板正了，像受过训练的军人一样。唐欣注意到唐霞只要一提到林老大，神情就像涌出了蜜一样甜。唐欣心里五味杂陈，千回百转，这些复杂的心绪最终沉静下来，变成了简单而深刻的羡慕，她的记忆里从来没有这样温暖动人的画面。

“到了，就是绿色木门那家。”唐霞指指小巷深处的房子说，唐欣还在犹豫想个什么说辞赶紧撤退，她觉得自己可以独自回到唐霞的家，此刻她更想和唐爸唐妈待在一起。唐霞没给她这个机会，一边说“我去厨房给林老大准备他喜欢的老家大餐，你陪林老师聊聊天。他三个孩子都在省城，昨晚听说我带了省城的客人来云凤可高兴了。”一边拉着唐欣推开了门。

坐在扶手椅上的老人撑着扶手勉强站起来迎接她们，唐霞立马迎上去扶住老人帮他重新坐下，连声说林老师您不用这么客气的。林老师笑笑回答说辛苦霞霞了，你一回云凤我就享福。他向唐欣点了点头，说你是霞霞的朋友，霞霞把这里当家，你也把这里当家，随意就好。唐霞说我昨晚跟您介绍过，唐欣老师从省城来，和林老大、林老二、林老三在同一个地方，没准他们还在省城的某个地方碰到过，只是相互不认识错过了。今天我带唐欣老师过来，待会儿和林老大见了面，就认识了，今后林老大又可以介绍老二、老三认识唐欣老师。听说大城市的人与人的关系很淡漠，每个人都很孤独，林家兄妹和唐欣老师认识了交上朋友，就可以互相走动，互相帮衬，多好。

唐欣没料到唐霞会热心肠到这个地步，心跳加快，感觉全身都在迅速发热，不知道怎么接唐霞的话。幸好唐霞没心思留意唐欣异样的表情，她给林老师和唐欣各泡了一杯茶，就进厨房忙碌了。唐欣提出去帮忙，被她坚决拒绝。客厅里只剩下林老师和唐欣，林老师从头到脚仔细打量着唐欣，眼睛直愣愣的。唐欣小心地躲闪着林老师手电筒一样的目光。初次见面的老人，看起来比唐霞的父母还要老很多的老人，怎么可以如此无礼？唐欣心里有些迷惑。

林老师终于把令人不安的目光收回，喝了一口茶问道：你看起来很眼熟，我们在哪里见过吗？唐欣松了口气，我昨天才第一次来云凤，出生、长大、读书、工作都在省城。林老师摇摇头自言自语说我有二十年没去过省城了，我们在哪儿见的面呢？我上了年纪，腿脚不好，但脑子还好用，不可能弄错的。唐欣听得心里发毛，有些莫名的恐慌。她安慰自己：我和这个人的生活从无交集，不可能见过面，别被他吓唬，没见过就是没见过。她鼓励自己抬起头，像他打量她那样打量他，粗暴、放肆。这一打量还真吓了一跳，忽略林老师脸上无处不在的皱纹，仅论脸型和五官，和林一模一样。

我想起来了，我在老大的信中见过你：她的发际线很奇怪，在眉心的正上方有一个小小的弯月状，像另一只笑着的眼睛。她的额头饱满光洁，眼睛不算大，但细细长长特别有神，眼珠很黑，但又不是纯黑，细看黑里面有很深很深的蓝。整个五官看起来都像一个可爱的娃娃。皮肤像我们云凤新糯米刚刚上市时做出的汤圆皮，白嫩润滑。她是安静的，和周围环境有意无意中保持着疏离。她姓唐，我感觉她可能真的来自久远的唐朝，她的名字叫高兴，但她看上去并不是很高兴，真希望有一天我有能力让她名副其实成为一个高兴的姑娘。你不是叫唐欣吗？不是新旧的新，不是内心的心，不是温馨的馨，是欣喜那个欣，有高兴的意思。对吧？

说着说着，林老师双手拍了拍自己的大腿，又惊诧又兴奋。唐欣紧闭嘴唇，不让自己出声，但眼睛里的泪水不停地往外涌。厨房里飘出了炖鸡汤的香味，与鸡汤香味一起飘出的还有唐霞欢乐的歌声。林老师看了看厨房的方向，恢复到平静的状态，不动声色地指了指厨房边的房间说，那是老大的房间，你去休息会儿。唐欣赶紧逃离客厅，逃离林老师的视线，飞速冲进林的房间。

这是一个简朴得像学生宿舍的房间，一张单人床，一个衣柜，一张书桌，一把椅子，井井有条，干净整洁。唐欣看了一眼，觉得分外熟悉亲切，她扑倒在床上，把头埋在灰色的被子上，哭得上气不接下气。自从有记忆以来，从来没有任何一个人如此细致地观察和描述过唐欣的相貌，连唐欣自己也从没注意到眉心的正上方有另一只笑着的眼睛，眼珠深处有很深很深的蓝……从小到大，从读书到教书，唐欣只知道自己长得普通得不能再普通。刚上高中时，她的同桌，是全班最漂亮的女生，几乎每天都有男同学给她递纸条，送小礼物。她来者不拒，却并不和某一个男同学表现得特别亲密，反而给了每一个男同学希望。这么多怀揣希望的男同学，从没人留意到漂亮女生旁边的唐欣，一个也没有，一次也没有。唐欣还无意中听到这位漂亮女生跟别人谈起自己：长成中等偏下的样子，又不爱收拾打扮，整个冬天就一件黑棉衣一件灰棉衣换着穿，比男生还不讲究。整个高中生活，类似的事情不少，就像一个又一个黑洞，串起了唐欣的整个青春期。陷入往事的回忆中，唐欣的眼泪都快流干了。

“天，你怎么在林老大的床上？你怎么了？哪里不舒服吗？”唐霞端着刚炸好的糖醋排骨走了进来，看到唐欣躺在床上，满脸的泪水，眼睛肿得像一条缝。唐欣被唐霞的声音拉回现实，立时坐起来，很是尴尬。如果林是老天送来给自己修复黑洞的人，从小深爱林的唐霞又是谁？她怎么办？唐欣内心涌起无解、无奈、无尽的悲伤，不知道如何对唐霞开口，只是默默地摇头。

林老师拄着拐杖走进来，打破了房间难堪的沉默。他看了看唐欣，又看了看唐霞，说霞霞快去做饭吧，唐欣老师有心事，我来和她聊聊。唐霞睁大眼睛，用很奇怪的表情看了唐欣一眼，又转过头把满脸的迷惑对着林老师。林老师坐到床对面的椅子上，从已经怔得像木头人的唐霞手上接过盘子，放到书桌上，又拍了拍唐霞的手说，霞霞，我认识唐欣老师比你早，她的心事我知道，我和她单独聊聊，你接着去做饭，一会儿老大就该到家了。唐霞一脸狐疑地走出了房间，林老师立马关上房门，用很低的声音一字一句说，我知道你对老大意味着什么，我会帮助他实现梦想。但不是现在，在老二、老三毕业参加工作之前，我们还需要唐霞。请你赶紧离开，不要让老大见到你，不要让唐霞知道老大喜欢你。

唐欣脑子一片空白，按林老师指示走出林的卧室，走出林家客厅，走进小巷。唐霞追了出来，拦住唐欣，脸上的表情已由此前的迷惑变成了坚定。她看着唐欣的眼睛说，我不知道我进厨房那会儿到底发生了什么事情，是我把你带到这里来的，你受到了任何伤害，我都有责任。

你这傻姑娘，连谁伤害了谁都还不知道就自揽责任。唐欣低下头，以回避唐霞直视的目光，在心里默默念道。

唐霞却一根筋，扭着这个话题说：唉，我不该带你来林老师家，我都忘了他之前惹的天大的丑闻，据说是云凤有史以来最丑的丑闻。我来林老师家帮忙都是背着爸妈悄悄来，爸妈和所有知道老师丑闻的云凤人一样，很鄙视他，他们知道了我来林老师家肯定会很不高兴。对林老师的丑闻，我其实一直是半信半疑，他很清楚我对林老大的感情，对我就像亲生女儿，况且他一辈子都是受人尊重的老师，情感和理智上我都不相信他会做那些缺德的事。但有些事情是当事人讲出来的，他全身到处都被打伤也是事实，又不由得不信。唉，我都不好意思讲给你听，他和云凤很多女人都有说不清道不明的关系。师母走了，他一个人，拉扯三个小孩，是不容易，正儿八经找个人再婚很正常，别人也不会说三道四。他偏不，热心人给他做媒，他一律拒绝，嘴巴硬得很，说绝对不会找继母来欺负三个小孩，否则妻子在天上也不会安宁。街坊邻居听说后都很感动，觉得他是有情有义的好男人、好父亲，有些善良的女邻居主动上门做饭洗衣，照顾他和孩子们。结果他和这些善良的女邻居一个一个发生了关系。这些女邻居开始嘴巴都闭得很紧，毕竟都知道这是见不得人的事，但心眼小，容易攀比嫉妒也是女人的天性，时间久点，女邻居之间就发生了矛盾，还吵架打架。林老师和她们的事情就传开了，云凤就这么大，互相知根知底，这些女邻居，除了一个离异一个丧偶，其他都是有老公有家庭的，有些人的老公还是有头有脸的人，哪受得了这种羞辱，但这种丑闻哪家老公又都不愿公开。那段时间，云凤不少女人被老公关在家里打，林老师更是三天两头挨打，头打破过，腿打断过，腰打断过，这些还都是外伤，传说内伤更重。后来，好几家人都搬离了云凤，不知搬到哪里去了。已经过去很多年了，云凤早已恢复了平静，但邻居们不知是有意还是无意，达成了默契，视林老师一家为空气。林老师几乎不出门，三个孩子都考到省城，很少回来。他们一家也不和镇上的人来往，唯独我是个例外。

唐欣听得胆战心惊，心里一阵阵发紧发痛。她仿佛看到了当时年少的林，刚刚经历了丧母之痛，又被父亲的丑闻压得抬不起头，还不得不承担起照顾弟弟妹妹的重任。她又忆起那个年纪的自己，住在远郊的孤儿院，每天转三趟公交车去市里的学校上学。为了不让同学们知道自己的身世，故意表现得很孤僻，尽量不和别人说话，一放学就赶紧离开。当年的林和自己，到底谁更孤单？谁更可怜？唐欣理不出头绪，心里翻江倒海地痛，痛得她站立不住，蹲在了地上。唐霞见状赶紧蹲下来把她扶住，说你脸色怎么这样难看？你到底怎么了？林老师欺负你？对你说了什么难听的话？他现在身体不行，嘴巴还是很厉害。我见识过他骂人，杀人不见血的凶狠。如果他骂了你，对你说了什么难听的话伤害你，我去给你讨公道。事归事，人归人，尽管他是林老大的父亲，但你是我的客人，我的朋友，我绝不允许他欺负你。唐欣挣扎着站起来，摇摇头对唐霞说，谢谢你，我没事，就是很累，想回你家去休息。

唐霞把唐欣送回自己家，到了家门口她叫唐欣一个人进去，她还要去林家继续做饭。唐欣说我如果是你，就会留在家里陪父母，没有什么人比自己的父母更重要。唐霞一愣，从没人对她说过这样的话。她想了一下，笑嘻嘻地说，没事，我做什么爸妈都不会反对的，他们爱我，理解我。你进去吃饭吧，爸妈肯定做了很多好吃的。我过去把林家的饭菜都做好，等林老大到家见过面打过招呼就回来。唐欣突然就发了横，拉着唐霞进门，一边拉一边说，别发傻了，不值得，没意思。唐霞倔着不挪脚，她力气比唐欣大很多，唐欣很用力拉她，她纹丝不动，轻松一甩，倒把唐欣甩倒在地，唐欣摔痛了，大叫了一声哎哟。屋里的唐爸唐妈听到叫声赶紧开门出来，看见两个姑娘一个站着一个坐在地上，都气鼓鼓的。

4

唐欣摔痛了也摔清醒了，自己撑着地站了起来，走进屋。唐霞和父母还没反应过来，她拿了自己的行李，对着唐爸唐妈鞠了一个躬说谢谢叔叔阿姨，我告辞了，转身快步离去。唐霞一言不发，唐爸爸瞪着唐霞，唐妈妈拿了些吃的追上唐欣，一边往她背包里塞一边说，唐欣老师，肯定是我家傻姑娘得罪你了，对不住啊，我替她跟你道歉。你省城来的老师，有见识有气量，一定原谅她。唐妈妈声音里有了哭腔，唐欣转过身，又跟唐妈妈深深鞠了一个躬，她很想叫唐妈妈一声妈妈，强忍住了，流着眼泪加快了离去的步伐。唐欣不能准确记得云凤到棉花的路，她心里只有一个念头，离开云凤，必须，尽快。她边走边问，走出了云凤镇，上山下山，下山上山，在崎岖的山路上走啊走。脚板痛，脚踝痛，小腿肚子痛，膝盖痛……昨天之前，她从没走过这样的山路，今天走返程，情形和心境与昨天已经天壤之别。昨天虽然辛苦，但心里有期待，还有唐霞无微不至的照顾。今天是她一个人走，心里很生气，生林老师的气，生唐霞的气，生自己的气。生气让她跟自己干上了，脚痛腿痛，越痛越要走，她有了近似受虐的快感：痛吧痛吧，狠狠地痛，有本事就痛断痛残，最好把我直接痛死，反正我孤零零一个人，从没觉得生活有多美好人生有多幸福，死了也没人悼念追思。不，你有林，林那么喜欢你，你死了林一定会难过。你舍得让真心喜欢你的人难过吗？唐欣脑子里猛然出现一个声音向她提问。她深吸了一口气，又长长地呼出一口气，仿佛要把心里各种杂乱赶出去。她停下来，找了块石头坐下，觉得很饿，从背包里找出唐妈妈塞的食物，哇，卤鸡腿、卤豆干、苞谷粑、甜橙……唐欣大口大口吃，剩下的重新装进背包。又给小腿和脚做了简单的按摩，一边按摩一边默默地说，辛苦了，等到了棉花我们就好好休息，现在我们还得加油走。脚和腿真像受到了安慰和鼓励，重新上路的唐欣感觉明显轻松些了，昨天的那些风景一一重回眼前，前面那片草丛不就是看“天空”的地方吗？她动了再去看看的念头。尽管脑子里有个声音在说算了，赶路要紧，她还是忍不住走向了草丛。

一切看起来和昨天一模一样，唐欣像昨天唐霞示范的那样蹲下，把荒草扒开一些，双膝跪地，双手趴在地上，眼睛贴着荒草丛中的洞口朝下看。天，昨天看到的景象全都不在了，只有一团黑乎乎的毛，像鸟窝一样。唐欣有些不甘心，伸出右手去扒，结果那团黑毛动了动，她吓得缩回了手，人也退到一边。黑毛魔幻般地从洞口冒出来，是一个人的头，林的头。

林的头冒出来之后，接着是右手，左手，双手撑住洞沿，整个身体才从洞里出来，他笔直地站在草丛中，就像一棵突然拔地而起的树。后来，这一幕就像雕塑一样，刻在了唐欣的脑子里，心里。其实当时，林看见唐欣那一瞬，两个人都傻掉了。林足足傻了半分钟那么久，他才上前抱住唐欣，把她举离地面，旋转几圈，再轻轻放下，把脸埋在她的头发里，深深地吸了一口气，仿佛要把她吸进去一样。顺序、节奏和初次见面时一模一样，他说：唐朝来的高兴姑娘，你是真的吗？我不是在做梦吗？我刚刚到地里的“天空”去看了妈妈，和妈妈聊了你，你就从天而降出现在我面前。唐欣没有像上次那样只是被动安静地聆听，她紧紧地抱住林，亲吻他的颈子，他的喉结，他的下巴，她嘴一点点上移，身体里有火焰在熊熊燃烧，火焰点燃了林，林开始亲吻她，比她更有力，更蛮横。两个人相拥着倒在了草丛中，两个相爱的年轻男女终于做了他们早该做的事情，把深深压抑的生命能量彻底释放。

疯狂的双人生命舞之后，唐欣睡着了。不知道过了多久，她睁开眼睛，发现自己躺在林的怀里，林坐在地上，左手扶着自己的头，右手在往火堆里加柴，嘴里哼着歌，眼睛像星星一样闪闪发亮。他看见唐欣睁开眼睛，笑嘻嘻地说，醒了，刚才睡得像猪，我捡柴生火弄出那么大的声音，也没被吵醒。唐欣看见天暗了，连忙起身说什么时间了，我怎么睡了这么久？林咧开嘴大笑说，睡得那么香甜，当然不知道时间了。唐欣说我还要赶回棉花呢。林说还回什么棉花，你已经是云凤的媳妇了，跟我回云凤。我本来想直接把你背回家的，看你睡那么香，舍不得把你折腾醒。我原计划明年秋天弟弟妹妹毕业工作后来找你，幸福提前来临那就提前幸福吧，哈哈。

唐欣觉得林一会儿像老人那样睿智一会儿又像孩子那样天真，可爱之至。她对林说，你竟然不问我从何而来？为何在此与你巧遇？莫非你真的以为我是从天而降来与你喜相逢？林摸了摸自己的后脑袋，傻傻地笑着说，难道不是妈妈听了我的心事用魔法把你带来的吗？唐欣笑得弯下了腰，世上还真有相信魔法的成年人。好不容易平静下来，她一五一十把自己跟唐霞来云凤的事告诉了林，到了林家，见了林老师，所有事情也都一一告知。林听到唐霞的名字皱了皱眉说，我不知道唐霞跟你说啥，反正我一直以来跟她说得很清楚，我对她没有怦然心动的感觉，我不可能跟她好。

唐欣说也许你们太熟了，生下来就认识吧。林眨了眨眼，用手指戳了戳唐欣的额头说，你别想太多，这事跟你一点关系没有。唐欣点点头说，我知道，只是看到唐霞对你的痴情，还是有些为她心疼。尤其你父亲，明明知道你心里怎么想的，还给她以希望，利用她，太自私了。

林的脸色变了，但唐欣完全沉浸在自己的情绪里，一点没留意到。她把从唐霞那里听到的关于林老师的丑闻也一字不漏转述出来。林蹲下，双手捂着脸，呜呜大哭。唐欣这才吓坏了，赶紧跪到地上，抱住林的头，哭着说对不起，对不起，我太蠢了，根本不知道唐霞说的是不是真的，就讲给你听。我知道你和你父亲关系很好，什么心事都要告诉他，我说他的坏话会让你难受，会伤到你。我就是一头笨猪，没想到这个，我错了，请你原谅。原谅我，好不好？

林坐到地上，把唐欣抱到他大腿上面对面坐下，两个人脸靠得很近，近到看得见对方脸上的毛孔，听得到彼此的呼吸。唐欣在林的眼睛里看到了悲伤，深不见底的悲伤。

林稍稍平静下来以后，跟唐欣讲述了他父亲林老师的故事，是一个和唐霞讲述的完全不同的故事。

我很小就知道，父亲在这个世界上最爱的人是母亲。小时候，期末考试我考双百分，他顶多就是摸摸我的头说不错不错，奖励两个鸡蛋。母亲若是在单位评个先进，或者只是收到病人写的感谢信，他就会炖一只鸡庆祝。母亲最喜欢“天空”里的红花，他经常去采摘，家里客厅、厨房、卧室、卫生间，到处都是红花。还自制红花纯露，让母亲喷在脸上、身上，说对皮肤很好。云凤的人去世后世世代代都是土葬，母亲以前聊天说过还是火葬好能留下骨灰，她去世后父亲背着她的遗体走到棉花，再坐车去城里找火葬场，满足她的心愿。父亲把她的骨灰分成三份，一份埋到家族的墓园，一份放在家里他们卧室的床头，一份撒在“天空”里。

母亲去世后父亲的魂也跟着走了，如果不是为了照顾我们三个孩子，他肯定随母亲去了。母亲性格好朋友多，她在医院工作，也帮助过很多人，她去世前来探望她的人每天没断过，她请求每一个她信任的人，在她去世后常来家里看望父亲，替她照顾父亲，还有孩子。她们答应了母亲，并言而有信，在母亲去世后轮流来家里帮忙做家务，陪父亲聊天，聊到母亲父亲就会哭，她们也会哭，哭着哭着就会抱到一起哭，互相安慰。她们红着眼睛回家，想到我父母的生死相依，又会心生感动和羡慕，有的就对自己的丈夫生出不满。这就是后来传说中的丑闻，那些在家里受了自己老婆气的男人找茬发泄，都是暗地里向父亲下黑手。如果父亲真的是流氓，为什么没有一个人上法院告他？

我为什么上大学就开始四处打工帮父亲分担养育弟弟妹妹的重担？我为什么坚持要弟弟妹妹都考到省城的大学？因为我深爱父亲，也因为这是母亲对我的嘱托。我曾经跟父亲提出，等我们三兄妹在省城真正立足之后，把他也接到省城。云凤很美，但云凤也深深伤害过他。但父亲坚决拒绝，他说他不会离开云凤，这里有母亲的气息。

唐霞小时候生过重病，我母亲对她有救命之恩。母亲还在的时候，她经常来我家玩，和我们全家都很亲。这几年我们三兄妹到省城以后，她经常代替我们照顾父亲。父亲依赖她，我也很感激她，但只是感激，不是爱。她知道，父亲也知道。我不知道她为何要对你这样说我父亲，如果她心里真的这样看父亲，为什么还要对父亲这样好。刚才听你转述她的话，我心就像刀在割，因为我知道唐霞的话不是她一个人的话，云凤应该有不少人在心里是这样看我父亲的，我为父亲委屈、伤心。

林边哭边说，唐欣的心都碎了。她伸出手，轻轻抚摸林的脸，擦怎么也擦不干的眼泪，自己的眼泪也不停地流。林说，太沉重了，太难受了，我太无能了，保护不了父亲。我的父母太好，太独特，这个世界受不了他们的好，受不了他们的独特。唐欣说，你太难了，太不容易了，但这不是你的错，你又不能选择自己的父母，不要责怪自己。林紧紧抱住唐欣说，谢谢你，最难受最痛苦的时候，我问过自己，如果有权选择父母，我会选择他们吗？我的答案是不，绝不。我宁愿选最普通的父母。但我根本没有选择的权力，没有一点点办法改变这一切，我只有继续努力，让自己能多扛一点事。唐欣说我懂，我太懂了。如果可以选择，我一定要选择稍稍有点责任感的人做我父母，不会把刚刚出生的我扔在孤儿院门口一走了之。

“你在孤儿院长大？”林惊呆了。

这是唐欣有记忆以来第一次将自己的孤儿身份主动告诉别人，并没有人教她要对自己的出生保密，她读小学第一天看到其他同学被父母接送，看到他们和父母分别和重逢时的眼神，她就告诉自己，不和人谈父母，谈出生，谈家庭。小小的她已经体会到，这些关键词，碰都不能碰，一碰就心碎。按孤儿院的惯例，唐欣可以住到大学毕业参加工作，也可以一直把孤儿院当成自己的家。

但她一上大学就没再回去过。她心里清楚，园里的领导、老师、工作人员都还不错，她时常想念他们，也会对自己的绝情心生愧疚。但脑子里始终有一个更洪亮的声音提醒她，远离那里，忘记那里。

唐欣点点头说，是，我在孤儿院长大。林沉默了一会儿说，对不起，我不该在你面前不停地提我的父母。和你的经历相比，我这些事都不算什么事，我的难受啊痛苦啊都太矫情了。唐欣摇摇头说不，你的难受你的痛苦也都是真的，我没有家人，没有和家人相处的经验，可能理解不了你对父母、对弟弟妹妹的感情，但我能感知你对他们的爱，以及心痛。林闭上双眼，把头贴着唐欣的心口，像无辜的小动物受了委屈那样，用力紧贴，然后深深叹息说，我们都是可怜的孩子。

天完全黑下来了，唐欣担心林太累，从他的腿上下来，坐在他身旁，林仍然搂着她，把她的头放在自己的肩上。两个人一言不发，专注地听着彼此的心跳，都没发现唐霞已经站在他们面前。唐霞哈哈大笑两声说，我还真猜准了，林老大你被她迷上了，要亲热要恩爱你平时在省城有的是时间，何必急刨刨在荒野来干，又不是野兽。算好的时间过了这么久你还没到家，你爸担心死了，没见到你饭也不吃水也不喝。走，快跟我回家。唐霞的笑声和高亢的说话声在静谧的夜里格外骇人。唐欣受了惊吓觉得很冷，身体忍不住打了个寒战。林牵着她的手一起站起来说，好，我们回家吧。唐霞说不，你爸特地交代了的不让你带人回家。林说唐霞你也管得太宽了，我家的事轮不到你操心。唐霞这会儿一口一个你爸称林老师，唐欣听得心里发怵。她对林说你回去吧，我去棉花。林说不行，我一分钟也不想和你分开，我们一起回云凤，待两天就一起回省城。唐霞说不行，我不同意她去云凤，你爸也说了不准你带她回去。林笑了，说唐霞你真疯了，云凤又不是你的，凭什么要你同意，我爸的事我自己回去解释。唐欣很害怕林和唐霞吵起来，心里也还有些抗拒去见林老师，赶紧说你自己回去，我去棉花，明天一早就坐车回省城，我在省城等你。林犹豫了一会儿说那我先送你到棉花，你一个人走夜路我不放心。唐霞说我也要一起，我答应了你爸把你找到送回家的。林正要反对，唐欣拉了拉他的手息事宁人地说随她便吧。

三个人向棉花走去，林拉着唐欣的手走在前面，走一段他担心唐欣走不动，又要背她走。唐欣觉得唐霞在后面看着不好，她越拒绝林越坚持，两个人拉拉扯扯更显亲密。唐欣力气小，倔不过，还是被林背到了背上。林背着她走得很慢，走一段歇一会儿，唐欣有时又坚持自己走一会儿。一路折腾到达棉花，天已经麻麻亮。一路上唐霞一声不吭，林故意视她为空气，不停和唐欣说暖心的情话。唐欣有些担心唐霞，对林的回应有些迟缓。林看看时间说第一班去省城的车快开了，干脆送你到车站。三个人走到长途车站，林给唐欣买了车票，把她送上车，安顿她在车窗边坐好后才下车，还不肯离去，一直站在车窗外深情地望着唐欣。唐霞站在他身后，看不出任何表情。车缓缓启动时，唐欣挥手告别，她突然想起什么，对着车窗外喊了一声，唐霞对不起，我不是有意的。林跟着车跑，大声对着唐欣喊，傻姑娘，跟你没有关系。等着我，我的高兴。

5

长途汽车走了差不多一半路程，唐欣睡着了，还做了梦，梦见她和林的婚礼。她穿着一条湛蓝色长裙，林穿着一身白色西服，林抱着她打圈，两个人飞了起来，脱离地面在空中飞翔的感觉真是美妙，他们一边笑一边飞，越飞越高，变成了蓝天白云。车到终点站，她还沉浸在梦里，司机叫醒的她，司机身后站着两个警察。

警察告诉唐欣，林和唐霞双双跌落在“天空”里，她是最后见到他们的人，需要她到警局协助调查。唐欣随他们到了警局，她压抑住内心巨大的悲恸，尽可能保持平静，如实回答警察问的问题，不到一个小时，警察就说你可以走了。唐欣转身时，警察又加了一句，你自己多保重。

唐欣整夜整夜不能入睡，脑子里总有一个声音在骂她：你的怯懦害死了林，你勇敢地和他一起回云凤，悲剧就不会发生。第五天还是第六天，她出现了幻觉，到处嚷着找林，学校把她送到了精神病院，半年之后，病愈出院。出院那天，她在日记里写道：我今生最幸福和荣耀的事情，是与你如此天真专注地深爱。

…………

今天是第六天，唐欣对“六”很有感觉，林的全名林木森，六个木，下海做的第六笔生意开始赚钱，而赚的第一笔钱是六十六元。她相信六会给自己带来好运。

如果今天一切照常，就是命中注定，就是林在天上送给我的礼物，告别那一场天真的深爱，是够漫长了。唐欣电光石火般大彻大悟。此时她正对着一面巨大的镜子仔细审视自己神采奕奕的容颜，她做各种夸张的面部表情，大笑、大怒、抿嘴、皱眉。很好，额头，眼角都像雨中的瓷一样光洁，一丝细小的皱纹也没有。她轻轻地、缓缓地抚摸自己的脸，依然白皙、光滑、富有弹性。谁说金钱买不来青春？如果我不是每年都花巨资做美容，我能葆有林生前见到的容颜吗？唐欣心潮澎湃。

六点整。唐欣从皮箱里拿出那条买了多年的湛蓝色长裙。湛蓝明朗亮丽，她一直以为自己没有机会穿它。此时，它却是那样恰如其分地诠释和演绎了自己的心情。

六点十分，唐欣梳好头，依然是高贵典雅的发髻，穿上长裙，最后望了一眼镜中那位神采飞扬的女人，走出门去。她的心情像初秋的天空一样澄净。她知道这只是波涛汹涌之前的暂时宁静，她仿佛听到了激情一步步走近的声音。她的手指无意中触及脖子，糟糕，这儿的肌肤有些粗糙，她吓坏了，不知如何是好。想想还是把发髻放下。

楼梯拐角处，下楼的男人与上楼的女人擦肩而过。忽然男人驻足，回头，目光如炬，直直盯着女人的背影。

她漂亮精致的发髻散了，乱发如飞，眼睛那么黑那么亮，眼睛深处有蓝紫色的火焰在喷涌，她两片薄薄的嘴唇游丝般动了动，拼尽全身力气克制仍明显惊慌失措地说：“你好，我们可以共进晚餐吗？”

亲爱的右手

长得这么丑，还好意思装怪生病折磨人，不如一刀砍掉算了。李闯偏着头，厌恶又鄙视地望着自己的右手，在心里低声说道。想到自己失去了右手的样子，更是丑陋，便觉得这全身上下一堆肥肉，没一处顺眼的，没一处满意的，种种悲苦如潮水般涌来。

嘀嘀，微信响起，李闯不用看也知道是女儿林达的视频请求，林达长大成人的一个标志就是反倒像李闯的妈，很牵挂她，每周总有一两天早晨会视频问候。

李闯按了接通，又不想让林达看到自己没有休息好浮肿的眼睛和粗糙的皮肤，故意不把摄像头对着自己。林达急吼吼地问，人呢？人呢？李闯模仿她的语音语调说，人呢？人呢？丢了！不见了！林达摇着头叹息说，闯王还在赖床吧？太阳都照屁股了，起来，起来，喝水、吃早餐，一年之计在于春，一天之际在于晨。小时候你怎么教育我的？咋都忘了？

啰唆。李闯在心里嘀咕，嘴上说的则是知道了，好啦，再见。她按了视频结束键，继续躺在床上，望着自己的右手发呆。

1

李闯现在终于承认自己的命运转折点是女儿林达五岁那年。

那年春节，李闯从外地学习回来过年，给林达带了好多礼物，崭新的大衣、皮鞋，装在漂亮罐子里的糖果、饼干。李闯像以前一样，见到林达第一眼就把她抱起来狠狠地亲，连声说，宝贝，妈妈想死你了，你想妈妈了吗？林达一边说不想一边摇晃着身子要从妈妈身上下来。半年没回家的李闯惊呆了，眼睛直直地看着林达的眼睛，提高声音说，骗妈妈的吧，你怎么可能不想妈妈？妈妈天天都在想你，每天晚上都要看着你的照片，跟你说了晚安才去睡觉。这孩子前阵子发烧，人都烧得有些傻了。丈夫林志跟李闯解释说，眼睛冷冷地瞪着林达，左手从背后伸进她的棉袄，狠狠揪了一下她的腰，林达痛得“哇”地叫了一声，仍然不依不饶地说，陈阿姨对我好，我想陈阿姨。

年轻气盛的李闯就因为女儿林达的一句话挖地三尺，把丈夫林志的婚外情翻了个底朝天，最终结局是拱手把林志送给了他的情人，让自己成了离婚妇女和单亲妈妈。离婚前林志恳请李闯原谅，他掏心掏肺地说，结婚时我做了百分之九十的准备要和你过一辈子，看到女儿的第一眼，百分之九十就改为百分之百了。我并不想为自己犯的错开脱，你外出学习大半年，怕影响学习不准我来探亲，我一个人在家，又要带女儿，太难过了，小陈主动来帮忙，我开始也拒绝过，后来确实没管住自己。我开始就跟小陈说得很清楚，你一回来我们就断，彻底断，绝对不能影响我们的婚姻。我是一个很理智的人，来日方长，你放心，我今后不会再做这种蠢事了，只会一心一意守着你和女儿。李闯冷冷地看着林志，奇怪他什么时候变得如此丑陋不堪还厚颜无耻。本已不想再说什么，但怕他没完没了地述说恳求，只有平静地回了一句，拉出来的屎可以吃回去吗？你把感情和婚姻弄得这样脏，我不相信还可以清洁如初，我也根本没有耐心和能力去打扫。林志咬牙切齿地说，蠢婆娘，有你后悔的那一天，说完才跺脚转头而去。

林达懵懵懂懂中认定是自己戳穿了爸爸的秘密，让妈妈把爸爸赶出了家门。她从童年到少年都对妈妈心怀恨意，却对爸爸有欠疚。李闯年轻时性格偏中性，在事业上有远大志向，没把离婚当多大个事。相比离婚，林志在自己外出学习期间外遇更让李闯难受，有强烈挫败感和羞辱感。她宽慰自己，做坏事的人已经受到惩罚了，我一无辜者不能有阴影，继续一心扑在工作上。对于女儿林达基本属于放养，让其自由生长。林达初二下学期突然厌学，逃课成了家常便饭，老师通知李闯来学校，李闯跟老师说了句抱歉给你添麻烦了，就当着老师的面问林达，是不是真的不想上学？林达说是，李闯说好，那我们办休学手续。她自始至终没有批评林达一句，面部表情也很平静。倒是林达的老师目瞪口呆，这位刚从师大毕业不久的年轻人从没见过这样的家长，没忍住内心的迷惑问李闯，你是林达的亲妈吗？李闯微笑着说如假包换。年轻老师摇摇头不再说话，李闯和林达刚走出房间，就听到老师打电话给同事或是领导吐槽：见过纵容孩子的家长，没见过这样纵容的。她看起来一副知书识礼的样子，怎么能这样奇葩呢？对孩子太不负责任了！难道她不知道这是在毁掉孩子？李闯对林达做了一个怪脸，模仿老师的声音重复说道：怎么能这样奇葩呢？对孩子太不负责任了！难道她不知道这是在毁掉孩子？林达被李闯惟妙惟肖的模仿逗笑了，开始觉得自己的奇葩妈妈挺有趣挺好玩。林达休学一个月，李闯该上班上班，该加班加班，对林达不闻不问。

林达不需要逃学了，有大把的时间可以随便玩儿，反而觉得一点都不好玩，嚷着要去学校复课读书。老师说学校又不是自由市场，想来就来，想走就走，复课必须考试，考不过就继续休学，等到下学期留级。林达周末在家补习，不懂的就问李闯，三天学了一个月的课程，考试居然顺利过关。经过这次休学复学，李闯和林达关系和谐多了。

母女俩的真正和解是在李闯五十岁那年，单位破产，她被迫下岗，工作狂无奈从工作中退出，挫败、失落、绝望、孤单，这些情绪终于让她意识到自己对人生的种种无能为力。弱下来的李闯反倒女性元素开始复苏，她在内心里也开始放纵或者享受起自己的小女孩情怀。这一年林达大学毕业随男友到上海工作，对突然跌落到低谷迅速变弱的李闯生出很多的心痛和柔情，恨不得变成她的妈来照顾她保护她。林达从这时开始叫李闯为闯王，闯王是李闯父亲在世时对她的昵称，林达小时候还一度认真地纠正过外公，你不能叫妈妈是闯祸的王。外公笑眯眯地解释说你妈属马，闯就是马儿在家，闯王就是家里的王。我家的闯王不会闯祸，想出门就闯荡天下，无往不胜，想回家就在家里当王。外公去世时林达第一感觉就是妈妈的天塌了，很为妈妈发愁。不过林达很清楚，自己当不了妈妈的保护神。林达上大学就恋爱，早早和男友同居，深深懂得有爱有陪伴的两个人的好才是真的好，妈妈最需要的是一个伴，生活上相互照顾，情感上彼此慰藉。林达一直在鼓励怂恿李闯拿出闯王本色走出去广交朋友，寻找合适的再婚对象。李闯一直不接招，总是用三十岁的剩女都那么多，五十岁的就不去凑热闹了来搪塞敷衍林达。

李闯明白女儿的好意，也对一个人孤独终老心怀恐惧，但对于这个年纪的恋爱婚姻，她没有任何信心。她悄悄到过征婚机构，也在无眠的午夜上过交友网站，大致了解在如今的婚恋市场上，经济平平的五十岁女性处于何等弱势的位置。林达说，妈妈你别想那么多，只要是个好人，对你好，就够了。李闯反问道，别人凭什么要对我这个中老年下岗妇女好？我无钱无貌、无德无能。林达皱着眉说，我们不是富人，但从来也不穷，你的相貌在哪里也对得起观众，凭什么说自己无钱无貌？妈妈你思维太僵化了，情感又不是科研，哪有那么多因为所以，碰对了人，他喜欢你，自然就对你好。李闯说，你才天真，这世界哪有什么无缘无故的对你好，亲情之外人与人的关系都是货真价实的交易。我以前活在云里雾里，莫名其妙自我感觉良好。下岗让我回到地上正视现实，自己就是一穷二白又老又丑，没啥可和人交易的，还是别痴心妄想自寻烦恼了。林达说，哎呀闯王你以前的自信呢，强大呢，都到哪里去了？怎么下个岗连精气神都下没了。李闯摇摇头表示休战。母女俩讨论这个问题永远都是无解。

李闯睡不好双眼浮肿的原因是右手胀痛，从肩开始，手臂、肘关节、手腕，突然就僵硬得不听使唤，动一下，疼痛难忍。长期一个人生活早把李闯训练成了半个医生，擦各种药酒药膏，用红外线理疗仪，就是拖着不想去医院，医院带给李闯的感觉实在太糟糕了，就像一面自带光源的镜子，把一个中年单身女人原本小心遮掩住的，本以为可以自欺欺人的各种不适不爽通通清清楚楚照出来。上一次到医院是林达带李闯到西双版纳晃悠了一圈，回到重庆李闯双手就冒出了密密麻麻的小水泡，奇痒难忍。各种小偏方用尽均无效，被逼无奈来到医院，医生一看说是过敏，叫查过敏源，居然查出来了二十多种过敏源，最荒唐的过敏源是一切洗涤用品。医生说，你最好别碰过敏源，李闯笑了，说我又不是请得起保姆的富家太太，每天都要做家务，洗碗洗衣做清洁，洗涤用品怎么也不可能回避得了。医生叹息说，别不把过敏当回事，别不把自己的身体当回事，跟家属说至少在过敏期间需要用洗涤剂的家务让他做。李闯沉默了，她没办法把我是单身，我长期一个人生活说出口。她清楚，又是岁月把自己变得胆怯而软弱。年轻的时候，以工作为重的时候，把自己的生活状态昭然天下对她根本不是问题。不过，那个时候，似乎没人关注这个问题，主要她自己没关注。医生看懂了李闯的沉默，叮嘱道，无论如何也尽量对自己好点，家务能少做就少做，必须做就戴手套吧。李闯不敢再待下去了，再待一秒她的眼泪就会滚滚而下，而她多么不想让人看到自己的眼泪，她咬着嘴唇，扬着头，直接冲出了诊室。

这一次又是悲剧重演，各种药酒药膏，理疗仪，通通毫无作用。拖了三天，李闯痛得人快变形了，被逼来到医院。她没敢到人山人海的著名大医院，就到了不需坐车，从家里走路可到的一家普通三甲医院。照例是先做一堆检查，医生看了检查报告再来看李闯的手，摸摸捏捏之后开了住院单。李闯愣了一下反问，住院？医生看也没看一眼说，你不想右手成摆设、作废，就赶紧住院治疗。

2

住院第一天打了封闭针以后李闯右手疼痛明显减轻，但她想彻底治愈，右手痛得死去活来这几天让她明白在老去的路上身体出状况就是雪上加霜，右手出状况那雪上加的就不是普通的霜，而是巨石大的冰雹。砍掉右手不过是一时气话，老老实实遵医嘱治疗才是正道。医院有食堂送餐到病房，荤素搭配合理，不算好吃，李闯觉得也不比自己做的更难吃。病房带卫生间、淋浴房，有人打扫也还干净。除了早晚到开水间打开水，她基本宅在病房不出门。

开水间在病房的最右边，跟李闯的病房只有一墙之隔，所有到开水间打开水的人都要经过李闯病房的门口。为了尽量少见人，她都是在早晨很早或晚上很晚，等楼道里听不到脚步声了才去打开水。

深夜，她又到开水间打开水，医生警告过她绝不能用右手，她左手拎水瓶，把水瓶放到锅炉出水口的下方，再用左手按锅炉按钮，整个过程连她自己也感觉到出奇的别扭。因此当身后突然传出一声叹息，唉，右手废了的人是遭罪。她也没觉得多意外，只是心里不舒服，在心里骂了一句，多事佬，关你屁事。她看也没看一眼叹息的人，直接回病房了。

李闯住的双人间，享受的却是单人间，另一个病床挂着病人标牌却连续几天一直没看到人影。夜晚的病房静悄悄的，李闯有些无聊，她盯着邻床的标牌：魏极德，五十八岁，膝关节炎。心里琢磨膝关节炎是个什么病？为什么名牌在此人却不在？夜班护士来查房，李闯话到嘴边还是收回了，她不想留给护士好奇心重的印象，人老了就要有老了的样子，这是她最近琢磨出来的一块遮羞布，和生活对抗只会更难堪，遮羞简单些，可惜年轻时不懂这个道理。夜班护士查完房离开，李闯就闭上眼睛睡觉，医院的床有些硬，又担心碰到右手，翻来覆去折腾也睡不踏实，天快亮时才迷迷糊糊睡着。等她睁开眼睛，看见一双男人的眼睛正直愣愣地盯着自己，吓了一大跳，立马坐起来，连声问，你是谁？怎么进来的？男人扬了扬头，用下巴指了指旁边床的标牌。李闯舒了一口气，又发现魏极德是坐在轮椅上的，原本想呵斥他怎么如此没礼貌，想想还是算了，好歹也是同室病友，一见面就把关系搞僵不是什么好事情。没想到人家根本不领她的情，直接扔了一句，昨天就知道你是狠角儿，右手废了还一个人来住院，也不请一个陪护。李闯问你怎么知道？魏极德说我们昨天在开水间见过面的，跟你打招呼都不理睬人，拽得很。李闯想了一下，觉得时间不对，从开水房回来到夜班护士查房，到辗转反侧入睡，至少也有三个多小时，根本没看到他。你什么时候来的病房？我昨晚怎么一直没看到你。魏极德说，一个多小时前，小刘进手术室，我见不到她，才下楼到的自己病房。没等李闯提问，魏极德自己解释道，小刘是我女人，在一起三年多了，没扯证，她上周查出肺癌，住楼上肿瘤科。我也来住院，名义上在住院，其实是陪护，我一直在肿瘤科陪她、照顾她。

住院来照顾另一个住院病人，李闯第一次听到有这种事情。她再一次在心里感叹自己孤陋寡闻，愈发感觉自己像个傻瓜，年过半百的人很多事情都不明白。林达曾就此安慰她，这样挺好，生活简单，内心平和。你不知道有多少人羡慕你那张没被生活欺负过的脸，就像从没弄脏过的白纸。李闯说，我不想自己的人生像一张白纸，要活到老学到老。说到一张白纸时母女俩都笑了，年轻时就离婚成了单亲妈妈的李闯怎么就活成了一张白纸？白纸又不是什么好事，和世界格格不入，自己也很惨淡。

魏极德是个急性子，见李闯半天不接话，第一次聊天就快把天聊死的节奏，立马变换角色不再讲述自己的事情，关心起李闯来：你咋一个人来住院呢？家里人干吗去了？右手废了不能用等于人就残了，怎么能这样不当回事呢？李闯有点嫌魏极德啰唆，也明白他是出于好心，犹豫了一会儿回答道，右手废了还有左手，没觉得有多大个事。女儿在外地，工作挺忙的，不想为这点小事去打扰她。魏极德把李闯从头到脚打量了一番说，身边就没个人？李闯不想谈这个话题，问魏极德，你家小刘手术要做多久？你担心的话就到手术室门口去守着吧。魏极德表情突然凝重了，呆了一下，摇摇头说，不用，她的家人守着的，我去只会惹他们烦。李闯从魏极德的语气和表情中明白了他和小刘的家人有隔阂，又完全不了解情况，不知道说什么合适。倒是魏极德藏不住，什么根根底底都要抖出来说。

你看我现在坐轮椅的样子，是不是觉得很惨，其实现在算好的了，可以坐轮椅，也可以依靠拐杖站起挪一两步，你没看到我以前的样子，比现在惨多了，基本上只能躺着，两条腿像是与我无关的摆设。医生说是肌无力导致的骨骼关节退化，是一种很少见的怪病，也是无药可治的绝症。小刘以前在按摩店工作，前妻把她介绍给我做上门按摩，我当时本来已经很绝望，以为只有等死一条路了。但前妻一向乐观积极，说这病虽然无药可治但还不至于要人命，无药可治是指现在，没准熬几年药就出来了，活下去，尽可能舒服一点活下去是最重要的。前妻是那种永远正确也很在乎自己正确的女人，这是我没法与她在一起生活的原因，也是离婚多年还是朋友的原因。小刘第一次来给我按摩，我就对她很有好感，她温柔细致，手又很有力量，我腿没有感觉，但心有。她像照顾小婴儿一样用心照顾我丑陋如老木头的双腿，温水洗、热敷、涂油、按摩、点穴、艾灸。我问她在按摩店一月能挣多少钱，她说三千左右。我问累吗？她说累，一天要做六七个顾客。我算了一下家里做保洁钟点工和做饭阿姨的工资，加起来比她高多了。问她是否愿意来我这边专职工作，除了按摩还做午餐晚餐两顿简餐，只做午餐也可以，量做多点儿晚上可以吃剩的。家里清洁也将就一起做了，不图多干净只要看得下去就可以。如果愿意我付五千，比现在工资高两千。也不用再花生活费了，我们两人的生活费另计。我每个月退休金加房租收入有七八千元，都交给她安排。小刘想了想说，那你看病吃药咋办，很贵的。她这样一说我更坚信了自己的直觉，她是一个善良的人。赶紧回答，这个你放心，我年轻时买了保险的，医疗费不用操心。我当然没有傻到见第一面就把自己全部家当如实告知，害人之心不可有，防人之心不可无这个道理我还是懂的。除了退休金房租我还有些积蓄，都在股票上。别人买股票是炒，一心想低买高卖赚钱，我买股票是存，存钱存时间，精挑细选两支长线股，有点儿钱就买，日积月累，除非急需用钱才舍得卖点，绝大多数时间都长期持有。小刘做完按摩后在屋里走了一圈，到处看了看，问我可不可以住在这里，这样一是更方便照顾我，另外也可以把她自己住的房子租出去，再挣一笔租金。我说双赢的事好啊，没想到你这么聪明。她摇摇头说，不是聪明，是被逼无奈，家里天天有人来闹、来抢房子。邻居做小生意的，知道事情的来龙去脉，同情我，建议我租给他做仓库，他土生土长城里人，不怕乡下人来闹。

小刘是个苦命的女人，和老公一起来城里打工几十年，辛辛苦苦把儿子养大并考上了不怎么花钱的委培大学生。老公本来以为自己的责任尽够了，可以回农村过清闲日子养老了，成天嚷着要回去。小刘却认为没帮儿子在城里扎下根还不能撒手不管，她和老公继续打拼，总算在儿子快毕业时东拼西凑在老城里买了一间旧房，心心念念儿子在城里总算有个窝，结果乐极生悲，办完手续接房那天老公一高兴，喝酒把自己醉死了。小刘老公那边的家人恨死她了，儿子从小跟爷爷奶奶长大，和爷爷奶奶感情很好，站在爷爷奶奶那边，认为逞强的妈妈害死了老实的爸爸。还受亲戚的怂恿要打官司和小刘争房子。小刘伤心绝望，本来要给儿子的房子赌气说不给了，惹得老公家的七大姑八大姨成天就来闹。我老魏懂点法律，安慰小刘不要怕，就算是打官司，房子大部分产权也是她的。

就这样小刘来我家了，又当住家保姆又当保健按摩师，孤男寡女差不多一天二十四小时都在一起，不好上才怪。

魏极德用一句反问和一个有点得意的笑容给他和小刘的故事做了小结。自己几十年生活平淡如水的李闯听得心惊胆战，觉得小刘，还有老魏的人生都如此波澜壮阔。这可能就是各自的命，每个人有每个人的命，没有谁比谁好，也没有谁比谁差，不必惊讶，也不必羡慕。她安慰自己，并以此打住内心的各种感慨。

3

小刘没有活着从手术室出来。三天以后，李闯才知道这个坏消息，老魏亲口告诉她的。那天，老魏讲了他和小刘的故事就推着轮椅走了。三天以后再见，他看上去老了十岁都不止。

晚期肺癌基本就是宣判了死刑，我有这个心理准备，但无论如何想的也是要拖一两年。小刘一辈子都在照顾别人，在生命的末日也该来享受一下被别人照顾的滋味，老天太不公平了。老魏皱着眉头说。李闯不知道如何安慰他，跟着他说，她是太可怜了。老魏突然哭起来，一把鼻涕一把泪地说，我更可怜，以前不知道身边有个知冷知热的人多好倒也罢了，刚刚知道了，又被夺走了，还让我怎么活？我不想回家，没有了小刘，那个家已经不是家。呜呜，我只有在医院长住下去了，求求你别出院，留下来，让我有个说话的人。

李闯知道老魏是在非正常状态，但还是被他的哭泣和请求打动了。她单身了几十年，女儿到外地求学工作以后，更是完全孤单的一个人，对一个人的家是什么滋味当然深深明白，只是她从没想过要把这种滋味说出来，不知道说给谁听，也不知道怎么说。老魏像个孩子一样不管不顾傻呼呼地哭诉自己的孤单，让李闯心里有些酸涩，也有点羡慕。

老魏便真的在医院住下来了，还断断续续从家里搬了不少东西过来，小冰箱、煮饭煲汤的电饭煲、油盐酱醋、两个人的碗筷、有按摩功能的泡脚盆、室内绿植……李闯问他什么意思，他说就是想让自己舒服点。这里是医院，住不了多久，何必劳神费力，多累。李闯的这些想法还没说出口，老魏就帮她说了，顺带也做了回答，管它是哪里，管它住多久，反正能让自己舒服点就舒服点，又不是多大个事，活一天少一天，每一天都要好好活。对了，你平时喜欢喝什么？茶、咖啡还是果汁、牛奶？我给你准备，你怎么就一个杯子，太不讲究了。还有，你喜欢什么颜色？病房的窗帘、床单都太难看了，我一起换了。如果是以前，李闯一定会很鄙视老魏的这些行为，一个男人，心思成天在这些上面，也太小家子气、没出息了。但现在李闯尽管觉得有点奇怪，却并不鄙视，也不觉得和这样的男人在一起有多丢人。后来她才恍然大悟，之所以这样想，原因是她几乎处于一种真空状态，没有人认识她，医生护士只知道她的姓名和病情。事实上，早晨在粥香中醒来，午后一杯红茶几片水果，晚上临睡前泡泡脚，再各自躺在床上有一句没一句聊聊天，如果说不惬意不舒服，李闯也觉得是在自欺欺人。

李闯和老魏的病房被改造得像一个小小的家，成了医院的新闻。院方开始的态度是坚决反对，保卫处、行政办都派人来警告这样做违反了医院的规定，责令恢复原样。后来几个回合下来，可能是算了算留下两个长住病人的收入，就睁只眼闭只眼了。老魏一会儿软一会儿硬，软的时候眼泪汪汪，低声悲泣地哀求：我们两个孤人，一个手不方便，一个脚不方便，好不容易凑在一起，可以互补起来像个正常人好好过过日子，你们就行行好吧。硬的时候把自己当成大人物，中气十足地大声怒吼：我缴了住院费，等于就租了这个房间，用的水电自己承担，有偿使用错在哪里？违反了国家哪条法律？想赶我们走就明说，莫装腔作势搞这些。李闯的感受很奇怪，似乎这一切与自己没有任何关系，老魏示弱哀求的时候，只觉得他好可怜，逞强怒吼的时候又觉得他可恶。老魏对李闯事不关己的态度有些生气，说别忘了我们是一个整体，共荣共辱、同进同退。李闯说不，自始至终都是你自编自导自演，我顶多是个配角。什么配角，明明是心硬如铁的狠角。老魏气呼呼地反驳。到了晚上给李闯端水泡脚时，老魏的脸都还僵着，一副不情愿的样子。李闯忍不住扑哧笑了，逗他说，干吗这样委屈自己呢，不想端就不端，又没有逼着你，摆张臭脸干吗？看不惯我吗？看不惯我明天出院就是。反正在这待着就是瞎浪费时间瞎浪费钱，我算死心了，打针吃药理疗也只是缓解疼痛，根治这毛病就是痴心妄想。老魏一听李闯说出院，马上就软了，不是像对院方工作人员那种装软，而是真的软了，连忙道歉，是我错了，千不该万不该把对医院的气发在你身上，我们是伴，是战友，是同盟，绝对不能分开。求你了，别扔下我，我一个人活不下去。老魏声音越来越低，说着说着眼泪又出来了，一双泪眼紧紧地盯着李闯，好像生怕她跑了。李闯觉得此刻老魏的泪眼就像小婴儿一样清澈透亮，尽管在乞求，在示弱，在撒娇，可她心里软软的，酥酥的，没有一点力气可以去拒绝。

4

早晨，医生照例来做常规检查，对老魏和李闯这种慢性病，医生的常规检查就是一种形式。

很多事情形式也是必需的，这是李闯最近又琢磨出的一个生活道理，她虽然活了大半辈子，对生活的道理懂得并不多，基本上是任着性子在活，没少摔跟头。年轻时人皮实，摔了就摔了，倒也不觉得多痛，摔了爬起来，也不琢磨，继续任着性子。如今年纪大了，不知道是不经摔了还是痛感更敏锐了，摔一次痛一次，终于开始慢慢琢磨了。以前她特别反对形式主义，特别讨厌浪费时间，凡事喜欢直奔主题，衣柜里的衣服，每一季不超过四件，秋冬灰色、咖啡色、黑色，春夏浅灰色、浅咖啡色、白色。鞋柜里的鞋，一年四季都是皮鞋、运动鞋、布鞋各一双，穿坏再买同款。样式虽然简单，对品质倒是极为讲究，从来都直奔大商场专柜。这种从父亲那里继承的消费观让她对金钱没有特别的概念，更无强烈的储蓄意识，下岗即有赤贫感。

其实得知她下岗后林达每个月领了工资都转钱过来，金额并不比李闯之前的月薪低。而且为了保护妈妈的自尊心，林达说我分期付款买你的房子，别人按揭给银行，你按揭给我。李闯很欣慰女儿有能力又愿意对自己好，但真正花女儿的钱她心里还是有各种不适。当年离婚时，协商好林志负担女儿一半费用，结果他只付了一年，有了另外的孩子后就再没付过。李闯也从来没去要过，甚至都没对林达提及过。林达小时候总说，妈妈你太奇怪了，为什么不能像其他妈妈那样把自己打扮得很漂亮，把日子过得很精彩。李闯总是回答，其他妈妈需要打扮漂亮，你妈妈根本不需要。林达追问为什么，李闯说，你妈妈本来就很漂亮，所以不需要了。那你需要什么？林达想了一下继续追问。李闯坚定地说，需要工作，需要学习，需要生命更有意义和价值。看见林达眼巴巴望着自己，她又加了一句，还需要你。其他花花哨哨的就算了。

林达听得似懂非懂，嘀咕说，妈妈你好奇怪。若干年后，李闯在被迫下岗前，领导对她说了类似的话，你太奇怪了，我们同事几十年，你从没和我说过工作以外的话，我对工作以外的你一无所知。你就像一个纯粹的工作机器，不像一个真实的人。之前想帮你无从入手，事到如今，树倒猢狲散，人人自危，想帮也没有办法了。你好自珍重。李闯想想也觉得自己太奇怪了，人生如直线般单调，从小到大，读书时只管学业，工作后只管专业。学业好最终考上名牌大学也算得到了奖赏，专业就没这么幸运，做到高工也只是单位机器上的一个小螺丝，机器生锈停摆报废，螺丝也只有跟着沦为废物。如果时光可以重来，李闯多么希望生活可以多些色彩，即使只是形式上的色彩。

医生检查完毕，老魏像平时一样，往胸前挂上空布袋，推着轮椅下楼买菜，临行前没忘提醒李闯吃苹果，说他已经洗好放在冰箱里了。李闯温顺地点点头，目送他自己推着轮椅离去。想着一个半到两个小时以后，他胸前的袋子装着肉蛋蔬果，满载而归的样子，有些莫名的心酸。他们睡前都会躺在各自的床上聊会儿天，他会把买菜路上的见闻讲给她听，专捡有趣的好玩的讲，讲着讲着就会提起，唉，你腿脚是好的，要不你去买菜，那些刚从田地里出来的蔬菜真香，闻着都舒服。你别整天待在医院，人都待傻了。或者我们一起去买，一起去呼吸新鲜空气，看新鲜面孔。李闯不吭声，她没做好准备，和他一起双双出现在病房以外的地方。她认识的人不多，但总有认识的人，万一碰到了呢，毕竟离家这么近，如果碰到熟人，比如邻居，比如前单位的同事，林达的同学、老师，曾经那么骄傲的她怎么给别人介绍老魏？

嘀嘀，微信响起，是女儿林达的视频请求。李闯有快一个月没与林达视频了，住院视频不方便，加上她不想让林达知道自己住院，林达每次视频请求她都直接转成语音。林达问为什么，她说摄像头坏了，林达说正好，换个新手机，立马就要上街去买了寄过来。李闯说就在这边买，万一坏了也好维修。林达想想也是，便催她赶紧去买，但李闯一直找理由拖。

老魏买菜去了，病房没人，李闯心情不错，决定接受林达的视频请求，她不想让林达猜疑，特地坐到和家里差不多的那堵白墙边，才接通了视频。林达惊叫道，哇，老妈你最近干什么了，人变漂亮了呀。李闯说，你妈不是一直都很漂亮吗？什么时候丑过？林达被逗得哈哈大笑，连声说，这就对了，我的偶像闯王又回来了，不准再说什么又老又丑的傻话了，真棒。等林达乐嗨了，李闯说，给你说点正事，你和男朋友在一起也不短了，合适就把婚结了，把孩子生了。林达的笑脸迅速变成了鬼脸，说，奇怪了，你不是从来都不过问这些吗？怎么突然关心起这个？李闯说，我想你有更稳妥踏实的幸福，还有呢，我也想当外婆了，想好好照顾一个小婴儿，天天摸她的脸，手，脚，还有粉嫩的小屁股，爱她关心她，看着她一点点长大。林达说，打住打住，婚姻生育都是很复杂的事情，我们不会轻易去尝试。你内心软糯成这个样子是不是恋爱了？李闯赶紧否认。林达说，那就是内心在蠢蠢欲动了，哈哈，想爱就爱，自己赶紧去爱，休想指望我给你生个小婴儿来爱。哈哈。好啦，我在上班，躲到卫生间和你视频的，挂了，闯王，去勇敢闯进别人的生活吧。

林达把视频挂了，李闯把手机放回桌上，可能动作大了点，右手的肘关节又钻心地痛，痛得眼泪都流出来了。她一边嘲笑自己娇气一边想着林达说的“闯王去勇敢闯进别人生活吧”，感觉内心有些冰一样的东西在慢慢融化。第一次，她觉得老魏坐着轮椅买菜实在不容易，第一次，她算着时间坐电梯下楼到一楼电梯口去接老魏。心想如果碰到熟人问起，就说老魏是亲戚，远房亲戚，对，亲戚这个形式挺好的。转念一想，老魏是什么关别人什么事？不管不顾任着性子活了几十年，到老还这样小心翼翼干吗？有什么好怕的？当老魏推着轮椅出现在眼前时，李闯还沉浸在自己的思绪里，倒是老魏激动得吼了起来，你终于不待在病房发傻了？这就对了嘛，出门走走，散散心，多好。李闯咕哝了一句啰唆，用左手把菜口袋从他身上提起，看见他衬衫靠着菜口袋的腹部那一块全是湿的，心里再度泛起心酸，还有些淡淡的心疼。

老魏感受到李闯情绪的变化，对她更是殷勤周到。以往晚上给李闯打热水泡脚后就不管了，等第二天早晨清洁工来倒脚盆。现在一看李闯泡完脚就递来干毛巾，还以李闯右手不方便为由，坚持要给她擦脚。李闯犹犹豫豫拒绝未果，他把李闯的脚捧到他怀里，先用毛巾包上，再小心翼翼地擦拭，每一个脚趾缝都不放过，擦干净还不放心，又给脚心脚背涂了凡士林，说是保湿让脚皮不糙，给脚趾缝洒了婴儿用的爽身粉，说这样就不会染湿气。李闯的脚，当然整个身体也一样，从来没有被如此温柔地对待过，她的身体和心都软得不行，硬咬着牙撑着才没让自己软成一滩水。老魏额头上冒出了些许微汗，亮晶晶的，李闯右手不方便，弯了弯身体，用左手扯了一张面巾纸，为老魏揩汗。又看到老魏右眼的内眼角有芝麻那么小一粒眼屎，再扯了一张面巾纸，在水杯里浸湿后为他轻轻擦掉。老魏说两个人就是好，我右眼睛卡了一天都没发现是眼屎惹的祸，你帮我擦了马上就不卡了，说完眼泪哗哗而下。李闯拍了拍他的头，他把头埋在李闯怀里，身体不停地颤抖，李闯的身体也跟着颤抖起来，紧紧地抱住他。她听到了他的心跳，也听到了自己的心跳，两颗衰老的心在此刻怦怦有力地跳动，奏起和谐的旋律。多年以来李闯都以为自己的身体和肌肤早没有了渴望，但此刻，一切像从沉睡中醒来，她的身体，她的肌肤如此饥渴，必须与他的身体他的肌肤毫无障碍地紧紧相连。她用笨拙的左手把他从轮椅扶到床上，狭窄的单人病床，两个衰老肥胖的身体挤在一起，拥抱、抚摸、亲吻……

像过了一个世纪那么久，老魏回到了自己的床上。李闯听到他在低声哭泣，她把左手伸过来，他没有接。她有点想从自己的床上爬起来，坐到他床边，再抱抱他，但身体好多年没有过的疯狂和张扬让她很是疲惫，累得没有力气把念头化作行为。

又过了好大一会儿，老魏才稍稍平静下来，一边呜咽一边叹息，我为你做的这些，都是小刘教我的，以前她照顾我，给我煮饭洗衣，洗头洗澡，洗脚擦脚，她满头大汗我也不知道为她擦擦。我真不是个人，太对不起她了。李闯满腔的感动和柔情戛然而止，没有任何过度，情绪直接从明亮的天上往地洞般的黑暗深渊不停地下跌。整个晚上，她没再说一句话，翻来覆去想了很多，心像是被锋利的刀切成一块块薄薄的碎片，纷纷扬扬地飘散再慢慢堕落。尖锐的痛和钝重的痛轮番上阵，痛过之后是空荡荡的慌张和恐惧。突然，女儿林达那句“闯王去勇敢闯进别人的生活吧！”再度在耳边回响，李闯又有些莫名的释然，像是在漆黑的夜终于看到了可怜的一点星光，一点救赎。闯王闯王勇闯别人的生活，李闯再一次在心里默默念叨，想哭又想笑。无论内心和思绪多么翻江倒海，她都静静地躺着，没挪一下身体，闭着眼睛，看上去就像在幸福地熟睡。

就是想你好

尊敬的中国移动（联通，电信）：

因为个人原因，我需要长期同时使用中国三家移动公司的移动电话，可二十四小时开机，在本城的各个角落出没，对贵公司及其他两家竞争伙伴所提供的移动通信的技术和服务有切身感受，可提供客观准确的各项精细数据。希望有机会与贵公司合作，将我认真统计的各项数据转化为我们彼此的一项生产力。

蓝安吉

联系电话：1390830……

1868086……

1300231……

写完这封百余字的短信，蓝安吉又检查了一遍，才分别投往喜城的中国移动，中国联通，中国电信对外公开的邮箱，当然还有老师丁继的邮箱。这是本月 MBA 的作业：发现商业机会，独立执行完成。按照丁继强调的闭环思维，还差最重要一环：结果反馈。然而，结果并不是自己能决定的，只有静静等待。蓝安吉祈祷三家公司至少有一家有回应，哪怕是被冷冰冰拒绝也好，千万别都石沉大海，毫无音信。

蓝安吉有三个手机，分别装着移动、联通、电信的电话卡，代表她的三重身份：喜城大学MBA（工商管理硕士）学员、喜城小火锅未来掌门人、老刘家的准儿媳。刘昂离世注定了她只能是永远的准儿媳。完整知晓蓝安吉三重身份的只有两个人，老妈蓝潇和哑娘。哑娘天生聋哑，但蓝安吉觉得她是自己在这个世界上最亲的人，她小时候被哑娘照顾长大，至今仍在一起生活。刘昂的父母处理完刘昂的后事之后，坚持把刘昂以前在国内用的电信手机送给蓝安吉，说他们一直会给这个手机充值，希望蓝安吉在一些重要的日子能够开机，接收他们的电话或者信息，给他们一点安慰，也给在天堂的刘昂一点念想。当时蓝潇很反对，对刘昂父母说，我能够理解你们对儿子的爱与怀念，但也请站在我的角度为我的女儿想想，她这么年轻，今后还会有新的生活，你们这样等于用刘昂来绑架她，刘昂生前那样爱安吉，我想他在天之灵也同样希望安吉幸福快乐，他不会赞同你们这样做的。我深信刘昂会一直活在安吉心中，他们对彼此的爱也将永不消逝，但不需要任何形式。刘伯伯点头表示理解，刘阿姨却流着泪恳求安吉一定收下手机，她说，你不开机也没关系，这是刘昂的遗物，就当作一个纪念吧。安吉那段时间一直在服治疗抑郁症的药，感知和思维都要迟钝些，不知道说什么，任凭妈妈和刘阿姨唇枪舌剑。后来，捧着手机的刘阿姨一下子跪在了安吉跟前。蓝潇被逼无奈，说，那只有我先收下，等安吉身体好些再说。大约半年之后，安吉觉得自己差不多好了，才向蓝潇把手机要过来，充电打开。刘阿姨每年会发三次短信过来，刘昂的生日、祭日、大年初一。都是发给刘昂的，述说她的思念。几年过去了，安吉每年的这三天都会打开手机，收看阿姨发给刘昂的短信，只是收看，从不回复。安吉根本不知道回复什么，尽管在她心底，她认为刘昂是为自己而死，自己的命是刘昂用命换来的，替刘昂为他父母做点什么，是理所当然。但她真的不知道怎么去做。

1

产品和营销是企业生存发展最重要的两方面，缺一不可，如果你只有一百万，至少要投资四十万在产品研发，四十万在营销推广。丁继在讲台上滔滔不绝。蓝安吉很想提问，剩下的二十万能干什么呢？场地，薪酬，培训等等，都是必须的吧，这二十万如何分配？蓝安吉望了一眼周围的同学，玩手机的占了多数，有几位在看自己带来的书，像自己这样面无表情把眼睛望在讲台上的所剩不多。不过，当她的眼睛与丁继的眼睛对上时，她发现丁继的眼睛比自己更旁若无人、无所事事。他说话时只有嘴巴在动，眼睛、面部肌肉、喉结都像超市里的冷鲜肉，貌似鲜活，其实是冻僵了的。

这个已经读了快一年的喜大MBA是母亲蓝潇帮蓝安吉报的名。蓝安吉至今记得当时的情景，蓝潇双手抱肩，这是她的招牌动作，伫立在她巨大无比的书桌前，她的身后是满满一壁书墙，不是只有封面封底的假书，都是货真价实的真书，内容涉及文学、艺术、哲学，没有一本管理类、养生类的那种市面上的畅销书。只是，书墙里的书太整齐有序了，从没看到一点变化，蓝安吉严重怀疑这些书从未被“宠幸”。蓝潇眉头皱成三条细沟，像蚯蚓在蠕动，她突然就张开双臂，对着空气做了一个拥抱的动作，然后弯曲右手食指叩桌说，蓝安吉，我原本计划你回国后尽早结婚生子，把一个女人在这个世界上应该做的、必须做的事情先做了。但你回国两年多了，自己什么动静也没有，亲朋好友介绍你去相亲你也一律拒绝。看来你还是放不下刘昂，也好，那就先立业后成家。我支持你，立业做事情你现在最缺的就是圈子和人脉。我的圈子和人脉，你当然可以无条件享用，但这远远不够，你必须搭建完全属于你自己的人际关系。去喜大读MBA，结识积极上进的工商界人士，为你的未来开疆拓土。今后的某一天，你一定会感激你老妈的远见卓识。

指出问题，同时告诉问题的解决办法，顺便表扬自己。蓝安吉有记忆以来，母亲说话的方式从来如此，三段论，不会少，也不会多，顺序也不会有任何变化。蓝潇自称是一个恋旧和拒绝变化的人。她的朋友熟人，每每听到蓝潇的如此自我评价，则会狂笑不止。一个离过三次婚，交过多个男友，在火锅界风风火火闯荡几十年的女人居然敢称恋旧和拒绝变化？

蓝安吉一言不发，她清楚只要蓝潇做了决定的事，说什么也是白说。坐到喜大MBA教室，蓝安吉便明白蓝潇的如意算盘打错了，这个MBA班是由喜城大学自己发文凭，没人知道校外是否有人承认，招生门槛极低，交钱就可以来读。蓝潇的同学中，她这种富二代比例最高，跟她不同的是，这些同学几乎没读过正规大学。在她看来，这里很多老师讲课无非就是干两件事：搬运工，把书上网上的知识搬过来；段子手，讲各种自以为幽默搞笑的段子。学生上课也无非干两件事：打发时间，不为生计奔波的人有大把大把的时间总需要打发；虚拟社交，误以为背景相似的人容易交朋识友结成圈子。

这学期开学不久之后的一个周五晚上，蓝安吉收到丁继的短信：解放碑美心咖啡厅，周六下午三点，不见不散。她的第一反应是班上要组织同学们搞社会活动，这是他们学习内容的一部分，上学期有好几次。蓝安吉直接跟蓝潇汇报，明天下午学校有活动，和陪你打网球的时间相冲，你看我参加哪边。蓝潇说，参加学校活动，想陪我打球的人多的是，帅哥美女我随便选。蓝安吉在心里骂了一句你不炫耀会死呀，脸上的表情却是平静如水，淡淡地说好的。

想的是集体活动，蓝安吉穿着牛仔裤、T 恤衫就来了。她看到丁继坐在咖啡厅一角，穿灰衬衫打细格领带，头发丝丝顺滑，一看就专门到理发店打整过。蓝安吉忍住想笑的冲动，问，他们呢？丁继狡黠一笑说，没有他们，只有我和你。我们单独约会？蓝安吉傻傻地说，这也太奇怪了吧。奇怪什么奇怪，你未嫁我未娶，单身男女周末约会正常得很。丁继的穿着打扮比平时正式拘谨，身体像被禁锢，内心就反弹出更多的向往自由的冲动。

作为 MBA 班的班主任，丁继认为单独约见学生，了解他们，和他们交朋友是自己的职责所在。丁继转述了上学期也是第一学期老师同学对蓝安吉的意见：高冷、不合群。安吉也不为自己辩解，让丁继的话像风一样在耳边吹过。丁继说，你至少要完成每个月的作业，不然我不好交代。安吉问跟谁交代，丁继说，付钱的客户，对你来说就是你妈，喜城大名鼎鼎的小火锅掌门人蓝潇。安吉心里没好气地想，我妈是客户，我算什么？便不再接话，只管默默地喝茶，她叫的柠檬红茶，喝完三分之二杯时，丁继又帮她叫了一杯。第二杯喝了一半，她就用吸管在对着红色茶汤吹泡玩了。丁继发现无论说什么都是自己一个人在说，也有点生气，闭上嘴直愣愣盯着蓝安吉。

蓝安吉察觉到丁继的异样，抬起头，把视线从茶杯转到他脸上，看了他约一分钟，说，你能把茶吹成气泡在空中飞吗？若能，哪怕只飞起一瞬间，我就答应做每月的作业。这是刘昂的一个绝活儿，无论茶还是咖啡，无论可乐还是红酒，进了他嘴他就可以吹成气泡。安吉觉得很好玩，他就常吹给她看。丁继一声不吭，起身就往洗手间走，回来时右手上多了一个湿纸团，他把湿纸团对着蓝安吉的茶杯上方，右手用力一握，湿纸团就滴了几滴黏稠的液体到杯子里，他左手拿着吸管在杯里一阵乱搅，再把吸管举起，把嘴凑上去，一吹气，吸管另一头就跑出一个一个彩色气泡。蓝安吉看傻了，歪着头，咧嘴而笑。邻桌和服务生的眼光也被吸引过来，有人发出了惊叹的声音，丁继没有一点难为情，专心致志地吹着泡泡，蓝安吉咯咯咯，母鸡一样笑开了。过了一会儿她说，你把洗手液倒在纸巾上，再滴到茶水里，茶水就成了肥皂水，泡泡就成了。你舞弊了，但你挺聪明。好吧，下个月开始我交作业。丁继一时也分不清蓝安吉是真傻还是装傻，脑子一转说了一句特恶心的话，只有洗手液能吹出这么多泡泡吗？我加了自带的神秘之水。蓝安吉说，你空着手进去能带什么神秘之水？你的口水？尿液？太恶心了。丁继不吭声，一脸坏笑，心里弄明白了这丫头是真傻。确认了蓝安吉的傻，丁继便有了一种智力上的优越感，和她相处起来就很放松。

2

每个月二十五日到月底的这五六天，蓝安吉都以蓝潇助理的身份到喜城小火锅上班，看各种收支报表，发现问题，汇报给蓝潇。蓝安吉在喜大读MBA成天心不在焉、敷衍了事，但在小火锅上班就是另一种风格，认真细致，她看报表不会只看数字。采购部买的做老肉片的五花肉从上个月的六十元一公斤涨成了八十元一公斤，财务部审核时在旁边注明了一句猪肉大幅涨价，建议猪肉类菜品涨价。蓝安吉开车到喜城最大的猪肉批发市场逛了一圈，五花肉均价六十元一公斤，又去了远郊几个大的肉制品厂，价格变成了五十元一公斤。

蓝安吉没有声张，就写了个猪肉价格调查给蓝潇。蓝潇嘘了一声说，回扣涨得比猪肉狠，这样下去要出大问题，是得给采购部这几个老伙计涨工资了。蓝潇得知采购部损公肥私，不但不追究还要给他们涨工资。蓝安吉以为自己听错了，蓝潇又做了一遍她的招牌动作，抱肩、摊手、敲桌，然后语重心长地说，我们这种民企，名声不如外企，实惠不如国企，生存发展何等不易，别人凭什么要跟着你干？当老板的一定要懂得体恤下属，满足他们的合理要求。

但蓝潇最近也遇到了很头痛的问题，她跟安吉诉苦，有人举报小火锅锅底有国家明令禁止的中药。小火锅底料用的是几十年的配方，从不乱加东西，就底气十足地回应食安局，欢迎你们随时来检查。结果食安局就真带着仪器来现场检查，也真查出了违禁中药。蓝潇傻了，把炒料师傅一个个找来问，什么也没问出来，把厨房的监控录像调出来，同样没有发现任何异常。小火锅的厨房管理一向很严格，炒底料时都有三个师傅在场，高清摄像头二十四小时无死角监控。把事情的来龙去脉想了很多遍，蓝潇觉得只有一种可能，鬼干的。平时精明干练的蓝潇退化成无助的小孩子一样问安吉，我们到底惹了哪个鬼？我好怕。安吉从没看到老妈如此脆弱过，看到她额头上的皱纹，心里莫名地有些发酸，第一次想到老妈作为小火锅的当家人、作为单亲妈妈的种种不易。安吉决定这一天什么也不做，就守在老妈的办公室，陪着她，给她壮胆。蓝潇仍然像平时一样忙碌，一个又一个接不完的电话，一件又一件处理不完的事情。安吉看着她像不知疲倦的马达一样高节奏地运转，心里千回百转，觉得和老妈这样安静而温柔地待在一起也是很舒服的事情。

娘，我妈遇到鬼了，她像小孩子一样好害怕，幸好有我陪着她。蓝安吉回到家，一脱下鞋就扑到哑娘怀里。哑娘望着她，眼睛里流淌的是溪水一样的恬淡温柔。蓝安吉至今不知道哑娘的听觉是否有障碍，是否真的听得到自己的话。但是自三岁那年，母亲把不会说话的哑娘带回家，让她照顾自己，两人同吃同住十几年，蓝安吉就觉得世界上最亲的人就是她了。听不听得到，听不听得懂，蓝安吉都会把自己一天看到的、听到的、心里想的通通倒给她。蓝安吉到美国留学后，蓝潇给了一笔钱让哑娘回乡下弟弟家养老，她弟弟把钱拿去盖了新房，却不准哑娘搬进去住，哑娘独自住在漏风漏雨的茅草屋里。蓝安吉回国第一件事就是把哑娘接来喜城，和自己同住。蓝潇在渝北有四层楼的别墅，专门留了一层给蓝安吉，蓝安吉从没去住过，她跟蓝潇说的是住惯了这套市中心的电梯公寓，生活很方便，不想搬，内心里其实是担心哑娘不习惯那边。

哑娘拍拍蓝安吉的肩，示意她去喝刚炖好的银耳木瓜汤。蓝安吉伸出大拇指说，娘你真厉害，我今天早了一个小时回来，你的汤也炖好了。哑娘的汤是绝活儿，她可以按季节时令按蓝安吉脸上的气色炖出各种不同的汤，一个月也难得重复。别人炖的银耳木瓜汤银耳是银耳，木瓜是木瓜，颜色白黄分明，口味也各是各的味。哑娘炖出来的则是浑然一体，金黄的色彩，糯糯的果胶质感，浓郁的鲜香。蓝安吉看哑娘做过，银耳泡发后剔出颜色深的、偏硬的，撕成一小片一小片的，木瓜去皮去蕊，切成一小块一小块的，微火慢炖，要炖整整四五个小时，哑娘一直守着锅不停地搅拌，直到小片的银耳和小块的木瓜都化成液体，彻底融合在一起。蓝安吉有记忆以来，哑娘为她做的每一种食物都是这样用心。

蓝安吉的嘴和胃都被哑娘养得很挑剔，在美国读书时完全不能吃当地食物，饿得没有办法时，她开始回忆哑娘做的食物，到超市买了电饭煲、电磁炉，从最简单的饭菜开始模仿，居然在同学中得了“菜仙”的美名，后来成为她男友的刘昂也说最初正是被她的一手好厨艺所吸引。他曾对蓝安吉说，你做的菜、炖的汤让我的胃特别舒服，胃和心离得很近，胃舒服了心也舒服了。刘昂性格腼腆内向，不大会表扬人，更不大会说情话，他能这样说已属难得。蓝安吉便一直记着，暗暗下决心今后要把哑娘的手艺都学会，一直让刘昂的胃舒服、心舒服。然而天不遂人愿，两个人读大一的那个冬天，蓝安吉嚷着要去滑雪，在喜城长大的她极少见到雪，对雪特别稀罕。刘昂老家在东北吉林，一到冬天就白雪皑皑，对雪没啥感觉。纯属满足蓝安吉的心愿，周末两个人跑到郊外荒野去滑雪。蓝安吉没有任何经验，无知者无畏，胆子很大，哪儿险往哪儿跑，刘昂不停提醒警告她，她不以为然，直至把自己掉进一个隐蔽的深坑。刘昂救她心急，没来得及观察周围地形，就跟着往深坑里跳。蓝安吉是屁股落地，落在盖着枯草的泥土上，腰椎骨裂。刘昂是头落地，落在洒着薄雪的一个大石头上，当即死亡。蓝安吉在骨科治疗了两周就被转到精神科，在精神科接受了三个月治疗才出院，又在家休养了两个月。这期间，蓝潇帮她办了转学，协助刘昂父母一起为刘昂办妥了后事。安吉把她和刘昂出事的细节原原本本告诉了老妈蓝潇，蓝潇叮嘱她无论如何要对刘昂父母保守秘密，只说是意外，不知道自己和刘昂怎么跌进的深坑，跌下去就昏迷了，在医院才醒来。她的确也是昏迷了，在医院才醒来，只是在昏迷前那一瞬间她看见刘昂像鸟一样张开双臂向自己扑来，她清清楚楚记得他嘴里喊的，安吉别怕，我来救你。

蓝潇送蓝安吉到新学校报道时，她看着蓝安吉的眼睛说，一切都过去了，我们重新开始。蓝安吉不明白老妈为什么可以把如此困难的事情说得这样简单。蓝潇看出了蓝安吉眼中的迷茫和无力，她双手紧紧握住蓝安吉的双手，像要把自己的力量传递给蓝安吉，缓慢而低沉地说，人生就是这样，一个坑接一个坑，但我们没有其他选择，只有爬起来，往前走。你放心，有老妈在，再深的坑，我们都爬得起来。我知道，这次你摔得很惨，还痛，还没有力气，没关系，拉着老妈的手，跟着老妈走就好。这是出事以后蓝潇对蓝安吉说得最多的一段话，之前一般都说两个字，我在，有我。堵在蓝安吉心里的眼泪开始往外涌，涌得一发不可收拾。

刘昂出事后她转到新学校，蓝安吉心里总被恐慌和孤单笼罩，她选修了一门情感课，老师在第一堂课就说，每个人最初都是跟自己的父母学习爱与被爱。蓝安吉在记忆的汪洋大海里打捞，可真是一星半点来自父母的关于爱与被爱的印象都没有。她有记忆以来，父母就没怎么在一起，极少在一起的时候，要么就是像互不认识的陌生人，各忙各的；要么就在互相羞辱攻击，并不是吵架，吵架需要激烈的情绪参与，他们则是平静而理智地对准对方的软肋刺上锋利的刀枪。有一次，蓝潇说自己偏头痛，她最怕死，非常重视爱惜自己的身体，叫安志强赶紧在药箱里帮她找点止痛药，安志强拖拖沓沓好大一会儿才拿来几颗药，蓝潇瞪着他问，我无法确定你给我的不是毒药，你能自证清白吗？安志强的痛点是不被人信任，他气得脸色发黑，但仍然镇静自若还略带冷笑地说，谋杀你就两个好处：一是为民除害，二是我能逃离现在的厄运到监狱里安静待着。蓝潇说我凭什么要满足你？说完就把药扔到垃圾桶里。安志强耸耸肩，脸上挂出了一个无所谓的表情。

出国读书前，蓝安吉以为父母早就离婚了。她出国是从北京飞纽约，蓝潇携男友一起把蓝安吉送到北京，还一起去吃了烤鸭和涮羊肉。当年圣诞回国，蓝潇说双喜临门，蓝安吉以为一喜是她回来了，结果蓝潇说，一喜是终于和你爸分开了，二喜是我再婚了。蓝安吉在平安夜见到的蓝潇的第二任丈夫并不是当初在北京一起吃烤鸭和涮羊肉的那位。后来蓝潇的第三任丈夫和后面的几位男友，蓝安吉再没见过，至少没正式见过。她读完研回国，蓝潇简单跟她通报了一下，你老妈结过三次婚离过三次婚，婚姻一点不好玩，不会再进进出出了。男人当然有，身体情感都需要，但他们加起来都不如你，记住。你才是老妈心里唯一最重要的。这是蓝潇作为母亲对女儿蓝安吉最直白的一次爱的表白，蓝安吉很不适应，心里有些隐隐的不安，觉得自己脆弱的心灵承受不了母亲如此沉重的情感寄托。幸好后来她发现母亲也只是嘴上这样说说而已，节假日或者平时有空闲的时候，蓝潇都在马不停蹄地约会，约会回来，整个人的状态立马改变，皮肤像打了胶原蛋白一样年轻几岁，眼角眉梢有一种放松后的愉悦，说话的节奏和声音也比平时温柔了不少。蓝安吉也和母亲两人一起出去度假旅游过，即便只是两三天短暂单独相处，蓝潇完全不是这种状态，甚至比平时更紧张和焦虑，她太想当蓝安吉的人生好导师，在精神上指引她走上光明正确的金光大道。这是蓝潇心中最崇高、最伟大的母爱，像动物那样爱孩子，那是谁都可以做到的，她不屑为之，直接交给哑娘。曾经有一次，蓝潇无意中撞见蓝安吉扑到哑娘怀里撒娇的情景，感慨了一句，我们有过这样亲密的时候吗？成年后肯定没有，你小时候有过吗？我怎么记不住了，你还记得不？蓝安吉不知如何作答，她记忆都是三岁以后的事情，如此的温情与爱都只与哑娘有关。但她担心如实回答会让蓝潇不高兴。还在犹豫时，蓝潇自己作出了回答，有没有都没关系，贤淑温柔从来不是我的长处，哈哈。蓝安吉松了口气，转念又想，一个女人要何其强大才能如此自信到自恋？同为女性，她对蓝潇由衷地欣赏和景仰，而作为女儿，感受则要复杂和微妙得多。

天还没亮，蓝潇的电话把蓝安吉吵醒，说她做梦梦到鬼进厨房加药，蓝安吉听她絮絮叨叨了很久，又安慰了她一番，在心里感叹老妈老了。想到那么强悍的老妈在快速衰老和脆弱，蓝安吉很不好受。放下电话，蓝安吉有点走神，突然感觉眼前飘浮起一团蓝色的火焰，她眨了眨眼，火焰像是消失了，又眨了眨眼，火焰又回来了，像变魔术一样。她下意识地双手胸前交叉紧紧抱住自己，闭上眼睛。那团蓝色火焰又出现在脑海里，不停地摇曳，刘昂在火焰的中心，看不出表情。她有点恐惧，也有点好奇，很想用力把他看得更清楚。她不知道哑娘什么时候进来的，哑娘的热毛巾搭到她额头上，手不停掐她上唇和鼻孔之间的人中，她才睁开眼睛回到现实中来。哑娘用手势和眼神告诉她，刚才她脸色发白，手脚冰凉，全身都在冒冷汗，看起来很可怕。蓝安吉起身拍了拍哑娘的肩说，别怕，我没事，就是走神到另一个世界去晃悠了会儿。"另一个世界"这五个字完全没经过大脑，更不是内心的想法，不知从哪儿冒出来的，一说出口她自己就吓了一跳。哑娘不知听懂没有，把右手放在蓝安吉的额头正中，不停地往上抹，抹到发际线处，就用力按一下，嘴里在无声地嘀咕着什么。蓝安吉心里暖暖的，她把哑娘的手拉下来，放到自己手上，轻声说，娘，你是想把另一个世界从我脑子里赶走吧，没事的，看看也挺好的。我居然看到刘昂了，这些年我一次也没在梦里见过他，刚才看到他了，可惜他没和我说话，不知道他在那边好不好。

3

蓝潇通知蓝安吉午夜十二点到她办公室，有极其重要的事。午夜十二点，极其重要的事？蓝安吉不可思议地反问了一遍，蓝潇说没错，那个世界的人只有凌晨一点到三点可以返阳回来一个时辰，我们必须提前做些准备，就十二点先碰头。蓝安吉感觉背心有一股凉气在漫延，十二点她还是准时出现在蓝潇的办公室。蓝潇像看陌生人一样从上到下仔细打量了一番蓝安吉，说服饰基本过关，没穿红的黄的，没戴首饰珠宝。又像想起什么问道，大姨妈没来吧，内衣内裤没穿红的黄的吧？待会儿要来的人极其厉害，很不容易请到，规矩也很严格，必须一一照办，不能有任何闪失。

蓝安吉很想恶作剧地说，真不巧，刚来了月经，正是穿的生理期专用红底裤。但想到以蓝潇不屈不挠的强悍个性肯定会弄出更复杂更麻烦的应对措施出来，还是算了，老老实实回答没有。蓝安吉的底裤都是哑娘自己做的，白色的纯棉布，洗了烫了晒干，精心裁剪，一针一线缝制，裆部用的是更透气的细棉纱，臀部和腹部则加了一层布，用细细密密的棉线叠在一起。做好之后再一次洗、烫、晒，棉布的质感变得特别的柔软，像穿旧了的贴身衣服一样的妥贴舒适。看似普通的底裤穿上身才能感受到它对身体最娇嫩处每一寸肌肤的细致呵护。蓝安吉第一次生理期时，吓得死去活来，是哑娘用手势和眼神告诉她不用怕，你只是长大了。从此哑娘每年给她做底裤时会多做几条红色的，作为生理期专用底裤。每个月的那几天蓝安吉的早餐都是红糖桂圆鸡蛋，晚餐是当归炖鸡汤。而口口声声称最爱自己的老妈蓝潇对这些一无所知。

蓝潇用右手食指按住自己的太阳穴说，我有个直觉，最近发生的稀奇古怪的事情是刘昂搞出来的。你一直不恋爱、不结婚可能给了他一个错觉，以为你忘不了他，还在为他守候。他在那边就不安分了。蓝安吉说，你这是什么荒谬逻辑，他要是不安分也是来找我，为什么要去骚扰其他人？这些年我一直希望能在梦里与他相见，但他一次也没来过我梦里。刘伯伯和刘阿姨在他的生日、祭日、七月半、过年都会梦到他。他一定还在生我的气，不肯原谅我。蓝安吉说着说着眼泪就盈满眼眶，流了出来。

当丁继在几个人毕恭毕敬的簇拥下走进蓝潇办公室时，蓝安吉惊得赶紧捂住了嘴，她真担心自己会尖叫起来。丁继的神色倒是泰然自若，看不出有任何变化。毕恭毕敬的人都退了出去，带上了门，房子里只剩下蓝潇、蓝安吉、丁继。丁继说请抓紧时间。蓝安吉在心里纠结挣扎了一番，鼓足勇气说，丁继老师，我不知道你现在在几维时空里，是否记得我。我一时半会儿还没法理解发生的这一切。老妈说，你是通灵大师，可以帮助我们联系上另外一个世界的人，那请你帮我联系刘昂吧。

“杠杠的，就是很想你，就是很想你好。”当和刘昂一模一样的声音从丁继嘴里原封不动发出来时，蓝安吉如同五雷轰顶，一下子跌坐在地板上。蓝潇也坐到她身后，双手环抱着她，给她支撑。蓝安吉任思绪乱飞，好不容易才蹦出一句，你恨我吗？傻妞的傻问题，想你都想不过来，怎么会恨你？你要好好的，我才放心。腰上的伤都好了吧，还痛不？蓝安吉呜呜大哭，一边哭一边呢喃着，都是我害的你，我不嚷着去滑雪，你就不会这么早走，我们就好好的。刘昂刘昂，我天天都在想你，你回不来就把我带走吧，我要和你在一起，每天都给你做好吃的。刘昂的声音又传来，不是你想的这样，我们什么时候在一起，什么时候分开，都是老天安排，不由我们自己决定。安吉你记住，不是你害的我早走，是老天觉得那个时候我该走了，把我带走的。老天不带你走自有老天的道理，我也无法违背天意带你走。你就听从老天的安排，好好地，做你喜欢的事，过你想过的生活，每天都有快乐的笑容。你知道我最喜欢你笑着的样子。刘昂镇定温暖的话语让蓝安吉的心也稍稍安定些了，她擦了眼泪，咧了咧嘴，想绽开一个笑容，但怎么也笑不出来，继续哽咽了一会儿说，你希望我怎么活？就是很想你好，只要你快乐、幸福，怎么都可以。我很希望你有新的爱人，你们相爱，结婚，生下可爱的孩子，一起把孩子养大。这种传统的幸福生活，我很喜欢。好啦，我该走了。上次离开没有来得及道别，这次一并补上。安吉，再见。安吉，珍重。安吉，我走了。安吉，你要杠杠的。刘昂的声音越来越小，房间里又恢复了静寂。

过了好大一会儿，丁继恢复了自己的声音，他对蓝安吉说，你放心，我替你联系了谁，你和谁说话，说的什么，我通通不知道。在另一个世界游走时，我不知道这个世界的任何事情。回到这个世界以后，那个世界的事我也忘得一干二净。只有这样的人才能当联结阴阳的通灵师，而可怜的通灵师自己是没有阴和阳的。说完他转身离去，无声无息。

看着蓝安吉一脸的迷茫，蓝潇解释说她是通过亚洲通灵中心联系的收费最高的通灵大师，之前也不知道竟然是丁继。她问蓝安吉，你觉得丁继给你联络的那个人是刘昂吗？蓝安吉说，太神奇了，他的声音、语气和刘昂一模一样，我们出事我摔伤了腰，除了远在美国的医生，国内只有你和刘昂的父母知道。我无法分辨他到底是不是通灵师，如果是，我难以理解和接受；如果不是，我只有感叹他和他背后的团队太厉害。无论是还是不是，我心里都感觉轻松多了，我愿意相信他表达的正是刘昂善良美好的心愿。就算为了让刘昂安心，我也要好好开始新生活。蓝潇点点头，眼睛红了，催蓝安吉赶紧回去休息。蓝安吉说，好的，你也早点休息。

望着蓝安吉远去的背影，蓝潇在心里默默念叨：就是想你好。嘀嘀，微信响起，丁继发来的：项目圆满完成，请付尾款。

情感病毒

圆圆，圆圆，这里，这里。周春晓在闸机外一边喊一边挥手，圆圆远远地看了她一眼，表情没有任何变化，脚步也没有任何变化，懒懒散散地朝这边走来。周春晓很激动，叫圆圆先把背上的双肩包和手上的袋子递给自己，圆圆照做之后，再转身从牛仔裤口袋里掏出手机，对着闸机上的小屏幕扫了扫，闸机打开，她走了出来。周春晓连声问，现在高铁都不用票了？进站出站用手机就可以？圆圆看了周春晓一眼，嘀咕说，声音小点儿，别咋咋呼呼一副没见过世面的样子，你好歹也是二线城市的市民。周春晓吐吐舌头说，岂止是二线城市市民，我是新一线城市有身份，有身份证的人。圆圆皱皱眉，一副不屑和周春晓说下去的表情。周春晓这才想起把我介绍给圆圆，这是李放，比你大一轮，比我小一轮，你可以叫他李叔叔，也可以叫李哥哥。我伸出手说，圆圆好，你妈妈经常聊起你。我以为圆圆会问些什么，结果她什么也没说，只是礼貌地伸出手和我握了握，脸上看不出任何表情。后来她说那一刻她心里对我充满了同情。

高铁站的出站口到停车场有一段距离，周春晓和圆圆都不说话，我也觉得闭嘴比较合适，又觉得沉默有点尴尬，就把周春晓背着的双肩包接过来背上。我打开车门，圆圆坐到后排，一坐下就闭上眼睛，像是在无声地说我要休息，请勿打扰。周春晓看了看她，朝我撇了撇嘴，坐上副驾。我把双肩包重新递给她，拍了拍她的膝盖。一个多小时前，我们从茜茜庄园驱车前往高铁站时，我再一次问周春晓，我就这样没有任何过渡和准备直接和圆圆见面，合适吗？周春晓说，放心，圆圆已经十八岁了，没啥不懂的，再说她来的主要目的是找我签字要钱，不会太关心这个。况且，我又不是给她找的新爹，不过是给自己找了个男友，跟她没啥关系。她理不理解，接不接受，赞不赞同，都无所谓。

凡事简单直接，不卖关子，不绕弯子，这是周春晓的个性，也是我们在一起的重要原因。我们第一次见面是在我打工的兄弟餐厅，她说回锅肉咸了，我端进厨房，倒进大滤勺，对着水龙头一阵猛冲，把做俏头的青椒蒜苗通通剔出来不要，就留下肉，倒回热锅热油里，加新鲜的青椒蒜苗做俏头，重新炒。装盘后才发现她就站在厨房门口，盯着我的一举一动。她说吃进肚子的东西必须小心谨慎，她亲眼见过厨师如何对客人作恶。那是一家生意很好的餐厅，要排队吃饭。邻桌一对中年男女叫了餐厅的招牌菜蒜泥白肉，女的尝了一下就说这次蒜泥和辣椒都不够，要求重新加工。服务员说招牌菜都是标准做法，不存在蒜泥和辣椒都不够的情况。女的说，我说不够就不够，顾客是上帝，你懂不？服务员黑着脸端进厨房，她刚好起身去卫生间，卫生间在厨房的隔壁，路过厨房时听到服务员在跟厨师抱怨，厨师安慰说，没事，遇到重口味了，加吧。厨师话音未落就传来服务员咯咯的笑声。她好奇服务员为什么会突然大笑，扭头一看，厨师不仅在加蒜泥和辣椒，还在往盘子里吐口水。周春晓说，如果是以前，如果邻桌那对男女看起来不是那么令人讨厌，我肯定会冲进去杀了厨师，杀不了也要逼着他把自己的口水吃回去。但我现在人到中年成熟了，不再冲动了，就当什么也没发生似的，上了卫生间直接埋单走人，从此再不去那家餐厅吃饭，也留下了一个心理阴影，总担心餐厅的菜不干净，点了菜尽量盯着厨师做。我说，这么渣的厨师还是很少，只是不巧被你碰上而已，你不用这样紧张。她点点头说，你还是一个有良知的厨师，今后就常来你家吃饭。我说，欢迎欢迎，今天老板不在，下次老板在我跟你申请一个专属折扣。她说，谢谢，我叫周春晓，就住马路对面的茜茜庄园，长期在这附近觅食。我说，好的，我叫李放。

兄弟餐厅的老板是我表弟，我们从小一起长大，说起好笑，小时候我因为听话、学习成绩好在家族的小字辈里是榜样级人物，表弟对我很恭敬，成天像小跟班一样跟着我。哪知道我大学毕业进了报社，遇到这个行业断崖式坍塌，不到三十岁就失业。没考上大学的表弟做建筑生意，平时一直抱怨生意难做。我失业后无所事事，他建议我去读厨师学校，说了两点理由：我是吃货，本来就爱吃；经济再不景气，人总要吃饭，厨师不容易失业。我想想觉得有道理，三个月厨师学校一毕业，他就出钱开了这家兄弟餐厅。说起是餐厅，厨师、服务员、保洁工、出纳采购都是我一个人。他隔三岔五过来，只要过来倒是比我还勤快，什么事都做。但他有正经生意要忙，过来的时间有限。餐厅生意不好不坏，每个月除了房租也就赚点儿我的工资。

周春晓果真把餐厅当成了她的食堂，一周光顾少则两三次，多则四五次。每次都是她自己一个人，一荤一素一汤一碗饭。我看她每次都会剩不少菜，就建议她点套饭或者炒饭，要便宜一半。

她说，这个我知道的，我就是不想消费太低，让你老板不高兴。我倒没什么，大不了不来吃就是，你不一样，你要在这里打工，还特地跟老板为我申请了折扣，他为这事对你有意见就不好了。我没跟周春晓说老板是我表弟，看起来大大咧咧的她如此心细，如此为我着想。我很感动，嘴上没说什么，每次为她做菜都特别用心。一个多月后，表弟看出了点端倪，先问我和周春晓是不是有什么暧昧关系，我矢口否认。他就当着我们两人的面开起玩笑来。我有点难为情，周春晓看了看我，落落大方地说，李放，你是单身？表弟说这个我可以保证，自从被他女同学赶出家门后，一直是一个人。你没去看过他现在租住的那个鸽子笼，哪有要找女人耍朋友的样子。周春晓说我四十二岁，离过三次婚，目前单身。表弟可能没想到周春晓大了我一轮，还离过三次婚，怔住了，没再往下接话，只连声夸周春晓年轻漂亮怎么看也不像四十二岁的人。周春晓没听表弟后面的话，更没感受他的话外之音，说，我有多的房间，要不你搬来住，先做我的房客，至少离你上班近，不用堵车，其他再说。表弟问，房租多少？我在心里盘算只要不高于工资的三分之一就可以接受。周春晓说，你们不卖早餐，你上午九十点才上班，正好有时间管我们两人的早餐，早餐就当房租吧。我和表弟异口同声地同意了。

周春晓在离家六百米的写字楼里有一个自己的工作室，叫“人靠衣妆”。在介绍自己的职业时，她总是自豪地说裁缝，其实她既不负责裁，也不负责缝，这些都由聪明的合伙人田园搞定。周春晓只做设计这一块，和服装公司的设计师又不一样，她是见人设计，流行的说法是私人订制。客人往她跟前一站，她就可以画一张草图，等草图变成实实在在的衣服穿在客人身上，客人无一例外都会目瞪口呆，然后有的会尖叫，有的会默默流泪，有的会不相信地对着镜子连声问，是我吗？是我吗？我有这么漂亮吗？这是周春晓和田园最得意的时候，她俩会提醒客人看看工作室的名字。

周春晓一点不挑嘴，早餐只要有鸡蛋、牛奶、面包就可以，这些东西她冰箱里永远都有，我所谓的做早餐不过就是把鸡蛋放在蒸蛋器里蒸熟，把牛奶倒进奶锅里煮沸，把面包放在烤箱里烤热。她安慰我说别小看了自己的作用，没有我，她经常忘了蒸鸡蛋，只能喝冷牛奶啃冷面包，一个上午肠胃都不舒服。我负责早餐以后，天天吃的都是热的，幸福指数一下就上来了。我吃完早餐把房间打扫干净再慢悠悠去餐厅，感觉也很惬意。周春晓家里三个卧室，两个卫生间，我们各用各的，睡觉前在客厅聊会儿天。直到有一天晚上，她说背上长了个小疙瘩，问我可以帮她擦药不，我说，当然可以，进了她的房间。那个晚上，我没有回自己的房间，之后也没再回，两个人算是开始了正式同居。不过，从第一次起我就明白，即便只是身体上，我们也不能势均力敌，欲望、能力、技艺，周春晓已经本科毕业，我还在初二阶段。

餐厅一副要死不活的样子，表弟指责我越来越不把心思用在工作上，对我诸多不满，我认为自己一个人打理餐厅一点不轻松，也有些怨气。周春晓算了一下账，说这么干等于表弟出钱我出力一起在给房东打工，她想了想说，没有你们这样做生意的，餐厅开下去没有任何意义，也不会有任何前景，不如关了。表弟和我双双赞成，都有如释重负之感。餐厅关门大吉，我成了所谓的自由职业者，靠以前报社的关系，接点广告软文、内刊文章的活儿，有一搭没一搭的。和周春晓在一起，吃住不用负担，她还以我管家里伙食需要买菜为由给我办了一张副卡。和她在一起算是我的第一次姐弟恋，不知道其他姐弟恋弟弟那一方的感受如何，我是切实体会到和姐姐恋爱的轻松舒适，她大方、懂事，体贴，而且把这些表达得低调自然，不让我感到有任何压力。更重要的是，她对我没有任何期待，或者要求。我问过周春晓喜欢我什么，她一本正经地说，健康，会做饭，爱干净，每天都会洗头洗澡，性格温和，可以好好聊天。我笑喷了，问她就这样简单吗？她说，简单吗？我觉得挺不容易，和三任前夫处不下去就是健康问题或者彼此嫌弃对方不会做饭，不爱干净，脾气不好，无法沟通。

1

我和周春晓都喜欢安安静静宅在家里，不是必须出门都不愿意出门。本以为青春年少的圆圆会不习惯我们的生活方式，结果她也是超级宅。我负责一日三餐，每天买菜前都问她们母女想吃点什么，周春晓老样子，随便，有肉有菜就好。圆圆则总是强调低卡，尽量低卡。我有些怀疑圆圆到底是不是周春晓的亲生女儿，周春晓无肉不欢，圆圆对高卡食物避之不及。她高挑瘦削，还成天想着瘦点儿、再瘦点儿，她说瘦最大的好处是省钱，一块布裹在身上也会很好看，而胖了穿什么都难看。周春晓不屑地说，胖了穿衣服难看那只是因为这个可怜的胖人没碰到你妈这个裁缝，我那些胖客人，个个都美若天仙。

吃完早餐，圆圆蜷缩在沙发上又捧起只要眼睛睁着就从不离手的手机，眼睛和手机离得很近，周春晓皱皱眉说，你还是让眼睛休息会儿，去换件衣服，收拾一下，和我们一起出门。周春晓说的我们一起出门也就只是一起出门下楼，然后她往左步行六百米上班，我往右步行五百米到超市买菜。圆圆不知我们出门干啥，怔了一下说，我就不去当灯泡打扰你们的二人世界了。我赶紧对圆圆解释说，你妈的意思是要么你跟她去上班，要么跟我去买菜，别总宅在家里，出门动动，呼吸点新鲜空气，对身体有好处。圆圆咕哝说，我不想出门不想动就想待在家里。周春晓提高声音说，你那不负责的老爸把你惯成什么样子？看你今后怎么办？圆圆立马怼回来，我爸再不负责还愿意养我，你呢？别的夫妻离婚，绝大多数妈妈都会要孩子，尤其是有女儿的，生怕女儿遭后妈欺负，只有极少数极度自私的妈妈才会视自己的孩子为负担。我太幸运了，摊上了你这个极少数的妈。周春晓脸色发白，她瞪着眼睛问圆圆，是你老爸这样跟你说的？太不要脸了。

圆圆来渝的第一天，我就明白了她老爸，周春晓的第一任丈夫，是家里的绝对敏感词和打火石，谁提起都容易引爆一场熊熊大火。我这个外人注定只能当消防员，但灭火能力又确实有限。

周春晓沉默了一会儿说，你今年十八岁了，也算成年人，有权知道真相了。我和你老爸离婚时，他的身体原因已经决定了他不可能再有自己的孩子，他向我恳求，把你留给他，还承诺绝对不会再婚，不会让你受后妈欺负。你当时八岁，读小学二年级，我也如实告诉你爸爸妈妈要分手，老爸要去上海工作，你是愿意跟妈妈留在重庆，还是跟老爸去上海？你考虑了一周，回答说跟爸爸去上海，寒暑假来重庆。我不相信你把这些都忘了。圆圆耸了耸膀，冷冷地说，老爸被你赶出家门，我当然要跟着他。我忘不了的事情还很多，你和老爸离婚不到一年就再婚，再离婚，第三次结婚，第三次离婚。现在还包养起“小奶狗”来了。说完冷冷地扫了我一眼，我知道圆圆还是个孩子，并没生她的气。但“小奶狗”这个称呼还是让我不大舒服。周春晓走到沙发前，一把抢过圆圆的手机，狠狠瞪着她说，你随便怎么羞辱我都可以，是我把你带到这个世界来的，我活该。但你无权羞辱李放，我数三声，你给李放道歉，不然我就把你的手机扔下楼，你也给我立马滚。我走上前，抱住周春晓，一边从她手上抢过手机，一边轻声安慰她，圆圆还是个孩子，别往心里记，上班去吧。为了不让周春晓数数，我灵机一转，以吻相堵半拥半抱把她弄到门口，开门把她推出去，随即关上门，转身回头把手机递给圆圆，叮嘱道，你们是母女，世界上最亲的人，别说难听的狠话互相伤害了，以免今后后悔。周春晓在门外使劲拍门，我说了句除了低卡食物还想吃什么，微信告诉我，就赶紧出门。

周春晓情绪低落，我陪她往工作室走去，她在我右边，挽着我的手，眼眶红红的，泪水在里面打滚。到了她工作室楼下，我把她搂在怀里，掏出手帕给她把眼泪擦干，拍了拍她的手臂，静静地目送她走进电梯。我和周春晓在一起，并没有棋逢对手的感觉，因而很少有特别热络、特别激情澎湃的时候。但当一个人失落难受的时候，另一个一定放下手头的事情，默默陪在身边，也不会说什么特别的话，做什么特别的事，就是静静地陪着，一个牵手，一个拥抱，一个抚触，彼此都会明白。我们在一起，我（你）不是一个人。我不知道准确地说这是不是爱情，只知道这让我们的内心安稳而温暖。

如果不麻烦，帮我买点串串、烧烤等重口味食物回来，谢谢。圆圆发来微信，言词难得地礼貌。我直觉这是一个和她走近的机会，如果我能和她关系融洽，也许可以润滑一下她和周春晓之间针尖对麦芒的紧张关系。我赶紧抓住这个机会回复道，不如出来吃火锅，那才是真正能解馋的重口味，我有私藏火锅店，只有极少数吃货才知道的地方，吐血推荐，一定会带给你全然不同的味觉体验，绝对值得一试。圆圆问，你是股东吗？我说如果老板会奖励死忠粉股份，我一定会是股东。小主赶紧换衣服收拾，半小时候后我在地下车库等你。圆圆发来一个“乖，摸摸头”的动画表情。

自从周春晓染上了对食物的洁癖，就再不碰火锅。引诱圆圆吃火锅解馋，也是因为我肚子里有馋虫。我在巷口找了个地方停好车，领着圆圆往只能容一人穿行的小巷子里走，走了三百米左右，便是一家没有任何招牌的小楼，小楼的门虚掩着，我推门进去，一楼院子四张桌子已经坐满。我喊了声老杨，老杨就迎上来，眯着眼睛热情地招呼，李记者，来啦。边说边把我们往楼上带，带进一个带大露台的房间，问我坐室内还是室外，我看了看圆圆，她一声不吭，一副随便怎么都可以的样子，就说室外吧，吃了衣服上没味道。老杨便把桌椅搬到露台上，倒好老荫茶，安顿我们坐下，叫我们先喝茶，他去准备火锅。我说，还是老样子，招牌菜都上，每样只要半份。老杨笑眯眯地说，放心，你李记者和你女朋友的口味我都牢牢记得的。这个老杨，近视加散光，又从不带眼镜，把你错当成了我的前女友。我朝圆圆苦笑着解释。圆圆抿了抿嘴，坏笑着问，你的私藏火锅店，没带周春晓来过？“周春晓”三个字很顺溜地从圆圆嘴里滑出，没有一点违和感。我愣了一下，方才想起就是在家里圆圆也从没喊过周春晓一声妈，都是“喂喂”地叫。我笑笑说，你不知道她已经不吃火锅了？圆圆说，不知道，她现在装神弄鬼到了火锅也不吃的地步？我便把周春晓讲述的看见厨师往菜里吐口水之后在外吃饭特别谨慎的事复述了一遍。圆圆又坏笑地说道，难怪她要找你这个住家厨师，但如果你们不好了，你要整她害她岂不更容易？唉，不想提她，我跟她天生相克。如果不是来要债，打死我也不想见她。为什么刚才那个人叫你李记者？你是多重身份的“斜杠青年”吗？我叹息说，我本来就是正儿八经如假包换的记者，只不过报社发不出工资，我才改行去学的厨师。对了，她怎么会欠你的债？是拖欠你的生活费吗？以我对周春晓的了解，她可能不算什么有钱人，但也不至于拮据到要拖欠女儿的生活费。圆圆说，外婆留了遗嘱把她和外公的遗产给我，周春晓一直拖着不签字，也不知道她到底是怎么想的，白纸黑字的遗嘱，她赖得了吗？

我们正聊着，老杨敲门进来，他端着自己调制的锅底，身后服务员端着一大托盘的菜。我本来想手把手教圆圆如何把毛肚鸭肠烫到最佳口感，却发现她早已开烫，一招一势一看就是老手。她解释说在上海老爸每周都在家里做火锅，以此提醒她不要忘记自己是重庆人。我不知是出于礼貌还是好奇问圆圆，你老爸好吗？现在身体如何？圆圆嘟嘟嘴说，你还真信了周春晓的乌鸦嘴？老爸虽然上了年纪，很多人也误以为他是我爷爷，其实他身体比牛还壮实，他还是每天五点起床，长跑一个小时，体重和大学毕业时一样，体检身体的各项指标比很多年轻人都好。老爸很了解周春晓，知道她很快就会找男人，离婚时坚持要我，是担心我被她找的男人伤害。之前周春晓给我讲的是另一个版本，圆圆老爸生了一场大病，性功能完全丧失，性格也因此大变，两个人没办法再在一起生活。我不想和圆圆继续探讨此事，连忙就此打住，叫圆圆专心品尝老杨家火锅的特别。圆圆说，这家火锅店除了食材特别新鲜，锅底应该有些秘密，麻辣鲜香的麻辣似乎只停留在嘴里，不会进喉咙，进喉咙和肠胃的只有鲜香。我伸出大拇指表扬她的敏感细腻，老杨家的火锅最神秘之处就是无论口腔里感觉到有多么尖锐变态的麻辣，到了喉咙吞咽处就戛然而止，不会引起任何咽喉不适，更不会殃及到肠胃。

圆圆听我介绍后又吃了几口，一副认真琢磨的样子，然后放下筷子说，锅底用了我们喝的这个老荫茶，刮油去辛降火。老板是比较用心，但说是私藏有些夸张，如果十分是满分，顶多也就七分。我没料到圆圆小小年纪对火锅如此有研究，目瞪口呆愣在那里不知说什么。她继续说道，老爸在家里做的火锅，随随便便甩这个几条街。我忍不住问道，你老爸是专做火锅的厨师？圆圆说那倒不是，他最早是老师，因为好吃自学成才成了大厨，最厉害的时候还当过川菜大厨师的评委，后来改行了。要是他不改行就好了，我们就可以在上海开一家正宗的重庆火锅店，一定可以秒杀那些网红火锅。

有人想上天我一般都会找把梯子递上，我说，他改行了也没关系，无非是少一些资源，会做才是王道。如果像你说的他做的火锅比老杨还好，你们开火锅店一定会很受欢迎。年轻就要放飞梦想，我支持你。

圆圆苦笑着说，你支持有屁用，老爸觉得女孩子还是要老老实实读书，他根本不知道读书对我是永远无法克服的困难，他说考不上国内的大学直接送我去国外读。到国外我智商能立马提升吗？真是的。我真想自己开火锅店，从背街小巷的一张桌子一口锅的小店做起，一步步开到全上海，全中国，全世界。我伸出大拇指点赞，小小年纪有大志气，今后必有大作为。

圆圆脸上笑开了花，她说李放你肚子里有多少蜜蜂，可以一直口吐蜂蜜。难怪能把周春晓黏得那么紧，你不仅下得厨房做一手好菜，还可以口吐蜂蜜把人的心喂得甜甜的。哈哈，我突然想起来了，不止是你，周春晓后来两任丈夫也都跟吃有关。先前那个，是卖东北大米的，她那会儿还不像现在这样洒脱，到处帮他卖米，连我小时候读过的幼儿园和小学的食堂都卖进去了，很厉害吧。后面那个，是自己做调料的，鸡鱼肉调料、小面调料，什么都做，周春晓那会儿陪他住在远郊哪个乡下，说那里的井水特别适合做调料。那一年夏天她脸上、手上全是一个个红肿的包，看着特别惨，我问她是不是被做调料的家暴了，她说是被乡下的毒蚊子咬了。

周春晓只简单给我讲过她的第一次婚姻，他大她十六岁，像两代人，育有一女。对第二次、第三次她几乎没怎么提。我以为这两次婚姻在她心里不值一提，也从没多问过。她对我也一样，从不问我的过去。我也没啥可说的，除了初中和高中时各种以恋爱之名做的不靠谱之事，正儿八经的恋爱就是和方莉了，从大一到大四，同学四年，又同事四年，加起来整整八年，随着双双失业一别两宽。俗话说夫妻本是同林鸟，大难来临各自飞。我们连夫妻都不是，除了各自逃生好像也没有其他的选择。尽管我们做过各种各样的计划，但计划终究是计划，与坚硬的现实相比啥也不是。我和周春晓在一起，很少谈过去，也很少谈未来，想想也是，我们唯一共享或者分享的也只有当下。偶尔，周春晓也会问我对未来有什么打算，我说真没有，每天吃饱喝足，平平安安，高高兴兴，就足够了。每每此时，她就会笑着拍拍我的脸，然后伸出右手食指问我这是几，我说一；她再伸出中指，问我这是几，我说二；她又伸出无名指，问我这是几，我说三。她说，脑子没坏掉呀，怎么要说没脑子的话呢，你是男人，不说成家立业，娶妻生子总是本份，不然家族的血脉在你这儿断了，你怎么去跟列祖列宗交代。周春晓一本正经的样子总让我忍俊不禁，家族血脉？列祖列宗？我可是第一次听说，这些关我啥事？周春晓说，不说列祖列宗那么远，你父母呢，他们对你这样晃悠着也没意见？说到父母，我笑咧了嘴，他们是特别会玩又特别想得开的人，年轻时吃了不少苦，如今退休就想多多补偿自己，成天都在外面玩儿，才懒得操我的心。

周春晓叹息说，很多事情我自己也没想清楚，不能给你任何关于未来的承诺，只希望我们在一起一天就像你说的平平安安、高高兴兴一天，另外也希望没有耽误到你。我不知哪根神经搭错线，说，哪有女人耽误男人的，向来都是男人耽误女人，女人的青春和时间都比男人值钱得多。你父母呢？他们担心你吗？周春晓脸色立马变得苍白，过了一会儿才喃喃低语道，我没有你那么好的福气，父母都早早过世了。我抱着她连声说，对不起，对不起。她摇摇头说，不关你的事，这就是我的命，老的走了，小的在异乡，注定是孤零零一个人。我说还有我呢，放心，只要你不赶我走，我就一直留在这里陪着你。她把头放在我胸口上，听着我的心跳，郑重其事说，放心，只要你自己不走，我绝对不会赶你走。我从来都没赶过别人，都是别人扔下我走。可是，为什么圆圆说她老爸是被周春晓赶走的？

火锅打开了圆圆的胃，她比平时两三天加起来吃得还多。第三次加菜后，我感觉食物已经堵到喉咙了，再吃不下哪怕一根豆芽、一片菜叶，就放下了筷子。圆圆一边吃一边很不屑地说，食色一体，就凭你这点儿食量，打死我也不相信你能满足周春晓那母老虎。

我苦笑着摇摇头，没接圆圆的话。她说摇什么头，有屁就放有话就说，你心里那点小九九，无非就是感叹我们是对奇葩母女。实话告诉你，我和周春晓也就血缘上是母女，其他各方面都是冤家仇敌。

2

自从和圆圆出去吃了火锅，家里的氛围就有点奇怪了。也没发生什么具体的事情，就是一种感觉，圆圆对我热情多了，对周春晓仍然冷若冰霜。早晨我照例和周春晓一起出门，圆圆会主动跟我打招呼，李放给我买冰激凌，李放我要吃桃子，李放再见，每一句都会前缀我的名字，不知道周春晓听了怎么想，我感觉怪怪的。吃火锅的事情我跟周春晓说过，周春晓感叹了一句，平时成天嚷着要低卡，结果心里馋的是重口味火锅，真不知她到底怎么想的，骗我还是骗她自己？我有一种直觉，周春晓和圆圆的母女关系不像圆圆说的天生相克这样简单，也不像周春晓说的更年期提前遭遇青春期延迟那样直接，远比她们自己评价的更为微妙复杂。女人心，细如针，我是外人，还是不掺和进去为好。我把买菜的时间尽量拖长，还怂恿周春晓中午回家吃饭。圆圆没来的时候，周春晓说我一天做三顿饭太麻烦，午餐她就在工作室吃，我在家也简单应付一下，主要精力用在做晚餐。圆圆来了之后，考虑到她正是需要营养长身体的年龄，午餐再不敢将就，怎么也要弄两荤两素。我就叫周春晓也回家吃午餐，家里终究要吃得好些。

圆圆对周春晓的不满就像藏在她身体里的一个个炸弹，莫名其妙就会炸开。这不，我炖了排骨豆芽汤，她先埋怨周春晓吃排骨吃相难看。周春晓喝汤，她又批评不该用嘴对着碗，而是要用勺子舀起送进嘴里。豆芽落了一根在桌子上，她狠狠瞪着周春晓，眼睛里像要冒出火似的。我努力当和事佬，一边给周春晓递眼神，暗示她不必和圆圆较真；一边对圆圆解释，不关周春晓的事，都是我惹的祸，排骨没炖软是不好啃，拿了舀汤的大汤勺忘了拿喝汤的小汤勺子，下次一定注意。三个人总算把饭吃了。周春晓吃完一声不吭回卧室休息，我知道她在生闷气，赶紧收拾了厨房也钻进主卧陪她。她果然半躺在床上悄悄流泪，脸色很难看。我拍拍她的肩轻声安慰道，圆圆是不懂事，哪有这样跟妈妈说话的，但你当妈妈的跟女儿生气不值得。周春晓趴到我身上，又默默流了会泪，自言自语般说，她每年寒暑假都来重庆，小时候还好点，这几年没有哪一次不是为了要钱讨债和我大吵大闹，每次都是假期没过完就提前滚回去的。都说女儿是给妈妈暖心的小棉袄，我这哪是棉袄，是透心凉的冰袋子。血脉这个东西又斩不断，只能忍，天知道能忍到什么时候？我说你为什么不把欠她的钱还给她呢？周春晓叹息说，隔代亲，我妈一直就很宠圆圆，是留了遗嘱把她和爸爸的钱都给圆圆。但当时圆圆那么小，我要是把钱给她还不是等于送给前夫，想想还是留在我这里帮她保管更安全放心。这笔钱就像一根绳子，把圆圆和我连在一起，如果我把钱都给她了，可能绳子也就断了，我们就更没啥关系了，今后估计连她的影子都见不着了。

周春晓有午睡习惯，我看看时间，叫她先赶紧打个盹儿，下午才有精神上班。她点点头，乖乖地闭上眼睛。见她睡着了，我轻手轻脚走出卧室，一开门，发现圆圆端端正正坐在主卧的门口，一副尖着耳朵听室内动静的样子。我把门关上，伸出右手食指在嘴边嘘了一下，示意她别出声。我来到离主卧较远的厨房，坐在吧台边，泡了壶红茶。圆圆跟进来，我把壶里的红茶倒进一大一小两个杯子，再往大杯里倒入淡奶油和糖沫，搅拌成奶茶，递给圆圆，自己端起小杯子的纯红茶喝。圆圆喝了一口赞叹说，不错嘛，还有点儿像丝袜奶茶的味道。我说和前女友在一起时，她做过很多创业计划，开奶茶店是其中一样。她一有计划我就去考察、试验，做各种前期准备。圆圆问，那你们的奶茶店开了吗？我摇摇头说，所有的计划没有一样落实了的，如果我们真的去创业，哪怕开一家小小的奶茶店、小面馆，失业后我们也不会如此狼狈。勤劳在今天可能已经不能致富，但至少可以保证衣食无忧吧。圆圆看出了我的伤感，给我的茶杯里加了点儿茶，犹豫了一会儿说，她叫什么名字？漂亮吗？你还想她吗？她现在过得好不好？我想了想还是如实告知，她叫方莉，八十分美女。我是典型的水瓶座，坚信分手即陌路，想是不想了，但有共同的同学、同事，彼此的情况都还知道。听以前的同事说她找了个经济条件好、年纪大的男朋友，不知道结婚没。圆圆做了一个鬼脸，说你们扯平了。我明白过来后也忍不住扑哧一笑。的确，我和方莉扯平了。但转念一想，扯平又如何，方莉作为女人，可以把安稳当成归宿，我作为男人，就这样混吃等死，自己也瞧不上自己，终究不是长久之计。

圆圆看出我脸色的变化，给我加了点儿热茶，一副故作世故的样子说，什么都是假的，有钱才是硬道理。年轻女子为什么要和老男人在一起，还不是因为老男人有钱。一样的道理，你也别白陪老女人，要找她要钱。你给周春晓做全职保姆加床伴，除了包吃包住你还有工资没，没有的话就太不公平了。

我皱起眉头，中午吃下的排骨豆芽像是在肚子里打起架来，人很不舒服。没跟圆圆打招呼就冲进了卫生间。

处理了肚子的不适，从卫生间出来，圆圆左手端水，右手拿着两颗药拦住我，我还没反应过来她直接把药塞进我嘴里，接着又灌了点水到我嘴里。我吞下之后问她给我吃的什么药，她说，不是药，药不能乱吃，是益生菌，你饭量不行，刚才吃多了点儿，益生菌可以帮助消化，一会儿你肚子就不难受了。我很想说让我不能好好消化的不是食物，是你那些喷着毒汁难听的话语。但此刻的她又是如此温柔乖巧，与刚才已判若两人。人的情绪会传染，我的内心也随之变得温柔乖巧，无法说出任何指责批评她的话。她伸出手摸着我的肚子说，乖乖听话，别折磨可怜的放放了。放放，天，她居然叫我放放，我身体一阵酥麻，怪不好意思地说，谢谢圆圆，我没事，请别这样叫我，你妈妈听到了肯定会不舒服。

圆圆立马变回了我熟悉的那个样子，微笑的脸瞬间僵硬，冷冷地说，她舒不舒服关我屁事。我想怎么叫就怎么叫，这是我的自由。我说，求求你，你不在乎她舒不舒服，在乎在乎我吧，帮帮忙，别让我为难。圆圆眨了眨眼说，好，我答应你，记住我是帮你的忙。

周春晓也从主卧室出来，她脸色好些了，我拿杯子给她倒茶，她说来不及了，直接端起我的茶杯喝了两口就赶紧出门上班。边走边说，晚上吃鱼，买那种刺少肉嫩的鲜鱼，清蒸。我说，好的，记住了。圆圆看着她的背影不无同情地对我说，你可真听话。我说，她能吃得高兴我也高兴啊。圆圆瘪瘪嘴充满鄙视地说，无敌贱。我不想接话，笑笑说，我要出去买鱼，你自己在家玩儿。圆圆飞快地说，别想甩开我，我想好了要当口香糖黏住你这周春晓的"小奶狗"。我干咳了两声，把直往上蹿的怒火压了下去，想了想决定和圆圆好好谈谈。

"小奶狗"这个称呼让我很不舒服，请你再不要这样叫了。我字斟句酌地说。圆圆耸了耸肩说，你这人真奇怪，骂你无敌贱都没事，却受不了"小奶狗"。你懂不，小奶狗不是什么贬义词，是说你温柔忠诚。我说，不，我不喜欢，你可以说我是周春晓的小男友，但不能把我说成狗，更不能说成可怜巴巴的"小奶狗"。圆圆反问道，你不觉得狗比人可爱多了吗？我坚定地说，不，站在人的立场也许会觉得狗可爱，但作为狗自己，一定不这样想，它只会觉得自己卑微、可怜。圆圆眼睛瞪得很大地问，你又不是狗，怎么知道狗的想法？我说，你把我叫作狗，我就会有狗的想法，我很讨厌这种想法，所以请你不要这样叫我。圆圆扑闪扑闪快速地眨了眨眼说，我还是没太听懂你的意思，但你如此在乎，我就不叫了。那叫你什么呢？放放不能叫，“小奶狗”不能叫，周春晓的小男友？我说，周春晓是你妈妈，论辈份你可以叫我叔叔，小叔叔。圆圆说，想得美，我不会叫周春晓妈，更不会叫你叔。别想占辈份的便宜，我家的人物关系从来都乱得离谱，还是一码归一码。

什么叫人物关系乱得离谱？是指你老爸那边的阿姨和你妈这边的叔叔吗？我的好奇心被挑起了，直接问圆圆。她愣住了，赶紧用右手紧紧捂住自己的嘴巴，表情是说错话的惊愕和后悔莫及。我虽然也是满心的疑惑，也不好意思再追问下去，一个人出门买鱼去了。

晚餐氛围开始还算正常，清蒸鱼做得不错，周春晓和圆圆都吃得开心。周春晓还讲了下午工作室发生的一件事，一个中年女士，和我差不多的年纪，被生活欺负得厉害，眼角眉梢都写满了苦大仇深，发誓要远嫁海外改写命运。两年半以前她就在征婚网站上付费征婚，还真征到了一个，美国缅因州的一个木匠。去年木匠来重庆见她前，她过来做过两套衣服，今年年初木匠邀请她到缅因州，她又过来做了几套。下午在工作室看到她，我猜是不是木匠又要过来或者她又要去缅因州，田园还打趣问她是不是来做嫁衣。没想到她一下就号啕大哭起来，原来木匠已经去世了，是在她怀里猝死的。她说尽管语言不通，但她真真切切感受到了木匠对自己的深爱。上次木匠来重庆看她，只待了一周，给她把家里的问题都解决了：马桶和淋浴的莲蓬头长期滴滴答答漏水，他连修带换，一个下午弄好；冰箱空调声音大，轰轰响不停，他又是一个下午弄好；他还把家里早已破破烂烂的墙纸撕了，重新刮墙、上漆，忙了三天。他白天不停歇地干活儿，晚上还把她当宝贝宠。这次木匠请她去缅因州，到纽约机场接到她以后，一直牵着她的手，生怕她丢了，转机又坐大巴，折腾了一天才到他森林里的家。木匠是普通蓝领，没有存款，她的机票开销都是额外的支出，他白天打两份工挣钱，晚上回家两个人一分钟都不愿意分开，第五天晚上，他就在她怀里永远睡着了。她觉得这辈子也不会遇到比他更好的人了，打算用自己的方式让他永远活在心中，比如只吃和他一起吃过的饭菜，只穿和他一起时穿过的衣服。

我还沉浸在这个悲伤而深情的故事里，圆圆竟鬼精灵般地插嘴道，一个蠢女人遇到一个蠢男人而已，两个人在一起什么最重要？经济、健康、势均力敌，这个蠢女人根本没搞懂对方的情况，以为美国就是天堂，跑去改变命运。结果是去害人害己，活该。不过对你是好事，多了一个长期客户，恭喜恭喜。我皱着眉瞪了一眼圆圆，觉得她实在是过分了。周春晓说，你看在眼里的就是你想在心里的，你才十八岁，人生还没开始，就有这样邪恶的心思，太可怕了。圆圆不顾我的眼神，与周春晓吵架，我的邪恶都是你遗传的。你是什么人你自己还不清楚吗？从小到大做的缺德事都一件件摆在那里，等着报应。一股莫名的烦躁和愤怒涌上心头，我第一次感觉到自己对周春晓和圆圆无时无刻、无休无止的相互敌对攻击是何等的厌恶，此刻的她们看上去如此的丑陋。我很想摔下碗朝她们吼道，你们就不能好好吃饭、好好说话吗？就不能哪怕一次不把对方看得如此阴险邪恶吗？你们是什么奇葩母女？但我是她们的什么人？我能摔碗吗？能朝她们发火吗？可不摔碗不发火心里实在憋得难受啊！

我真想带她们去见见方莉和她妈妈，让她们看看什么叫母慈女孝。方莉妈妈一开始并不赞同方莉和我恋爱，她觉得男人学中文不容易有出息，但她只是淡淡地表达了自己的意见，没做任何阻挡，仍然尊重方莉的选择。方莉和我好的那八年，她对我视如己出，每次过去喝的是我喜欢的茶，抽的是我喜欢的烟，吃的是我喜欢的菜。报社的收入下滑时，我的衣服、鞋也都是她在买。我心里早把她当成了比亲妈还亲的妈。结果，当方莉决定和我分手，她对我的态度立马变成了陌生人。这让我一下子明白她对我的所有好跟我没有任何关系，只是因为深爱她的女儿方莉。方莉对妈妈也是非同寻常的孝顺，我们刚上班第一年，报社效益还不错，拿了年终奖，方莉就去商场给她妈妈买了一个路易•威登的包包，说，妈妈舍不得为自己花钱，让我们为她花吧。方莉还坦言让她下定决心和我分手的终极原因是因为妈妈，她不希望嫁个穷人来拖累妈妈。以妈妈的善良，我们结婚后，妈妈一定会把退休金拿来补贴。她实在不忍心妈妈老了还过紧巴巴的日子。我不认同方莉的说法，但必须尊重她的决定。尽管方莉和她妈妈在我们分手这件事上出手之快、之狠让我至今提及心里还会泛起一阵阵寒凉，但就母女关系而言，我不得不说她们比周春晓和圆圆好太多。但我能把方莉和她妈妈介绍给圆圆和周春晓吗？我还没弱智到这个地步。

我站起来，尽可能平静地说，你们慢慢吃，我想下楼去散会儿步透口气。周春晓立马反应过来，拉着我的手说，我陪你去。我摇摇头说，不，今天不，我就想一个人下去待会儿。这是我们相识以来我第一次拒绝她的陪伴。周春晓表情有点奇怪，还是没放开我的手，说，你等两分钟，我把故事讲完。我想了想，又坐下。周春晓说，那个女人真的很苦命，之前她只是来做过两次衣服，我们并不了解她，只是觉得她长着一张苦脸。她下午给我们讲了她的悲惨经历，在缅因州木匠之前，她已经死过两任丈夫了，都是意外猝死。算命的说她命中克夫，再交男友，一定要让男友穿耐克牌的衣服和鞋子。缅因州木匠去年来重庆，她发现他穿的衣服鞋子都没有那个钩子图案，就自作主张到商场给他买了全套的耐克，他笑着摇了摇头，咕哝了几句她听不懂的英文。今年她去美国，又给他买了这个牌子的衣服和鞋子带过去，他仍然是笑着摇头，一次也没穿过。她说他怎么这么傻呢，如果穿了可能就不会发生悲剧了。人的命运真的是上天注定，不能改变吗？我觉得这太不可思议了。周春晓皱着眉头陷入沉思。圆圆听得哈哈大笑，说，回上海一定让老爸买全套耐克穿，到专柜去买，绝不买网上的假货。李放，你也去给自己买耐克吧，别再轻易被别人克了。

我没接圆圆的话，把周春晓的手从我手腕处松开，径直开门下楼。散步透气是借口，真正的原因是我的烟瘾突然犯了，搬到周春晓家以后，得知她有慢性咽炎，闻到烟味很难受，我就把烟戒了。半年时间没抽一支烟，我以为已经彻底戒掉了，没想到此时此刻疯了一样想抽。到楼下超市买了烟，我坐在小区花园里一支接一支抽起来，连续地吞云吐雾，内心的郁闷、烦躁、愤怒也才跟着一点一点释放出来。再仔仔细细把和周春晓相识以来的所有事情捋了一遍，发现自己和她的关系并不如之前以为的那么深厚。是的，我们在一起还算轻松舒适，彼此都懂得小心翼翼避开那些可能让我们不轻松、不舒适的硬物，尽可能相处得柔软顺滑。但生活中的硬物一直都在，未必是我们想避就避得了的。除了表弟，我没带周春晓去见任何一个亲友，表弟也主动为我保密，在我的世界里，她是一个隐形人。同样，在她的世界里，我也隐形。除了圆圆，我没见过与她相关的任何人，即便是她的合伙人田园。有一个周末，田园和工作室的其他同事要来家里玩儿，周春晓提前一天告诉了我，只是淡淡地说了一声。第二天一早，周春晓还在睡觉，我收拾干净自己在这套房子的所有痕迹，诸如笔记本电脑、衣服、枕头、拖鞋、毛巾、牙刷等等，打成包，藏在储藏室的角落里，出门晃悠了一天。直到深夜周春晓发微信说客人都走了，我才回去。我们从没谈论过这样做的意义，也没有谁要求谁这样做，但就是很默契地做到了。我至今也不知道自己当时为什么要这样做，但就自然而然这么做了，当时也没有觉得心里有什么梗着憋着，此刻忆起倒莫名有些酸涩。人的命运真的是上天注定，不能改变吗？我觉得这太恐怖也太不公平了。周春晓的话再次在耳边响起。我的命运是什么？还能够改变吗？

不知道过了多长时间，一包烟抽完了，我感觉到口腔里冒出了燎泡，嘴唇也干裂起皮，蚊子在身上叮了很多的疙瘩，这才起身上楼。回到家周春晓已经睡了，圆圆还在客厅的沙发上玩手机，她看见我就放下手机一脸坏笑地说，出去寻欢作乐去了？我说没有的事。她说，你一个人不方便的话可以带上我，当我是你的小兄弟，可以给你打掩护。我说，你一个十八岁的姑娘当我的小兄弟这脑回路也太神奇了。她有些不屑地说，只有老古董才介意性别，你想我当你的小迷妹吗？也可以试试噢，那就要真枪实弹，看你是不是真能征服我，让我迷醉。她挪了挪身体，离我更近，眼睛直勾勾地看着我，灯光下她十八岁的面容像玉一样洁净润泽，我有那么一瞬间的迷糊，立马就清醒了，说了句小孩子别和大人开玩笑就进房间了。我走进主卫准备洗漱，却累得没有一点儿力气，衣服也没脱就滚到浴缸里瘫坐着，拷问自己：我是谁？我在这里干什么？想不出答案，后来就迷迷糊糊睡着了。凌晨周春晓上洗手间我才惊醒，她闻到了我身上的烟味，看到了我嘴唇上的裂口，脸上短暂的惊愕之后是颇为复杂的表情，失望、厌恶、鄙视、疑惑……她欲言又止，过了一会儿似乎才安顿好自己的情绪，轻声说道，上床睡吧。我头痛得快要炸裂开了，回到主卧瘫倒在床上继续昏睡。

3

实话实说，周春晓一开始还是想尽量与圆圆和平相处，想方设法表达她的母爱。她给圆圆做了名为《成长》的图文集，装帧考究，收集了圆圆从出生到现在的照片，每张照片下面都配有文字，看得出是她很用心写的。但圆圆根本不领情，说周春晓故意把自己拍得很丑，翻了一眼再没动过。我私下问过圆圆，为何要时时处处与周春晓为敌？她说了一大堆在我看来全是鬼扯的理由之后，总结了一句，我必须恨她，才能让自己过得下去。我未必真正听懂了圆圆这句话，但她说这话的语气和眼神，像一块冰，砸到我头上，凛冽的寒冷之后，莫名地心疼。我决定不再去管她和周春晓的关系。对这个可怜的姑娘，我帮不上忙，就不必去添乱。

圆圆对周春晓从没有好脸色，也从不说一句好听的话。时间一天天过去，周春晓也烦了，就用同样的态度对待圆圆，两个人一说话就吵架。我也有了两点变化：一是恢复了烟鬼本色，在家里抽起烟来，尽量只在厨房外的小阳台抽，抽的时候把换气扇开到最大。二是对周春晓和圆圆互相仇人般的冷脸冷语装聋作哑，不再辛苦地当和事佬，甘愿做像桌子或者椅子那样沉默的家具。开始那几天，她们还对我的突然沉默有点好奇，吵架时会忍不住回头看看我的脸色。后来发现我真的是如在无人之境，她们说什么我都充耳不闻，便也视我如空气了，当着我的面什么难听的话也说得出来。圆圆总以结过三次婚都以离婚收场来羞辱周春晓，一会儿说周春晓自私古怪守不住男人，一会儿又骂她天性浪荡。周春晓照单全收，只冷冷淡淡地回应一句，你觉得我结三次婚丢人，那我就祝愿你这辈子一次婚也别结，孤苦到老。圆圆哼了一声说，这个可不由你说了算，目前爱我的人追求我的人早就排着长队了，是老爸成天把你当反面教材教育我要洁身自好，我才拒绝了所有的追求者。那些追求者颜值之高、条件之好我猜你想都想象不出来。周春晓先是冷笑两声，又像突然明白过来似的说，你那该死的老爸凭什么把我当反面教材？我结多少次婚离多少次婚是我自己的事，只要我自己高兴就好，关他屁事。圆圆说，你签字还钱，我立即走人，绝对不管你的屁事。

我照例准备一日三餐，但尽可能简单化。中午做了菜直接装成两份，午餐晚餐各一份。我对她们说的理由是天气热胃口都不好，做多了浪费。真正的原因是我把心思更多转移到工作上了，开始接更多的活儿。我发现只要愿意干活儿，就是在网上也可以找到不少活儿，除了软文、公众号这些，还开始帮淘宝卖家写商品介绍，俗称淘小文。可别小瞧了两三百字的淘小文，不仅一篇可得少则三五十多则成百上千的稿费，还可和老板协商根据销售提成。我挣得最多的一篇淘小文是给一款珍珠小裤写推广软文，三百六十字，先得了三百六十元稿费，一条小裤提成一分钱，卖家上了这篇淘小文后一个月的销量十八万条，我就提了一千八百元。珍珠小裤若一直热销，我就一直有进账。因为珍珠小裤的淘小文爆红，我在淘小文这一行里也有了点小名气，卖内衣内裤的、卖滋阴补肾保健品的、卖按摩器材的，都开始和我联系。方莉当年曾经感叹，说我要是床上功夫像笔上功夫一样厉害就好了。我不以为然，父母都信奉道家的养生哲学，我多少也受了些影响，认为床上功夫还是节制为好。我写的淘小文诱惑力十足，又绝不沾一点敏感的词语。尽管淘小文不像报纸会有层层审查，但我这个在报社打磨过的人还是有起码的觉悟。也因为在报社打磨过，我脑子里还是觉得自己的新工作不是很能说出口，感情也同样如此，有人问起，都支支吾吾模糊回应。但心里我又还觉得这样的日子不错，比以前和方莉都在报社上班时轻松惬意多了。大脑和内心如此分裂，我有些担心长此以往最终会出大问题、大麻烦，在分裂之外便又加了一层因分裂而引起的焦虑。

周春晓看出了我的变化，她什么也没说，偶尔带两条好烟回来，拍拍我的肩说，实在戒不掉就抽少点，抽好点。我抱抱她由衷地说，你真好，她伏在我耳边轻喃道，傻孩子。这时我的心都软得快化了，心底那些平时困扰着我们的种种阻隔也都暂且烟消云散，日子也像涂上了润滑剂，一天天或平缓或匆忙地往前走。

记得以前报社的一个领导说过，每个人都会遇到艰难得快熬不下去的时候。这种时候很多人的下意识反应就是停下来或者倒回去，然而这样做只会深陷下去越来越绝望。一定不要停下，继续往前走，哪怕自己走不动，踩上一块西瓜皮，滑到哪里是哪里也可以，关键是不要停滞。我现在就常常用“脚踩西瓜皮，滑到哪里是哪里”安慰鼓励自己。

麻烦还是来了，圆圆在电脑里发现了我给珍珠小裤写的淘小文，没有吭声，悄悄下单买了两条。试穿之后觉得并没有我鼓吹的那样有效果，骂我是骗子。我知道珍珠小裤属特殊商品不能退换，就想息事宁人，主动提出赔她买珍珠小裤的钱。结果她篡改事实跟周春晓炫耀说我送她珍珠小裤，周春晓虽然没有轻易相信圆圆，但还是用刀锋一样的眼神看了看我。我懂她的意思，她希望我能主动解释，戳穿圆圆的谎言。可我真的一点也不想掺和到她们母女中间去，什么也没说，用沉默面对一切。

周春晓还是知道了我的新工作，平时一向大方包容的她这次反应很异常。她很反感我写淘小文，将其定性为给奸商当帮凶。她说，如果你喜欢写文案喜欢做商品推广，可以做我们工作室的专职营销。至少我们人靠衣妆还是正儿八经的人在做正儿八经的事，不像网上那种骗子。

我没和她争论，因为没法争论。周春晓外貌看上去很年轻，但有些观念却很老，比我父母还老。比如她从不相信网络，不在网上购物，更不在网上交友，连网上的新闻她都懒得看，说基本都是造谣。她似乎更愿意活在没有互联网的世界里。圆圆自作主张替我回答，搞错没得，李放做的是互联网大生意，你的小盆子那点点水哪是他的菜。我沉默不语，心想还是年轻人才代表未来。

圆圆的确也让我刮目相看，上次在老杨那里吃火锅她说了开火锅店的梦想，我鼓励她放飞梦想，我以为她和我一样只是说说而已。没料到她很认真，自己跑去找老杨了解火锅店的各种细节，还跟老杨一起去屠宰场，学习识别毛肚、黄喉，各个部位的牛肉。老杨给我打电话，说你这个女朋友是个干实事的人，小小年纪能吃苦，不错不错。我给老杨解释圆圆不是我女朋友，是我女朋友的女儿，后半句话到嘴边还是硬生生吞了回来，怎么也说不出口。幸好电话那头的老杨并没察觉我的尴尬，他直接打断我，李记者，看在老朋友的分上，我才掏心掏肺给你一句忠告，现在这么踏实靠谱，不娇气、不矫情的姑娘可不多，遇到了就要珍惜。

第二天早晨圆圆难得早早起床，来到客厅也没玩手机，而是坐下来和我们一起吃早餐。吃完早餐她提出要我开车送她去看望姨婆。我愣了一下，心想她的姨婆就是周春晓的姨妈，怎么从没听周春晓说起过，我还没反应过来周春晓直接替我拒绝了，李放上午事情挺多没有时间给你当司机，你要去自己去，坐公交、轻轨，打车都很方便。圆圆脸拉下来，粗着嗓子说了一句，关你屁事，又没叫你送我去。然后转头望着我说，喂，那谁的小男友，问你呢，送不送？周春晓很冒火，站到我面前，背朝我，面朝圆圆，像是要为我挡住凶器的样子，直视圆圆的眼睛说，我怎么会生了你这个没教养的野蛮人？你懂不懂什么叫尊重？李放有名有姓，你至少也该直呼其名。对，他是我的男友，那他跟你有啥关系？凭什么要去给你当免费司机？

这对冤家母女不说话时都还正常，只要一说话两个人就像疯了一样浑身长刺，满嘴带刀，互撕互伤。

圆圆哼哼冷笑两声后说，我不想理你，跟你说话纯属浪费我的时间。那个男人请回答，送还是不送？你没有嘴吗，为什么要由一个老女人代你发言。于情于理我都没办法再躲在周春晓身后沉默了，从周春晓身旁向前走了两步，站在她们两个中间，看了一眼周春晓，又看一眼圆圆，然而平静地说，我可以挤出时间送你，但车是周春晓的，如果她不同意我觉得擅自动车不合适。圆圆立马就火了，一对狗男女，有什么不得了的，我自己叫专车就是。周春晓吁了口气，拉了拉我的手，我知道她是在感激我站在她这一边。唉，其实我是在耍小心眼，中午十二点我有篇淘小文要交稿，根本没有时间去送圆圆，看见周春晓站出来帮我拒绝，我如释重负，也意识到自己的小肚鸡肠，有些为自己不耻。

和周春晓一起出门前，我肚子突然有点不舒服，就叫她先走，自己又去了一趟卫生间。从卫生间出来，圆圆一脸欢笑扑到我怀里，双手抱住我的头乐呵呵地，说我就知道你会帮我，乖，亲一个。她认为我是故意骗周春晓，还是会开车送她。我偏偏头，胆战心惊又小心翼翼避开了她的嘴唇落在我的嘴唇上，摇摇头说，很抱歉，上午真没时间。圆圆表情有些失望，但没像周春晓在时那样怒火冲天，她故作平静，淡然地说，你如果去见了姨婆，就会更了解周春晓是一个什么样的人，相信你会做出对自己更负责任的选择。每当圆圆人小鬼大说一些阅尽世事沧桑的老人话时我都会忍不住大笑，笑过之后回答说，我为什么要去更了解周春晓？你忘了那句名言，人们因为不了解而相互吸引。圆圆皱了皱眉说，你是真傻还是装傻？对身边人都不作了解，哪天被卖被害都不知道怎么回事。我说，被卖没关系，只要能卖个好价钱。被害嘛，我还是有信心避免，我天性懦弱，人畜无害，一般不会惹祸上身。圆圆摇摇头，一副哀其不幸怒其不争的样子，把提在手上的双肩包背上肩，走到门口，又回过头看着我说，你不是当过记者吗？你可以去搜索一下 1996 年春节的重庆本地新闻，关键词是“周克明自杀”。周克明是周春晓的父亲，我的外公。别用那么怪的眼神盯着我，1996 年离我出生都还有五年，肯定跟我没关系，和周春晓有没关系我不知道。外公外婆都已经过世，外婆的妹妹姨婆知道所有的真相，周春晓却视姨婆为仇敌，在一个城市从不来往。你不觉得这里有很多蹊跷吗？

4

圆圆走了，我一个人在家写中午必须交稿的淘小文，但思绪总不能集中，好奇心被压抑得很焦躁，我跟自己一遍遍说，专心写字，这是挣钱的正事，其他等交了稿子再说。1996 年的陈年旧事过去二十多年了，早几个小时晚几个小时去了解都没关系，它一直在那里，不会因为几个小时而发生变化。好不容易才平静下来，慢慢进入写作状态，总算在十二点准时把淘小文交了。我长舒了一口气，正准备开始搜索圆圆说得神神秘秘的周克明自杀事件，周春晓开门回家了。糟糕，我完全忘了买菜做饭这事。我一边给周春晓解释，写字不在状态一篇淘小文拖了一个上午，一边打开冰箱看有没存货可以将就做顿简单的午餐。我找到一根胡萝卜两个土豆半包香肠，说我们吃煲仔饭吧，半个小时就好了。周春晓诧异地说早知道你没做午餐我就在工作室和田园一起吃外卖。我说要不我们也叫外卖，你想吃什么？周春晓说还是你尽快做，点外卖送过来怎么也不止半小时，我饿了。以往绝大多数时候周春晓对我都温和宽厚，尽管偶尔也会用这种神态和语气说话，我通通理解为撒娇。但此刻的感受是周春晓在批评、指责、命令，我心里升起一股无名火，说看来你真把我当成男仆了。她怔了一下，冷着脸一声不吭走进主卧，砰地一声，把主卧的门关上。我还不饿，心头有气，也懒得弄饭，把胡萝卜土豆香肠重新放回冰箱。过了一会儿，平静点以后，还是打电话叫了两份外卖。

外卖送来后，我还是没胃口，估计周春晓在睡觉，也没叫她。把外卖放在餐桌上，进了书房，扑在电脑前搜 1996 年有关周克明自杀的新闻。时间太久了，费了好大一番周折，也就搜到些零零碎碎的信息。我把这些信息放在一起，凭在报社工作的经验，慢慢拼出了事件的大致情形。

周克明是重庆远郊东风煤矿的一名技术人员，工作很忙，两三个月才回家一次。他的妻子陈琴在主城的双江豆制品厂工作。之前也是恩爱夫妻，邻居们反映，周克明每次从矿上回来就把陈琴宠上了天，家里大大小小的事都不让陈琴动一下手。他们家住下半城一幢没有电梯的老房子七楼，邻居在楼道里多次看到陈琴像偷懒撒娇的小孩子一样趴在周克明背上让他背上楼。有邻居笑话他们，他们一点不在乎，周克明说，老婆是婆字辈的人，必须侍候舒服。但这都是 1994 年秋天以前的事，之后两人关系迅速恶化，倒也没听到吵架打架，只是邻居们碰到他们两个或者其中一个，都是丧着脸，别人主动和他们打招呼，陈琴还敷衍地回答一下，周克明像又聋又瞎，谁也不理睬。大家都在猜这两个人到底发生了什么事情。还有人在周末拦住他们女儿周春晓问家里到底发生了啥事？周春晓是住读生，周末才回家，被邻居问起家里的事情，她满面通红，嘀咕了一句我什么也不知道就跑开了。到了 1995 年下半年，这一家三口都不怎么回家，邻居们还在猜测是不是悄悄搬家了。谁料到 1996 年春节周克明竟在家里上吊自杀，还留下一纸遗书：陈琴在外面有了野男人，逼我离婚。我们结婚时就发过誓一辈子不分离，被逼无奈，我只有让她先当寡妇，下一步再寡妇改嫁，也算一没违背誓言，二成全了她。

周克明选择万家团圆的过年时上吊，还留下遗书公开自杀原因，在当时成了轰动全城的新闻。作为男人，我不大能理解周克明，外遇多普通的事，哪儿犯得着牺牲自己的生命。转念一想，毕竟是二十多年前的事了，那个年代外遇和离婚都不像现在这样普遍，人们对此的承受力也脆弱得多，况且周克明长期在远郊煤矿做技术工作，可能性格使然更容易钻牛角尖。我在心底长长叹息了一声，逝者已逝，不知后来陈琴的命运如何？还有周春晓，算起来她当时也就十九岁，读高三，竟然遇到这种事，太悲惨了。

我还沉浸在伤感中，周春晓从主卧走出来，她看到桌上的外卖，端起就开吃。我赶紧走过去，问她冷没，要不要加热一下？她说不用，看了一眼另一盒外卖，问我怎么没吃。我说等你啊，她偏着头笑了笑，一副温婉可爱的样子，又到厨房倒了两杯水，递了一杯给我。我们似乎都忘记了之前发生的那点不愉快。我坐在周春晓对面，看她吃得津津有味乐滋滋的样子，便把自己盒子里的肉都挑出来给她，说，中午就将就了，我一会儿出去买菜，晚上做大餐。她点点头，把脚放到我脚上，用脚趾头轻轻搔我的脚，先是脚背，再是脚心，痒痒的，我说，别调皮，吃了上班去。她眨眨眼，慢悠悠地说肚子吃饱了，有地方还饿，整个人都钻到餐桌下往我这边爬。我想想是有些日子没碰她了，说，好吧，喂喂你这饿坏了的好吃狗，弯身抱着她，准备起身往主卧走。她吐吐舌头做了个怪脸，挣扎着不起来，还把我也拉到地板上。她的双手像蛇一样紧缠着我，不让我动弹，然后她用嘴唇和舌头一点一点挑逗我的身体，直至身体全部熊熊燃烧。我们像两个平时关在笼子里的狗，突然逃到了荒野，没有任何禁忌，只有生命最深处的激情在身体里发疯一样横冲直撞。不知道过了多久，不知道几番死去活来，我累得睁不开眼睛，迷迷糊糊中听到周春晓在接电话，是田园叫她去上班，说约好的客人在等她。周春晓又扑过来，亲我的额头、眼睛、耳朵、鼻子、嘴、下巴、喉结，身体又一次快着火了，我用残存的理智推开她，挣扎着说，乖，快去上班。她坏笑着，起身洗漱，匆匆出门。听到她关门的声音，我立马闭上眼，像死了一样沉沉睡去。

圆圆泼了一杯加冰的冷水在我脸上，又不停尖叫，才把我叫醒。她吓坏了，以为家里来了盗贼，说再弄不醒我就打 110 报警。我像木头一样呆了几秒钟，才反应过来，立马用衣服遮住下体冲向主卧，并把主卧的门反锁上。圆圆在一边敲门一边着急地问，你到底有事没？受伤没？要不要打 120 急救？真是的，害什么羞，你有的是每个男人都有的器官，我们生理卫生课早学过了，一点儿不稀罕。我哭笑不得，赶紧冲了澡穿戴整齐走出来，说，实在不好意思，中午和周春晓玩过火了，真是很抱歉。圆圆坏笑着，她坏笑的样子和周春晓一模一样，让人不得不感叹基因的强大，她坏笑着非要追问细节。我绕开话头说答应了周春晓晚上要做大餐，这会必须赶紧去买菜。问她有什么想吃的？她继续坏笑，说中午和姨婆吃了大餐的，啥也不想吃，只想听所有细节。我以少儿不宜搪塞她之后，开门离去。

5

自从被圆圆瞧见自己的裸体之后，我实在不好意思再和她单独相处，每天早晨带着笔记本电脑和周春晓一起出门，并不急着去买菜，而是拐到附近的咖啡厅写淘小文。算着周春晓快下班了，再匆匆忙忙买些半成品，或者直接叫外卖，在楼下等着周春晓一起回家，做个简单的午餐。下午也一样，和周春晓同进同出。周春晓问我，为何躲着圆圆？是圆圆要逼你做什么吗？我开始没好意思说出那天的事，只说是为了写淘小文，不想被打扰。这样躲着拖着过了一周，圆圆却不依不饶，一次一次当着我和周春晓的面复述那天她看到的场景，还一个劲儿追问细节。周末的下午，圆圆又提起此事，我沉默不语，恨不得找个地缝钻下去，周春晓却淡定自若地反问圆圆，你觉得一次次说这事很有意思吗？我和李放不过做了成年男女都要做的欢喜事，你今后有的是机会做，着什么急，好奇心别那么重，逼得李放有家不敢回。圆圆用很轻蔑的眼神瞪着周春晓说，你们这对狗男女，有什么好看好说的？我只是好奇你那天给李放下了什么药，让他差点就在死神那里回不来了。

圆圆的话让我双颊滚烫，内心狂跳不已。那天后面的情景重新浮现出来：走出家门，我的双腿像铅一样沉重，头昏得很厉害，在电梯上站都站不稳，靠着电梯的墙才没倒下。下了电梯我歇了一会儿，小区门口的保安问我是不是生病了，要不要帮忙通知家人，他们说我脸色苍白没一点血色。我摇摇头说没什么，只是工作太累了。我在小区门口的长椅上坐了好大一会儿，又让保安帮我去买了一块巧克力，才慢慢恢复了点儿体力。我想的是平时都很节制，这次纵欲过度，身体一时吃不消而已。圆圆的下药一说令我很惊诧，也很恐怖。我紧紧盯着周春晓的眼睛，她看到我在看她，却一副毫不在意的样子，仍然瞪着圆圆，怪笑了几声说，你那聪明发达的脑子里还有什么奇思妙想，都对我说出来，别去吓唬折磨李放。周春晓的怪笑听起来心里莫名地打颤，圆圆用比周春晓更大声的怪笑先作回应，再用很慢很慢的语速回应道，就别装什么纯洁善良了，姨婆把你做的那些丑事都告诉我了。外公大过年上吊，就是因为外婆和老爸好上了，外婆为了爱情背负那么大压力，结果你这把老爸从我外婆——你亲妈那里抢过来，外婆至死也不原谅你。最歹毒的是你把老爸抢过来又不珍惜，一步步把他弄残弄废。这些你都忘记了吗？当事人老爸和见证人姨婆都还记得一清二楚。我太悲摧了，生在这么一个复杂丑恶的家庭里。谁让你把我带到这个永远都不会干净的泥塘里？你是罪魁祸首，我恨你，恨死你，永远不原谅你。

周春晓的脸红一阵白一阵，过了一会儿，她问圆圆，这就是他们告诉你的真相？他们怎么不把来龙去脉从头到尾说清楚？谁一手制造了周家的悲剧？父亲为了保全家庭保护我，对他们的奸情一让再让，一忍再忍，后来还是被他们活活逼死。看到父亲遗体的那一刻，我就决定替他复仇。我是用的很不要脸的方式，但他们更不要脸，你老爸若和你外婆是真爱，我的诱惑有用吗？仔细追究，还真说不清楚是他先诱惑我还是我先诱惑他。他们但凡要一点点脸，有一点点羞耻心，就不会在我生了你以后还纠缠不清……周春晓说不下去了，瘫倒在地，蜷缩的身体不停地抽搐发抖。

我不知道如何是好，顾不上自己内心的千回百转，蹲下身把她抱到沙发上，又倒了一杯蜂蜜水喂她，她才稍稍平静下来。圆圆回到自己的房间，拿出双肩包，从包的夹层里拿出一张打印好的文件和一支笔，递给周春晓说，我管不了也不想管你们的破事，只想拿到钱尽快逃得远远的。签吧，签了我马上走人，绝对不再出现在你面前烦你。我没有去看纸上的内容，直觉是涉及她们家庭的隐私，我在场不合适，就转身往书房走去。周春晓叫住了我，说，这个家里的丑事你已经见得很多，也无所谓再见一些。他们一直逼我签字把名下财产全部无偿转让出来。圆圆纠正道，不是你的，是外公外婆的遗产，外婆留了遗嘱的，你有什么财产？你挣那点儿钱还不够养活你自己。我如同听天书，周春晓的父亲周克明生前是煤矿的技术人员，母亲陈琴是破产企业豆制品厂一个下岗员工，他们能留下什么遗产？圆圆看出我的疑惑，继续解释说，外公除了情商低，智商很够用，当年就以技术入股投资了几个民营小煤矿，其中一个做大了，至今每年都有分红。外婆生前有买股票的习惯，她喜欢喝白酒，尤其是茅台，2001 年茅台上市时她把所有的积蓄都买了茅台股票。后来外公每年的分红也都全部买成茅台股票投资。我出生后外婆就说清楚了她的所有财产都留给我，老爸知道，姨婆知道，我懂事后也知道。我八岁那年，外婆去世，她把老爸赶出家门，周春晓就私吞了外婆的所有财产。我已满十八岁成年了，必须拿回这笔钱，她还赖着不给。周春晓仍在轻声哽咽，事关财产这种敏感的问题，我不知道说什么好，坐在周春晓旁边轻拍她的背。过了好大一会儿，周春晓稍稍平静下来，她把圆圆递过来的文件从头到尾看了一遍，有些凄凉地说，你们够狠，什么都拿去吧，我赤条条来又赤条条走。如果时光重来，我会用最直接的方式替父复仇，绝不搞什么曲线复仇，一定不去结婚，更不去生养女儿，把病毒基因往下传。圆圆哧地冷笑了一声说，没人想看你演戏，你就别戏精加戏了。外公的财产法律上你占四分之一，我们没动你的房子、车子、工作室，外公的分红每年也给你留了十万。你只要签了字，老爸和我都与你再无任何关系，你想干什么尽管去干，再无人干预。周春晓突然哈哈大笑道，好，财尽人散。她唰唰在纸上签了字，圆圆又从双肩包里拿出一盒印泥，要周春晓在自己的签名处盖上手印。周春晓照办之后，圆圆检查了一遍文件，折好，装在一个质地很好的大信封里，小心翼翼放进双肩包的夹层，又把笔、印泥也装回双肩包，背在肩上，头也不回就走了。

整个过程，我一言没发，脑子里除了震惊还是震惊。天，这是什么样的家庭？什么样的母女？圆圆走后，我深深感受到了周春晓的绝望和痛苦，她的身体一直在发抖。我很想起身紧紧抱住她，给她一些安慰和支撑，但不知为什么身子沉重得挪不动，仍然只能坐在她旁边，轻拍她的肩，不去看她的脸和眼睛。我们就这样瘫坐在沙发上，不知过了多久，天全黑了，没有人起身开灯，任无边无际的黑暗和沉默将我们淹没。后来，还是周春晓起身，按亮了沙发边的落地灯，她到厨房端了两杯水出来，递了一杯给我。我接过水杯放到茶几上，她立马看穿了我的心思，摇摇头说，没放药，我不会害你。你别胡思乱想了，上次是放了药，不是什么毒药，是田园从泰国带回来的春药，说可以体验年轻时候的激情，是植物提炼的，绝对安全。我们在一起这么久，你一直没什么激情，每次碰我都像完成不得不完成的任务。圆圆的到来让我们的关系更淡了，我不喜欢这样，想做改变，就试了试田园带回来的春药。

我追问了一个细节，是我一个人服的药还是两个人都服了？周春晓说，两个人都服了，是无色无味的粉末，就加在我们两个的水杯里。这件事让你特别难以接受吗？我的确应该事先征得你同意，我错了，请原谅。我苦笑着无语，莫名其妙被吃了一次春药，极度兴奋的情境以及事后为之付出的代价，又一一浮出脑海，心里的感觉是滑稽又苦涩。最苦最涩就在于被吃药，这一次是被吃春药，下一次呢？我相信周春晓这么做并无恶意，但感觉她还是太自我太放肆了些，她这样做把我当成了什么？

见我没吭声，周春晓接着说，我和圆圆今天闹得这么凶，你吓着没？有什么想问我的不？你要相信我，我不是坏人，其实我妈也不是坏人，圆圆爹也不是坏人，一切恩怨都是命，可惜我明白得太晚了。我摇摇头说那都是你们的家事，你没事就好。我心里想的是无论作为女人还是作为母亲，周春晓内心真够强大，也就过去了几个小时，她已经可以一副置身事外的样子。

周春晓拿着杯子起身，准备又到厨房倒水，看见我的还没动，就端起我的杯子喝。我拿着她的空杯子到厨房倒水，她说找点儿吃的，好饿。这才想起我们没吃晚饭，我也突然就有了饿得前胸贴后背的感觉。在冰箱里找出了鸡蛋、番茄，煮了一锅番茄鸡蛋面。闻到香味，周春晓跑进厨房，等不及我把面装进碗里，拿起筷子对着锅就开吃。望着这个一会儿像老人一会儿像孩子的女人，想起旧新闻里看到关于她父母的故事，想起她女儿圆圆对她说的那些话，做的那些事，心里忍不住泛起一阵阵的辛酸和心疼：她才四十二岁，就大我一轮，怎么像活了几辈子一样，经历了那么多事情，爱恨情仇，生离死别……她怎么看待这一切？会害怕吗？

见我没吭声，周春晓回过头，注意到了我心事重重的样子，她拍拍我的脸说，别担心，他们只能拿走他们看得见的。彻底了断也好，一了百了，旧的不去新的不来。如果你愿意，我们可以生养一堆孩子，慢慢养，慢慢开始新生活。周春晓的表情看起来有些古怪，像笑又像哭，我感受到的是一股股凉意在直往骨头缝里钻……

大约过了一周，圆圆发微信给我，说她决定了不去国外读书，就在上海开一家小火锅店，邀请我去上海和她一起干。我承认这是一个奇妙且富有诱惑的计划，我也感受到了圆圆对我的信任和喜欢，但我的小心眼让我对这一切充满怀疑。而且我从来都不是勇猛有力的人，实在不敢插足她们如此复杂又代代相传的恩怨之中。

我一直没回复圆圆，周春晓不知从哪里知道了这事。几天后我们一起吃完早餐，她主动提起，然后说，还是我帮你做决定吧，说完从她的包里拿出一份厚厚的文件递给我，我晃了一眼文件首页的标题：周春晓、李放婚前协议。我的小心脏差点就炸裂了，我们从不讨论未来，现在突然就直奔婚姻了？为了掩盖内心的慌张，我开玩笑说，不愧是母女，你和圆圆都很喜欢签协议。周春晓说，她想打败我还早了些，你认真看协议，有什么不明白的勾出来我下班回来给你解释。签了协议我们就尽快去登记做合法夫妻，躲躲闪闪终究不是长久之计。

周春晓没事一样上班去了，我的心怦怦直跳，还是一目十行快速看完了她拟的婚前协议。大致有三个内容，婚前的财产可以分享但所有权各归各；婚后尽快要孩子（可以使用医学手段），生养孩子的所有费用由她负担；如果婚姻解体孩子归她。

我愣了一会儿，第一次在客厅抽了一支烟。然后以风一样的速度收拾好自己的行李，冲出门，我没有方向，不知道往哪里去，只知道必须逃，逃得越快越好，越远越好。

冒牌老爸

昨天晚上，艾琳拎着厚厚的两个纸袋来到艾新明住的地方，位于市郊城乡结合部的光明公寓。艾新明感冒了几天，全身没有一点儿力气，怏怏地躺在床上。听到艾琳的脚步声才打起精神坐起来，烧了一壶水，把原本洗干净才放进柜子里的玻璃杯又拿出来清洗了一次，准备给她泡她喜欢的茉莉龙珠。

光明公寓名为公寓，实际就是江望厂的拆迁还建房。很多人以为拆迁就意味着发财成土豪，意味着住又新又大的房子。这个认知没有错，但得有一个前提，拆迁之前你住的房子本来就不小，而且你住的地方的土地很值钱，寸土寸金。艾新明的房子显然不属此列，他大学毕业分配到当时红遍半边天的江望机器厂，江望为何红遍半边天？单位效益好员工待遇好，除了工资奖金，彩电、冰箱、洗衣机也都由单位统一发，邻近的企事业单位从领导到职工没有不眼红的。艾新明大学毕业能分配到江望子弟校教书，亲戚朋友都说他红运当头，是上辈子积了德。谁知道江望厂红火的好运没走几年就断涯式下滑，没折腾多久便气数已尽，被另一家财大气粗的企业兼并，子弟校停办，艾新明下岗。他由此得出的人生经验就是单位也好，人也好，不能一下子有太好的运气，运气这事来得陡也会去得陡。艾新明住的房子是单位分的，最早是单间配套，结婚时调整为一室一厅，女儿艾琳出生那一年，他当语文老师兼班主任，从高一带到高三的班考出了江望子弟校有史以来的最佳成绩，七个上本科，十二个上专科。校长和厂领导都很高兴，破例给他分了一套面积四十八平方的两室一厅的新房。艾新明至今回忆起，心里都有暖流缓缓涌动，那真是他人生的光辉岁月、高光时刻。一家三口在别人的羡慕中搬进新房，他和妻子徐娇艳为多出来那间房子的用途还发生过争执，妻子要给他做书房，他要留给当时还不到半岁的女儿艾琳。

多么幸福的争执，但幸福终究是短暂的，妻子在艾琳五岁时就执意离开了。艾新明一直认为如果江望厂的坏运气不来这么快这么陡，给点时间让人们消化和过渡，自己的婚姻也许能保住，至少艾琳不会五岁就失去了母爱。尽管艾琳初中毕业后就搬到她母亲家住了，艾新明仍然觉得对艾琳很亏欠，没有让她同时享受父爱和母爱。他一直住在这套房子里，感受记忆里曾经三口之家留下的短暂气息，还有无穷无尽涌上心头的父女情深。直到江望厂区整体拆迁，被迫搬离。拆迁按面积和常住人口两个指标算，面积是房子实际面积，人均不足二十五平方米补足二十五平方米，人均超过二十五平方米按实际面积计算。可以选择要钱，所在区域房屋均价乘以面积，也可以要房。艾新明想都没想，就选了要房。当时艾琳的户口早已经迁到她母亲那边，艾琳提出可以把户口迁回来，想了想又觉得就为了两个平方米折腾好像也没啥意思。艾琳大学学的中文，这个专业毕业不好找工作，听徐娇艳的建议做销售，第一月工资就是老爸艾新明下岗工资的好几倍。

艾琳进门很兴奋，没看出老爸的病容，也可能是艾新明这一两年的状态都是病怏怏的，艾琳已经看习惯了。她没有顾上喝一口刚泡好正飘着茉莉香味的花珠茶，打开纸袋就说，老爸快来试试你明天出席婚礼的行头。艾新明一边嘀咕你的婚礼我要什么行头，一边强打精神很听话地按艾琳的吩咐试西服、皮鞋。艾琳不仅给老爸从头到脚、从里到外准备了新衣新鞋，连袜子、眼镜都买了新的。最后还掏出了一个小盒子，是艾新明在电视上看到过的名牌手表。艾新明直摇头，说，花这些冤枉钱干什么，我从来不戴表，再昂贵的表戴起来都像假的。艾琳哈哈大笑，老爸你太聪明了，这些行头，衣服、眼镜、皮鞋、袜子、手表，全是给你买的假大牌货。我知道你不喜欢这些装模作样的行头，仅此一次，买贵了是浪费，买便宜了让人笑话。必须装模作样，那就像模像样地装模作样吧。放心，我买的是一比一原单高仿，绝大多数的眼睛根本看不出来。

穿着这身一比一原单高仿行头，艾新明已经装模作样了三个多小时。时间为什么这么慢？为何还不结束？他在心里一遍遍问，不知道问谁，也没谁给他答案。早上九点半，他吃了感冒药，又强迫自己喝了点儿粥，总算有了点儿力气，准时来到酒店，看到在酒店门口等自己的艾琳，激动得说不出话，化了妆的艾琳实在太漂亮了。艾琳看懂了他的眼神，扑在他耳边轻声说，老爸是不是觉得我今天美若天仙。艾新明点头说，比仙女还美丽。艾琳说，谢谢老爸，再美的仙女也是你制造培养出来的，请为我和你自己骄傲。整个上午，艾新明都在与重感冒导致的缺氧的感觉做抗争，头昏头疼，心慌心悸，有几次他都觉得自己已经气若游丝，马上就要倒地而亡。他一次次自我鼓励，坚强点，绝不能死在女儿的婚礼上，那是给女儿的人生抹黑。曾经，他无数次设想过，已经沦落到一无所有的自己到底还能为女儿做点什么？前几年身体感觉尚好的时候，看到网络上器官移植的新闻，他想如果艾琳需要任何器官都可以给她。但很快，他会为自己的胡思乱想后悔和羞愧。要是艾琳身体出问题，需要移植器官，他无论如何不能接受。他宁愿自己的身体出问题，再严重的问题都可以。他愿意替艾琳吃所有的苦，遭所有的罪，付出生命也在所不惜。此时此刻，为了艾琳，他必须坚持活下去。

婚礼最后，也是最关键的一个程序终于到了。婚礼主持人请新郎、新娘父母上台。艾新明第一次见到周高的父母，他们的儿子周高也仅仅见过一面，两周前在这家酒店顶楼的旋转餐厅。艾琳把他介绍给艾新明，说是她即将结婚的未婚夫。此前，艾新明连艾琳是否恋爱都不知道，她生活的很多方面对他都是谜，她不主动说，他从不过问。自从大学毕业以后，艾琳就彻底独立了。彻底独立的意思是她完全为自己负责，工作、生活，从不需要艾新明操一点点心。

艾新明由衷地认为智力、能力、见识等，女儿艾琳都远在自己之上。他认为自己是早被时代洪流抛弃在岸边的一条鱼，濒死的鱼，由艾琳捡到小水盆里，苟延残喘。从中学教师，到勤杂工，到下岗，身体状态也直线下滑，他早就觉得自己成了废物，活着没啥意义。他知道许多人都很坚强，可以愈挫愈勇，可以绝处逢生。江望子弟校的大多数同事在学校停办半年顶多一年之后就恢复了生活的常态，继续上班，换了一个地方，换了一种工作而已。艾新明不行，他从小深植于心的信念是，干一份工作，终老；娶一个妻子，终老；养一堆孩子，陪伴成长。被离婚，天已经塌了一半，下岗，另一半天又塌了。幸好有艾琳，彻底下岗那阵，他整夜整夜睡不着觉，头发一把一把地掉，艾琳看他眼神恍惚，带他到医院，查出重度抑郁，电疗、服药，住了两个月院，人才缓过神。接他出院时，艾琳问他，老爸你爱我吗？艾新明说爱。艾琳说，爱需要行动，你爱我就必须好好活着，活到我大学毕业参加工作，活到我结婚，活到我生孩子，你当外公。艾新明流着泪说好，艾琳也哭了，她说，老爸你没有工作没有钱还有我，千万别犯傻。我爱你，像你爱我一样爱你。相信我，我能保护你，我们的生活会越来越好。

如同艾琳所说，从此她成了老爸的保护者。艾新明很清楚，被保护者对保护者没有任何发言权，凡事艾琳自己做主就好。每逢大事，比如换工作、考研、买房，艾琳还是会通知老爸一声，仅仅是通知，有时是事前，有时是事后。婚姻是大事，她提前了两周通知，艾新明心理上没有任何不适，只是被窗外旋转的风景转得头晕，就记住了圆脸小伙子的自我介绍：艾叔叔好，我是周高，周正的周，高大的高。艾新明心想，为何不是周围的周，高兴的高。以前当老师的时候，艾新明经常对学生说，凡事要多思考，换不同角度去思考，心里有任何疑问都不要放过，一定说出来。下岗失业之后，他最大的一个改变就是学会了闭嘴，这对曾经以说话为职业的人来说并不容易。但现在的生活无时无刻不在告诉他，把心里想的都说出来是不合时宜，有失体面的。

周爸、周妈两人穿得很休闲，周爸灰色橙条纹衬衫牛仔裤，周妈灰色橙条纹连衣裙，初看随意简单，细看考究而雅致。艾新明顿时觉得自己一丝不苟的西装、领带像个小丑，徐娇艳也好不到哪里去，紧身旗袍让中段发福的身材原形毕露，胸前硕大的宝石项链在彩色灯光下发出俗气的光泽。

主持人请新郎、新娘父母给新人致辞。周爸微笑着对艾新明做了一个请先的手势。艾新明还没反应过来，徐娇艳主动接过主持人手上的话筒，落落大方地说，今天是艾琳和周高的大喜日子，恭喜你们，祝福你们在今后的日子里相亲相爱，幸福快乐。我还要特别叮嘱你们一句，婚姻是幸福的开始，更是责任的开始。结婚意味着你们真正长大成人，不再是女孩和男孩，希望你们切记这一点，好好生活，努力工作，互相成就，对彼此负责，对婚姻负责，这是婚姻长久幸福的基础。

周爸率先鼓掌，周妈、主持人、一对新人，台下的嘉宾随之鼓掌，很是热烈，把婚礼推上了一个小小的高潮。艾新明仍然是一副置身事外的局外人表情，他已经坐上时空穿梭机，回到了二十八年前自己和徐娇艳的婚礼上。那是在学校食堂举行的一个小而朴素的婚礼，老校长那时也还很年轻，第一次当证婚人，不知道婚礼到底要有些什么规矩，就想当然地模仿电影中的牧师，问两个年轻人是否愿意一生相守相爱，无论贫穷还是疾病。艾新明大声回答我愿意，徐娇艳腼腆而羞涩，红着脸用很轻的声音说我愿意。校长和同事们故意说没听到，重新大声说。逼着徐娇艳又说了几次……艾新明从来没想过，当年那样腼腆羞涩的人如今可以这样主动大声地说话，还说得一套一套的，如同领导的会议讲话。

如果说徐娇艳的致辞像教科书那样“伟光正”，周爸的致辞则像小夜曲一样温柔、温馨，先是感谢艾琳的父母养育了这么美丽可爱的女儿，周家何其有幸，定倍加珍惜。再谆谆教导儿子周高要善待、爱护艾琳，还以自己的家庭为例说明妻子是一个家庭中最重要的人，妻子幸福了家庭就幸福，做丈夫的首要责任就是让妻子幸福。掌声再次响起，这一次艾琳给艾新明使了眼色，艾新明也面带微笑双手交汇鼓起掌来。但他心里很清楚，微笑、掌声，和身上的衣服一样，都是假冒货。徐娇艳说的，周爸说的，离他的内心都甚为遥远，激不起一点点涟漪。他老木头一样沉重的脑子里，只有一个声音在自言自语，艾琳长大了，艾琳嫁人了。声音苍老、虚弱而凄凉。

父母致完辞，新人给父母敬茶，感谢父母养育之恩。热烈的掌声继续响起。主持人宣布婚礼完毕，婚宴开始，请各位嘉宾吃好喝好。按当地老规矩，婚宴中双方父母要带领一对新人一桌一桌去敬酒，以示对客人的尊重和感谢。艾琳看见艾新明脸色愈发苍白发黄，说，老爸平时不喝酒，今天身体又不舒服，需要休息，就不去敬酒了。周爸立马善解人意地说，身体第一，艾琳赶紧带爸爸找个安静的地方先休息。规矩都是人兴的，两个年轻人一桌一桌去敬酒就好，我们也就去老朋友老亲戚那两桌打个招呼。徐娇艳狠狠地瞪了一眼艾新明，欲言又止。

艾琳把艾新明安顿到一个有长沙发的小包房，就带上门出去忙去了。艾琳一出门，艾新明立马就倒在了长沙发上，严重缺氧的感觉已经让他快要窒息了。长沙发托住他疲惫之至的身躯，他稍稍松了口气，就像吸进了一口小小的氧。就是现在无声无息地死在小包房里怎么也比之前众目睽睽之下倒地而亡好。以艾琳的聪明才智，她一定可以把自己的暴毙处理得无声无息。这样想来艾新明稍感欣慰。不行，今天是她的大喜日子，如果与自己的忌日重叠还是容易给她留下心理阴影。以后每年的这一天，艾琳到底是庆祝自己的婚姻还是悼念自己的父亲呢？不能让她为难。无论如何，今天不能死。艾新明给自己订了小目标。

身体虚弱到这个地步，恐怕是离死不远了。艾新明心里又是一阵黯然。这两年他的身体频频出现问题，艾琳带他到大医院做了很多检查，也没查出具体什么毛病，但他自己强烈感觉到身体状态越来越糟糕。如同此刻，心理和身体都像到了某种极限，随时可能坍塌。艾新明一向跟强壮无缘，从年轻时候开始就是竹竿那样的瘦削，但瘦是瘦，力量和速度都还不错。徐娇艳怀艾琳时，双脚肿得像大馒头，走路困难，整个孕期，她上下班都是艾新明背。艾琳刚学会说话不久，张嘴全是哲学问题：我从哪里来？徐娇艳指指自己的肚子，又指指艾新明的背，说就从这两个地方来的。艾琳信以为真，不让爸爸背她，说肚子贴在爸爸背上会长出小孩子。这是那段时间他们三口之家的一个隐秘笑话。艾琳不让爸爸背她，却很乐意像骑马一样坐在爸爸的肩上，或者让爸爸把她高高举过头顶，风一样奔跑。她刚读初中时，偶尔父女俩还会持续这个游戏。但初二上学期开始，她个子蹿得很快，一下子就长到和爸爸差不多高了，实在没有办法再玩了才作罢。高中住到妈妈家，周末过来，她时不时还会念叨起小时候最喜欢的这两个游戏。艾新明听得心里甜甜的。

属于父女俩的亲密行为后来就只剩下艾新明给艾琳修剪脚趾甲这一样了。艾琳遗传了艾新明的视力，近视加散光，但小姑娘爱臭美，除了上课、看电影电视，平时都不愿戴眼镜，自己剪脚趾甲很容易剪到肉，出血、发炎，弄出无尽的麻烦。艾新明视力也不好，但他眼镜不离身，艾琳剪脚趾甲便由他承包了。他做什么都很认真，为了给艾琳修剪好脚趾甲，他查了资料，又到足疗店去体验，摸索出适合艾琳的一套脚趾甲修剪术。每隔两周，挑艾琳有空的时候，一般是周末，接一盆温水，加盐，让她把双脚放进去，泡二十分钟，包裹脚趾甲的皮肤开始变软，仔细喷医用酒精消毒，同时消毒的还有她修剪脚趾甲的专用工具，特地从扬州师傅那里买的，又加配了德国进口的指甲刀和小剪刀。小时候的艾琳只需要修剪脚趾甲，自从长大开始穿高跟鞋后，脚掌、脚跟都长厚厚的老茧，艾新明也都一起处理，艾琳很是享受，她总说老爸的修脚技术太厉害了，比外面所有的师傅都修得好。艾新明也很珍惜和享受为女儿修脚这个过程，女儿一天天长大，对自己的需要越来越少。他特别留意自己的视力和双手，有一点点异样都会很着急去解决，有一阵，他觉得右眼睛里有黑头发丝在飘，盯着白墙壁看，又什么也没有。他去看眼科，医生说飞蚊症，年纪大了容易出现的毛病，无药可治，注意眼休息。艾新明很焦虑，四处查资料，按网上说的天天早晚泡枸杞菊花水喝，节制用眼，电视也不看了。他担心哪天自己不能再为女儿修脚，不再被女儿需要。

最近大半年，艾琳特别忙碌，很少来老爸家，每次来也是匆匆忙忙，没有什么时间坐下来修脚。艾新明提醒过她几次，她都说，老爸别操这个心了，我能够照顾好自己。怕老爸担心，她脱了鞋给他看，说，我自己剪了修了的。艾新明看脚趾甲是剪了的，像狗啃了一样不整齐。脚也修了的，修得胡乱而粗糙。他摇摇头叹了口气也不知道说啥，想了一会儿才叮嘱她剪脚趾甲千万要戴眼镜，千万别剪到肉。艾琳连声说，知道的，知道的，我现在白天都戴着隐形眼镜的，你放心啊。艾新明听懂了艾琳的话中话，她不再需要他为她剪脚趾甲和修脚上的老茧了。他有些失落，不过很快又反过来安慰自己：这一天早晚都会到来，艾琳终究要学会自己剪脚趾甲和修脚上的老茧，自己老了，剪修挺费力，也是一种解脱。他心里明白，无论艾琳说什么做什么，自己都会为她找到足够的理由，赞同，接受。

艾新明还沉浸在无边无际的回忆中，艾琳推门进来，端着一个托盘，托盘里有肉、菜、点心、水果，还有一杯冒着热气的开水。艾新明觉得很难为情，女儿的大喜日子，自己什么忙也帮不上，还反倒来给她添麻烦。他进小包房时就把四周都看了一遍，希望能有一个后门或者落地窗，可以让自己不声不响溜出去，遗憾的是没有。艾琳摸了摸他的额头说，还好，没发烧，吃点东西，再躺会儿。下午双方父母再一起到新房喝茶拍个纪念照就没事了。今天辛苦你了。艾新明摇摇头说，是我对不起你，我是个太不称职的父亲。艾琳伸出右手食指封住艾新明的嘴，不许这样说，在我心里，你永远是全世界最好的老爸。艾新明眼睛有些发红，艾琳的手机响了，她一边说好的我马上过来一边望着艾新明。艾新明说我没事，你先去忙吧。艾琳刚出去，门又被推开了，徐娇艳站在门口盯着屋里看，没等艾新明说话她就走进包房，坐到长沙发对面的椅子上，坐下又起身挪了挪椅子，以保证自己和艾新明是面对面，可以直视他的眼睛。

离婚二十三年，艾新明和徐娇艳见面的次数只有三次。艾琳上高中搬到她家，他送艾琳过去，她到楼下来接，叫他上去坐坐，他说，谢了，请照顾好艾琳。话音未落转身离去。第二次是艾琳高考填志愿，她说了一堆话，他听来全是废话，一个字没回答，只管拿出先做好的表格交代艾琳如何填。第三次就是刚才在婚礼上，她站在他旁边，抢着话筒说话，还是一堆废话。面只见了三次，书信联系还有十来次吧，都是徐娇艳写了邮寄过来，艾新明一封也没回过，也从没告诉过艾琳。第一封是离婚不到一年，徐娇艳写信说她在市区租了房子，生活很方便，艾新明和艾琳可以搬过去住。艾新明看完冷笑了两声把信撕碎扔进厕所，放水冲走。后来艾琳读小学，读初中，她自己开店，开连锁店，买房子……她觉得重要的事情都会写信告诉艾新明。艾新明认为自己是一个原则性很强的人，夫妻离婚了就应该是陌生人，爱恨皆成过往，不必再有任何纠缠。你是艾琳的妈，这是改变不了的血缘事实，你可以和艾琳有联系。但我们已经没有关系，不必有任何联系。

离婚前，艾新明哭着跪地求徐娇艳不要离婚，他说，艾琳太小了，才刚刚五岁，就要面临父母分离，太惨了。只要不离婚，你的任何条件我都可以答应你。等艾琳十八岁以后，你想干吗干吗，我绝对不阻挡你。徐娇艳早已不是刚结婚时那个说话会脸红的姑娘，也不是刚生下艾琳时的那个幸福妈妈，对生活的种种不满在她心里种下了很多怨恨的刺，艾新明的请求碰到了其中几棵粗壮的大刺。她恶狠狠地说，你的确不是男人，我都给你戴了那么大的绿帽子，你还低三下四来求我。就凭这个，我也得和你离婚，必须，马上。艾琳是你的命根子，你想要就要，我不和你争。艾新明还想尽最后的努力挽救婚姻，他絮絮叨叨地说，出轨的事我不怪你，你只是上了那个老男人的当，你也是受害者。没关系，人都会犯错，我们把这事忘了，继续好好过……徐娇艳大吼一声，你这个猪脑子，我再跟你说一遍，那个老男人无论哪方面都比你强百倍，不是他骗我，是我主动勾引他。你死心吧。我警告你，你再不同意，我就直接到法庭起诉，坚决要艾琳。

徐娇艳后来写信对此做的解释是：当时她激素分泌失调，整个人的神经都是拧巴的，听不得“不”字。仅仅是解释，并没有道歉。十来封信，没有一封有道歉，也没有一次承认自己的出轨和执意离婚是错。这是艾新明心中的一个梗，从接到她的第一封信他就想好了，如果她能承认自己的错，为此道歉，哪怕只有一次，他就会给她写回信，分享她错过的那些艾琳成长中的趣闻逸事。遗憾的是一次也没有。她在称自己激素分泌失调的那封信的末尾特别提到一种复合工艺，可以让打碎了的花瓶修复如新，用昂贵的金银把缝隙填满，碎片就可以重新黏在一起。艾新明觉得她这番话可笑也没有意义，花瓶打碎了就碎了，镶金戴银补起来还不是个难看的疤。徐娇艳跟成年后的艾琳也发过一番感慨，在你爸心中，我远没你重要。他开始死活不同意协议离婚，我威胁他要上法庭要你的抚养权，他立马就同意了，翻脸如翻书，再没对我有个好脸色，还心硬如铁。艾琳把这番话转述给艾新明时，艾新明苦笑着说，我和她在一起生活了将近七年，如果我们是两只狗，或者她是一只狗我是一个人，又或者我是一只狗她是一个人，她也不至于如此狠毒相待吧。直到这时，艾琳才知道离异之痛对老爸的伤害有多深。此前，她从没听老爸说过老妈的一句坏话。离婚后的老爸拒绝了所有人的介绍，工作之外的所有时间和精力都用在自己身上。艾琳还误以为老妈仍然活在老爸心底，默默期待有朝一日他们能破镜重圆。中考时，她考到了全市最好的高中，就在老妈家隔壁。她跟老爸提出要住到老妈家去，老爸种种不舍，但看到她早已拿好了主意，又是以学习的名义，才不得已同意。艾新明送艾琳过去的路上，各种叮嘱，仿佛是送女儿去虎口狼穴。艾琳笑着提醒他，自己是去妈妈家，亲生妈妈家。还人小鬼大地说，老爸你放心，我去当间谍，负责捕获老妈那边的一切情报。艾新明生气了，严肃地警告艾琳学习第一，没有比学习更重要的事情，如果学习成绩下降，随时把她逮回来自己教。艾新明这样说很心虚，完全没有底气，此时非彼时，子弟校停办，他已无书可教，虽然还没正式下岗，但也只是在办公室打点杂，拿极低的工资。

艾新明，我给你写那么多信，你一个字也不回，够狼心狗肺的。我想你还是很恨我吧。徐娇艳的声音把艾新明拉回了现实。回到现实的他脑子像灌了铁一样沉重，对徐娇艳的问话没做任何回应。徐娇艳直愣愣地盯着他的眼睛，她以为这样做就可以阻止他的眼睛及脑子飘浮走神。她接着说，你恨不恨我，都跟我没有关系。无论哪方面，我都比你强，比你过得好，强者是不会跟弱者计较的。然而，因为艾琳，我们永远不可能真正彻底分开，有些事情我还是要给你讲清楚。艾琳嫁的周家有钱又有身份，她未来的生活远比你能想象的更好，别说你这种底层潦倒鬼，和我都完全不在一个阶级。艾琳有今天，是我多年的心血所成，你没有能力出一分钱、出一点力我也不怪你，但我希望你要有自知之明，不要当她幸福路上的绊脚石。艾新明听不懂徐娇艳到底在说些什么，身体里的困意越来越重，他眨了眨眼打起了哈欠。徐娇艳的愤怒突然就点燃了，她从椅子上站起来，冲到艾新明跟前，用手指着他的鼻子呵斥道，姓艾的你不如死了算了，你找个镜子看看你现在像什么样子，就是一条死蛇。我都替艾琳害臊，怎么会有你这样的父亲，不准对别人说你是艾琳的父亲！你不要脸艾琳还要脸，我还要脸。姓艾的，我恨你，恨死你，我这辈子就是被你毁了，不准你再毁我的女儿！

艾新明觉得徐娇艳完全在胡搅蛮缠，二十三年前你自己出轨还死活要离婚，离婚后根本是没任何来往的路人，我毁了你什么？突然想起艾琳说的别看老妈成天一副了不起的女强人样子，其实她很可怜，什么都想要，什么也没要到。为了一个老男人抛夫弃女，自己离婚了才发现老男人根本没离婚，和老婆孩子亲得很。去找人家老婆闹，结果被人家名正言顺的老婆一盆脏水泼到脸上。艾新明当时还不太相信，问艾琳怎么知道这些事的。艾琳说，你忘了她有记日记的习惯，我偷看了她那时的日记。艾新明说，她的日记也不一定如实记录，我们离婚前两天她的日记里都还写着“诸事顺遂，美好的一天过去了”。艾琳说，原来你也偷看过她的日记啊，哈哈，我跟你学的。无论艾琳怎么说，艾新明和所有认识或者知道徐娇艳的人一样，都不会相信她很可怜，毕竟她的娇艳连锁美容院太有名了，城市的大街小巷中有数不清的分店，每个分店的门楣上都是她夸张的笑脸。但此刻，艾新明认同了艾琳的评价，徐娇艳太可怜了。这个有很多个公司、无数房产的女人但凡对自己的人生有一点点满意，也不会横着脸泼妇般对已经离婚二十三年的前夫如此骂骂咧咧。想到这里，艾新明无声地笑了笑，轻声说了句，我困了，请别打扰我休息，你出去吧。徐娇艳正想发作，艾琳进来了，看也没看徐娇艳一眼，径直坐到艾新明身边，很亲昵地拍了拍他的脸，关切地问，老爸身体好些了吗。徐娇艳气得跺脚，径直走了出去，开关门故意把声音弄得很大。

艾琳朝她的背影做了个鬼脸，转身问艾新明，母老虎欺负你了？我看她早晚还是想把你吃了。她在我面前念叨过很多次，生意场上遇到的人一个比一个精明，老实靠谱的还是你。艾新明摇摇头说，我老骨头老肉没啥好吃的，如果她真想吃我真正的原因还是你。艾琳说，对啊，她说我是你们俩最大的利益共同体，为了最大利益共同体，个体受点委屈做点牺牲也没啥，可惜这么简单的道理明白晚了。艾新明叹口气说，这个纸老虎话难听，但和我一样深爱你。他本想沿袭艾琳称徐娇艳母老虎，不知怎么说成了纸老虎。纸老虎说出口，父女俩都忍不住哈哈大笑。

笑过之后，艾新明问艾琳是不是该去新房喝茶拍照完成婚礼的最后仪式了？艾琳说，是的，我看你太难受，叫人去给你找了点速效营养液，你先吃了吧，这样能精神点。据说那些大人物出席大场合，如果精力不济就要喝这个。艾新明说，好啊，我也有幸来当当大人物。艾琳说，我的大喜日子，你理所当然是大人物。艾新明喝了一支针剂那么小的营养液，站起来，艾琳转身到他身后，把他躺皱的衣服拉了拉，又走到他面前，理了理他的头发和衣领，说，老爸脸上终于有了点血色。艾新明自己感觉精神也要好些了，高高兴兴随艾琳走出了包房。

艾琳的新房在市中心一幢高层建筑的顶楼，跃层加屋顶花园。从车库上电梯的时候，艾新明看见艾琳刷了卡，这是他第一次看见进电梯需要刷卡，表情有点惊讶。艾琳伏在他耳边轻声解释说，这是私家电梯，直接入户，刷卡才能保证私密性。一旁的徐娇艳很是生气，脸色红一阵白一阵，生气艾新明缺少见识，也生气艾琳对他的体贴入微。

艾新明、徐娇艳和周高的父母一起围坐在比一般教室大两三倍的客厅里，艾琳和周高再次给四位老人敬茶。周高给艾新明和徐娇艳敬茶，第一次改口叫爸爸妈妈。徐娇艳递了一个厚厚的红色纸袋给周高，说，我们不比你们大户人家，但也要表达一点儿心意，小高莫嫌弃。周高说，妈妈太客气了，但并没有拆开红纸袋，接过手就直接放进了沙发旁的篮子里。艾琳给周爸周妈敬茶，也是第一次改口叫爸爸妈妈，周爸拿出两本画册类的薄书给艾琳，说，这是你和周高都喜欢的英国两所大学的招生简章，选一个专业去进修，所有费用我们出。年轻的时候一定多学习多旅行，这是我们大半辈子积累的最重要的人生经验。艾琳说，谢谢爸爸。徐娇艳插嘴说，周高三十三，艾琳二十八，两个都不小了，还读什么书，赶紧完成人生大事要宝宝。周爸“呵呵”笑着说，我们还是尊重孩子们自己的选择吧。艾新明和周妈妈像两个陪衬一样沉默着、微笑着，艾新明是真的什么都不知道，唯有做闭嘴的旁观者，脸上挂着礼貌的傻笑。周妈妈则是什么都知道，凡事了然于胸的微笑。

敬茶之后是合影，在专业摄影师和他助手的带领下，客厅、书房、厨房、阳台，屋顶花园都成了摄影棚，六个人，三对男女，个个笑靥如花。艾新明很庆幸艾琳给他服了速效营养液，可以很容易地听从摄影师的指令：女方爸爸，左脸抬高一点点，眼睛睁大一点点，嘴角上翘一点点，很好，哇，好文艺好儒雅的帅爸爸；

身子靠近女方妈妈一点，看男方爸爸妈妈多亲密，别难为情，给孩子们做个好榜样。最后的指令他脑子里闪出：不对，不能这样说，我们不是孩子们榜样的念头，但脑子比身体慢了半拍，没来得及阻止身体，很乖很听话地听从摄影师的指挥，他靠近了徐娇艳，头挨着头，肩碰着肩，他闻到了久违了的她身体发出的独特的味道，天啊，整整二十三年过去了，很多东西都发生颠覆性的变化，而身体的味道竟然一点没变，太神奇了。恍惚间，他有些迷醉，不知今夕何夕。

艾琳、周高的新房两层楼，有六个卧室，给双方父母都准备了房间。拍完照艾琳提议四个老人累了大半天都到自己的房间去休息，晚上一起吃简单家常便饭。周爸说，谢谢艾琳这么有心，但两个年轻人的大喜日子还是让两个年轻人自己好好享受为好，说完他和周妈就提前告辞。艾琳送公婆下电梯，周高看看艾新明，又看看徐娇艳说，爸爸身体不舒服，妈妈你先陪他休息会儿吧，你们的房间就在一楼，我带你们去。艾新明迷糊了，也许周高和他父母都不知道自己和徐娇艳早已离婚？徐娇艳一副又嫌弃又无奈的老妻表情也很奇怪，也许大家都心知肚明什么，只有自己被蒙在鼓里？

周高把他们送到门口就退出去了。艾新明一看是酒店标间那样的两个单人床，悬着的心才放了下来，径直走到靠窗的床坐下，用手摸了摸厚厚软软的床垫，心想：躺上去肯定很舒服。徐娇艳把门关上走到艾新明身后，拍了拍他的肩，艾新明吓了一大跳，猛站起来反过身问她干吗？徐娇艳冷笑着说，在酒店还没跟你交代完，继续，听好。艾新明身心的各种不适又涌了上来，糟糕，艾琳找的速效营养液药效过了。他皱皱眉，深呼吸，拍照时闻到的久违了的徐娇艳身体的味道也消失了。徐娇艳说，你别发神经病了，一个老男人，再怎么装病也不会有人同情怜悯。她回头看了看门，把脸伸向艾新明，艾新明吓得连往后退，她伸出手揪住他耳朵，嘴对上去，压低声音说，躲什么躲？老皮老肉，以为老娘要吃你吗？艾新明想起在酒店包房他还和艾琳说徐娇艳不得吃自己的老皮老肉，忍不住想笑，但又头痛得厉害，笑不出来。

徐娇艳继续用很轻的声音在他耳边说，周高征婚有一个条件是家庭完整，不接受单亲家庭的女孩。明白吗？为了女儿的幸福，我们必须是结婚近三十年的老夫妻。艾新明忍着严重的头痛和心悸说，你竟然敢撒这么大的谎？睁着眼颠倒黑白，我们的亲友、江望子弟校的老同事，谁不知道我们早早离婚？你这个疯子，看你怎么收场？艾琳知道你的谎言吗？徐娇艳抿着嘴冷笑着说，屁话，就是你宝贝女儿的好主意。我原本的办法简单得多，给艾琳找一个条件优秀的人当爸来临时应付，她死活不愿意要个冒牌老爸。有什么收不了场的，关外人什么事？谁吃饱撑着了管别人家的事。听好，我们虽然结婚近三十年，但你一门心思做学问，爱事业胜过爱家庭，嫌我们打扰你，平时单独住。尽管如此，你仍然深爱女儿，深爱家庭，这是你的剧本和台词，牢记。

濒死的感觉又出现了，艾新明扑倒在床上，没有力气睁开眼、张开嘴，耳朵倒还灵敏。他听到艾琳的脚步声，开门声，骂徐娇艳的声音，今天就急刨刨告诉老爸你安的什么坏心？明明知道他身体不好还要刺激他？今后慢慢让他明白不行吗？徐娇艳气呼呼地说，和你爸一样白眼狼，我为你做了这么多，你心里还是只有他。

艾琳拍艾新明的脸，老爸，坚持，我马上送你去医院，你答应我要活到我生孩子，你当外公的。听话啊！

艾琳的眼泪滴在艾新明脸上，打湿了他的眼睛，他的眼泪也涌了出来，心里默默念叨，艾琳你不要冒牌老爸，我不也是你的冒牌老爸吗？

所有的哀伤都会平息

他先是靠着床头坐着的，保持多少年来上床前一两个小时从来不变的惯有姿势，双手交叉像捧宝贝一样捧着遥控器，眼珠一动不动，直愣愣地盯着墙上挂着的电视，突然脑袋就歪下来搭在枕头上，咕哝着好像说了个渴。

陈晶没有反应，也没有转头看看已经结婚二十年的丈夫。她的心里、脑子里，装得满满的都是疲惫，还有厌恶。她以为顶多半分钟，响雷一般的鼾声就会响起，她摸了摸自己枕头下面的耳塞，准备好在鼾声响起的第一时间就戴上。年轻时为他在卧室看电视的恶习她和他吵了很多架，也不少次搬到书房、客厅睡过，然而所有的挣扎、反抗都以失败告终。有一天，他突然一改平时的暴君作风，很随和很理解人地说，你不就讨厌电视的声音吗？我看电视可以不要声音，我只想看见里面的东西在动，是活的，就够了，就睡得着了。说完他就把电视调成了静音。从此电视倒是不吵了，他吵得厉害，眼睛一闭上必鼾声雷动。陈晶也就被迫养成了戴耳塞睡觉的习惯。

时间突然变得特别的漫长，陈晶感觉至少三个半分钟过去了，鼾声仍然没有响起。要喝水吗？她没有表情地问了一句，回答她的还是沉默。直到这时，她才感觉到一点点异样，猛地坐起来，把眼睛转向左边，他的脸不知什么时候已经变成了乌黑，鼻子、嘴唇都被厚厚的白色泡沫包裹着。

十六个小时以后，他死了。那时是下午四点钟，医院重症监护病房前的过道里，明晃晃的太阳光从全封闭的落地玻璃窗斜照进来，陈晶打了个冷战。医生出来宣告他的死讯，陈晶问如果早点到医院情况会是什么样，医生摇摇头说，他这种突发大面积脑梗，救活的概率只有百分之零点几，就算救活了，基本上也是植物人，长年躺在床上插管子遭罪，还不如直接死了痛快。

直接死了痛快，医生这句话在整个丧事过程中一直在陈晶耳边回旋，她觉得给了自己很大的支撑。

1

陈晶上午十点半按响了唐笑的门铃，唐笑正在楼上的书房里看书，他的咨询时间是下午两点到五点，来访者在非工作时间不预约直接上门，对心理治疗师而言确实是令人恼怒的打扰，他承认这也是对自己懒得把生活居所和工作场地分开的惩罚，享受了便捷就要承担相应的代价，他犹豫了片刻还是按下了应答键。没等唐笑开口，陈晶就急刨刨地说，我没办法等到下周，他昨晚上又回来折磨我，卡我的脖子抓我的头发，打得我全身都是伤，我快死掉了，求求你，快开门，救救我。见唐笑没有答复，她变了话头和语气说，快开门呀，我看见赵医生的车位是空着的，她不在，你怕什么？唐笑被她这句无厘头的话逗笑了，这么快她就忘了介绍她来咨询的正是赵医生。

陈晶在丈夫猝死之后一直失眠，到医院看神经内科，她不知从哪里得到的信息称所有帮助睡眠的药物都有毒，拒绝一切药物治疗。唐笑的女友，神经内科医生赵洁建议她找唐笑做哀伤平息心理辅导，三次辅导之后并无明显效果，唐笑也充分感受到陈晶对自己的抗拒，建议她换一位心理治疗师，并给她推荐了优秀的同行。但她坚持要唐笑做治疗，理由是她还没把唐笑折磨够。

尽管只有几次见面，唐笑已经熟悉陈晶的这套说话把戏，一定要把内心想说的话装在一个盒子里，不管这个盒子多么丑陋多么不合时宜。唐笑当然有权力拒绝她，可以不经她允许结束治疗关系，但他迟迟没有这样做，他问过自己不想做得如此决绝到底是为了什么？无非就是因为她出手阔绰。唐笑并没有像大多数心理治疗师那样为自己明码标价，每五十分钟三百元、六百元、九百元或者三千元，只在楼下门厅入口处放了一个木盒子，类似寺庙的随喜箱，来访者进门就能看到，给不给，给多少，都随意。有人说这招收费方式很诡谲，对收费的和付费的都是一个不小的考验。唐笑的理由有两点：一是给自己标价很头疼，二是他已经过了为生存工作的阶段，以他每周三至五个人次的工作量，给得再少，也不会饿死，给得再多，也不会暴富。更有意思的是，他发现来访者给钱多少往往和解决问题的决心、勇气以及治疗效果成正比，凡是在随喜箱前纠结，拿出钱包几经犹豫最终往里塞一张两张钞票的，在咨询治疗过程中表现都很消极；干脆利落往里塞钱的治疗效果也会好很多。唐笑内心承认，自己爱钱，喜欢给钱爽快的人。陈晶每次都是付一千元，有次钱包里全部现金只有六百元，她付了五百元，第二次直接付了一千五百元。除了付钱大方，她长得还很好看，四十多岁的女人当然不是漂亮到惊艳的程度，但她身上自然散发的某种气息对唐笑很有吸引力，前提是她沉默的时候。这明显有些荒诞，她付钱请他治疗，其重要内容就是要他听她说话，而他对她不说话的样子格外着迷。

诊疗室在楼下门厅的左边，十二平方米的小房间，两个单人沙发，叫荣格椅，一张躺椅，叫弗洛伊德榻，来访者可坐可躺。陈晶照例是直接躺在弗洛伊德榻里，唐笑坐在她身后的荣格椅里。唐笑觉得她安静闭上眼睛的样子真美，可不到半分钟，美就打破了，她嚷嚷道，我又是一夜没睡，你看我的皱纹，我的眼袋，你说说那个死人为什么不放过我？死了都还要紧紧缠住不松手。死人，我知道你不想死，但你摸着良心说你是不是我害死的，你天天在外面喝酒、吃地沟油，血管长期被很脏的油堵着，我跟你说过多少次你就是不听，电视里说蒜油、鱼油是血管清道夫，我托人在国外买的高级鱼油回来，你也从来不吃，死人，你谁也别怪，你是被自己害死的。

唐笑默默地听她说，她的声音从高到低，慢慢从嚷嚷变成了呢喃，情绪从激烈到平和，不到五分钟，房间里就只有她浅淡轻盈的呼吸声，她睡着了，他也松了口气。仅仅是松了一口气，立马又积聚全部的理智紧张地抵御自己心中疯长的欲望，陈晶熟睡恬静的样子真美，他真想俯身去拥抱亲吻。但他清楚地知道这将违背基本的职业伦理，彻底断送他的前程，牺牲他努力半生获得的安逸生活。他付不起如此昂贵的代价，深深地用力把这疯长的欲望压抑了下去。

陈晶睡了差不多四十分钟，睁开眼睛问唐笑如何给她催眠的，唐笑说，你知道我没有催眠。她说怪了，在其他地方怎么也睡不着，一到你的躺椅上就自然睡得着了。唐笑不想和她讨论这个问题，直接问她还有什么需要帮助的？她说起了头天晚上做的噩梦：我像是在医院的重症监护病房，身上插着各种各样肮脏的塑性管子，管子的另一头是各种各样嗡嗡作响、散发幽幽蓝光的机器，操纵机器的是一个背朝着我的白衣男人，我觉得这个男人的背影有点似曾相识，但怎么也想不起是谁。我模模糊糊意识到我要死了，巨大的恐惧和强烈的求生欲在我胸腔里发酵，一会儿我的身体就变成了一个气球，从病床上飘浮起来，我的手也可以动了，我扯掉身上的管子，想着从天窗飞出去。突然，白衣男人转过身，天，居然是我死了的丈夫，他手一挥，就把我重新按在了病床上，我挣扎着要起来，他很生气，卡我的脖子，抓我的头发，使劲地揍我，打得我全身都是伤，痛醒了才看见两个手臂上全是大片大片的瘀青。她挽起袖子让唐笑看，果然有大片大片的瘀青。

唐笑有些心疼地看着她，问她还疼吗，需不需要涂点药膏，她摇摇头说，不用了已经好多了。他说，你是怎么理解这个噩梦的？噩梦是她的称呼，如果像她说的一直失眠睡不着，这一幕可能不是梦而是她疲惫之至时的臆想，他愿意相信这个臆想和梦的本质一样，都是潜意识的表达，身心极端疲惫时，意识就无力控制潜意识，潜意识就会随性自由奔跑。

陈晶说，周志林恨我，非常恨。周志林，你丈夫的名字？唐笑问道。陈晶点点头，唐笑继续说，这是你第一次说出你丈夫的名字，之前你一直说他，死人。这个细节让我感受到你对我更信任了，表现得要放松些了，我为此高兴，也感谢你的信任。她抿了一下嘴说，别高兴得太早，你帮我分析一下，周志林为什么要恨我？

唐笑提醒陈晶，不是周志林恨你，是你觉得周志林恨你。重要的问题是你为什么觉得周志林会恨你？

我不关心他，没尽到一个妻子应尽的责任，如果我细心一些，早点发现他生病，他可能就不会死。抢救的医生当时就给你了答案，早几分钟发现并不能挽救他的生命。你知道的。你真的是为平时不够关心他的生活而愧疚吗？唐笑看着陈晶的眼睛，她不正面接纳他的注视，眼睛一直在飘浮闪烁。他说，我感受到了你的逃避或者为难，不用勉强自己，想说的时候再说，我一直在这里。好吧，今天的时间到了，下次记得要预约。

我知道不预约贸然前来让你不舒服，我就是想看看你不舒服时的样子。陈晶孩子气地笑了，也不告别就直接出门。唐笑想到此前结束治疗后她都会摊开双手请求给她一个拥抱，每一次自己都只很节制也很虚假地和她握手告别，心里有点怅然若失。

2

虽然是十二年房龄的房子，但一直只有两个人住，没有孩子，也没有猫猫狗狗，去年才重新装修过，全套家具也是去年换的，对了，所有的家具都可以留下，但床和床垫要搬走，我和老公睡眠都不好，床和床垫都是专门定做的，一个人睡上去另一个人一点感觉也没有，绝对做得到互不干扰。

陈晶跟房屋中介公司的工作人员详细介绍房子，他走了，二十年的共同生活结束了，她决定就让结束来得更彻底些。中介工作人员是个二十出头的大女孩，拿着手机一边拍照一边说，你要把旧床搬走的话最好再买一张新床放上，这样买房子的人就可以拎包入住，你的房子也多一个卖点。陈晶一听旧床搬走了还要去买新床，顿时觉得麻烦，想也没想立马说，那我不要了，全留下。女孩朝陈晶伸出大拇指做了个点赞的动作说，陈姐姐一看就是爽快人，我最喜欢和你这种人打交道，回去马上网上网下双挂，努力推，尽快卖，力争卖个好价钱。还有，姐姐，你房产证在手上吧，不欠银行贷款吧，房产证是你一个人的名字还是你和你老公两个人的名字？一个人的名字交易简单点，两个人的名字要复杂点，卖房时你们两个要一起去。

两个人的名字，但他死了，所以我才要卖房子，想开始新生活。陈晶还没说完，女孩就瞪大眼睛问，他不是死在家里的吧，死在家里我不帮你卖，太不吉利了。当然不是，是死在医院的，你看家里有一点死人的气息吗？再说，死人就不是人吗？哪个人不会死？你年纪轻轻怎么这样迷信？陈晶提高了声音，她起初以为自己是在生气，但听到自己声音里的颤抖，就知道其实自己内心和中介女孩一样很恐惧，一番义正词严的话不过是给自己壮胆鼓气。明白这个以后陈晶就软了下来，提议道，要不要来杯茶？我有自己烤的点心，配在一起还不错。她料想女孩可能会谢绝，说不好意思太麻烦了，然后就此告别掉头离开。

如果你觉得孤单，想找人说说话，我可以留下来陪你，我知道现在这种时候你会很难过。女孩说道，我还没有经历过亲人去世，但我和初恋分手时有差不多两个月的时间，一想到他就有窒息的感觉，就像死了一样，他死了我也死了。

陈晶摇摇头说，不一样，你的初恋就算和你分手了他还活着。她已经知道女孩叫周晴晴，二十六岁，哲学系硕士毕业，喜欢房子，也喜欢和各种不同的人打交道，就选择做了房屋中介。周晴晴眨眨眼说，在我心里他就是死了，我和你一样痛苦，不同的是你老公走了，你痛苦之后是悲伤和怀念，我初恋走了，我痛苦之后是愤怒和仇恨。

你怎么知道我没有愤怒？唉，我们在一张床上睡觉，他有五六年没碰过我了，之前有好些年碰也是喝醉了才碰，说我身上有一股发霉酸馊的味道。我母亲是医生，我从小就被她培养了良好的卫生习惯，每天早晚都要洗澡，从来没人说过我身上有味道。他是有多厌恶我才说得出这样侮辱人的话。陈晶平时小心隐藏的秘密直接从喉咙里冲了出来。

太过分了，男人是低级动物，晶姐，你不要难过。周晴晴开始称呼陈晶“晶姐”，似乎她们已经相识很久很熟络，这个厌恶侮辱你的臭男人已经死掉了，也算上天有眼，你就更不要难过，不值得。

陈晶突然意识到，这个比自己小十多岁的陌生女孩是在同情安慰自己，而起因是自己跟她控诉已经死了的丈夫，发现自己在说死人的坏话让她有些羞愧，她咬了咬下嘴唇，似乎很想收回刚才说的那番话，但收回又会让她觉得自己更假，况且她根本无法阻止自己继续控诉：我们是大学同学，从大二开始他就追我，结婚后我才知道他是看上了我父亲，对，看上了我父亲，我父亲是一家大型国有企业的负责人，他和我确定了关系就等于直接进了父亲的企业。我是一个傻瓜，看不出他的这些心思，他追我的时候表现得特别浪漫，写情诗、弹吉他，跟我描述他老家的山清水秀，还不停地送大山里的各种山货，山核桃仁用野生蜂蜜浸泡了再风干，做成又甜又脆又香的桃仁给我当零食吃，后来再也没吃过那么好吃的桃仁了，弄得我成天晕乎乎的，真把他当成了神仙一样的白马王子，不顾家人朋友的反对，坚决跟他好了。

这样啊，这个人太坏了，一开始就没安好心。周晴晴不知道怎么接陈晶的话，想当然地继续批评指责。

唉，我再傻，结婚后也还是看清了他的本来面目。你不觉得奇怪吗，我还是跟他过了二十年，整整二十年，我也想不出来是怎么熬过来的。有一年春天，我跟别人学会了做清明粑，就是到乡下去摘野生的清明菜，洗净切碎，加糯米粉和面粉揉成一个一个的圆团，蒸或者炒，很好吃。一个下午我一个人在家里做了几十个清明粑，把它们一个一个整齐地摆在铺了干净纱布的桌子上，淡绿色的清明粑像小人儿一样手牵着手站在白色的沙滩上，可爱极了。他回到家看了一眼这些清明粑脸就黑了，一把把桌子掀翻在地，我看见一个个清明粑落在地上，粘上灰，心都碎了。他还不解气，用脚去踢这些可怜的小家伙，一边踢一边骂，他竟然以为我做清明粑是羞辱他，提醒他是吃野菜长大的乡下人。他说，你祖祖辈辈是城里人又怎么样？比我高级吗？你他妈还不是要我养，吃我的，穿我的，用我的。我们两人大学毕业都如愿进了父亲负责的企业，但人算不如天算，好日子没过几年单位就不行了，我们也很快就从大型国企职工变成了下岗工人。他胆子大，肯吃苦，加上我父亲的一些关系，下岗后他自己开了个小工厂，优化了国企以前最受欢迎的产品，原料、销售什么都是现成的，很快就挣了些钱，被政府宣传成下岗创业典型。相比赚钱他更看重名声，热衷于做报告、见记者，心思一点不在厂里，全靠我父亲帮他管着，后来我父亲病了，厂里就完全不行了。虚名这东西像肥皂泡，看起来五颜六色漂亮得很，到关键时刻啥用没得。等他明白过来已经太晚，回过头想好好做生意，实实在在挣钱，才发现他在到处搏虚名的时候发财的机会已悄悄溜走。他不甘心啊，到死也不甘心。

周晴晴默默地望着陈晶，一副专注听她说的样子，陈晶觉得自己对这个初次见面的陌生女孩说得太多了，招呼周晴晴吃自己烤的茶点饼干。周晴晴把饼干掰成一大一小两块，小的一块刚塞进嘴里，马上就龇牙露出很痛苦的表情，陈晶赶紧把纸巾盒递给她，这才想起饼干虽说是自己烤的，但是在周志林出事前烤的，一直用密封盒装好放在冰箱里，一晃也是五六个星期了，估计变质了。周晴晴没接纸巾盒直接冲进卫生间，卫生间立马传出哗哗的流水声，陈晶知道这是面盆龙头开到最大的声音，她猜周晴晴是在用水声遮掩呕吐声。多少年前，周志林喝醉了还碰她身体的时候，常常变态地强迫把精液射到她嘴里，每次被折磨完她就立马冲进卫生间，把水龙头开到最大，一边哭一边吐。有几次周志林踢开卫生间的门，把陈晶的头使劲往马桶里按，骂骂咧咧道，你嫌老子身上的东西脏要吐，老子就要你喝。

回忆这一幕，当初锥心的痛好像淡了许多，但从肠胃到喉咙仍然有想呕吐的冲动。无意识中，她拿起周晴晴剩下的大半块饼干往嘴里塞，一股发霉酸馊的味道从舌尖直抵口腔、鼻腔，一个无助、无奈的声音弱弱在说，这就是你的命，认了吧，咽下去，借着一大口茶，她果真吞咽了下去。从卫生间出来的周晴晴看得目瞪口呆，继而浑身发抖，又迅速转身回卫生间，这次没开水龙头，直接扑在马桶上吐得天翻地覆。

周晴晴再次从卫生间出来，径直走到门口，拉开防盗门，一只脚已经踏出门，又收回来，转过身，眼睛像刀锋一样扫向陈晶，冷冷地说，我知道了你为什么会和那个死男人过二十年，因为你和他一样变态，他是虐待狂，你是受虐狂，你们天生一对。警告你，不准打电话给我，你这凶宅倒贴钱也没人会要。

原来我变态，原来我是受虐狂，原来所有的都是天生的。周晴晴高跟鞋敲击地板的声音渐行渐远直至消逝，陈晶还在不停地自言自语，是啊，周志林是大混蛋，我就是大蠢猪，从一开始，他也没有勉强我做出选择，都是我自作自受。我动过多次念头要离开他，父母去世前也都叮嘱我要提防他，最好和他离婚去南方投奔弟弟。是我自己不敢，我害怕一个人过，那会更惨，周志林再坏，也是个伴，总比可怜兮兮的一个人强。在一起二十年，他再多的坏，也还是有过一星半点的好，怀第一个孩子流产，他炖了鸡汤，第二个孩子流产，他煮了红糖鸡蛋，第三个他才开始不管我，骂我是生不出娃的废物。

3

“心理创伤说白了是人被生活击成不同的碎片，失去了完整，这些碎片彼此独立，又互相对抗、攻击、竞争，人便一会儿是这个碎片，一会儿是那个碎片，迷失徘徊却无法成为碎片的统一体。所谓创伤疗愈就是把这些碎片妥善安置，各归其位，进行修补，让它们重新连接在一起，恢复整体性、一致性，人也就找回了自己。”

唐笑在整理来访者周晴晴的治疗笔记时写下了这段话，奇怪的是，写这段话时，他脑子里浮现的是陈晶的样子。陈晶已经连续三周没有来，电话短信也没有，唐笑感受到自己内心对她的牵挂，但他的职业伦理是非求勿助，不需求不满足，即来与不来完全尊重来访者的自愿选择，唯有自愿，才可能对自己负责，也才可能有改变。

周晴晴二十一岁被男友结束初恋，男友的结束语简单直接不留任何余地：我开始真正的恋爱了。周晴晴傻了一样问那我们从高一好到现在的五年算什么？他想了想说，只是练习，和这次真正的恋爱相差地球到月球那么远。一向自尊心强的周晴晴没有再说什么，当天就约了暗恋自己的男生唱歌，迅速进入一场新的情感。新男友很好，她看上去也不错，但就是吃不下东西睡不着觉，记忆力越来越差。新男友把她带到了唐笑的心理诊所，接受了半年的心理治疗后，她的饮食、睡眠、记忆力及其他身体指标恢复正常，当年考研成功。读研期间周晴晴认为自己一切正常，可毕业工作后又严重失眠。

唐笑感觉她压力很大，问她压力的源头是什么。她摇头说，工作我选的自己喜欢的，不是很累也把业绩做得很好。他仍然很好，一直包容我不停地犯错。

他是带你来这里的男友？你们一直在一起？你说的错是指什么？唐笑向周晴晴求证并询问，周晴晴点头说，是他，世界上没有比他对我更好的人了，但我就是管不住自己要不停地跑出去做爱情游戏。嗯，就是和不同的人假装恋爱，我确定我不会变心，一定会回头最终和他在一起，只有他才会让我安心踏实，其他人都给不了我这种安全感。但只有安全感我又觉得好闷，就是快憋死的那种闷，我只有不停出去折腾，寻找各种新欢，时时提醒自己出去只是玩，只是游戏。

唐笑看着她的眼睛问，你为此愧疚？周晴晴低下头像是自言自语说，我身上有几个小人在打架，好奇的小人，寂寞的小人，空虚的小人，愧疚的小人，害怕的小人。

“你害怕什么？被他发现？他选择分手？”“我不知道这是不是最可怕的，我有点好奇他为什么一直不知道我的出轨？”“你觉得他应该知道？你希望他知道？”“我不细心，也不是很会撒谎，如果他有一点点怀疑，应该可以找到很多证据。希望他知道？从来没有想过这个问题，就是觉得很奇怪。”“你认为自己爱他吗？”“爱啊，怎么可以不爱？世界上没有比他对我更好的人了。我要不爱他就太蠢笨了。”“你闭着眼睛，不要用头脑思考，就问自己的内心有没有爱？相信内心一定会诚实地回答你。”

周晴晴的眼泪哗哗而下，唐笑不再说话，看着她哭，感受着她正在艰难而勇敢地去面对一直在逃避的情感。她流着泪说，我觉得我正在重复妈妈的命运，她也是被初恋男友抛弃后选择了一个很好的人结婚，所有的人都说妈妈找到了爸爸特别幸福，但我很小的时候就知道妈妈很孤单，一点不快乐。爸爸在大事上无可挑剔，就像别人看到的那样宽容、厚道，有责任感，但他在小事上，在别人看不到的时候，表现根本不是这样，当只有我们一家人在一起时，他从不帮妈妈做家务，也不和妈妈说话，对我也非常冷漠，总是自己一个人喝酒，喝醉了倒头就睡。

唐笑说，你觉得现在的男友和爸爸很像？周晴晴说目前还不是很像，但我觉得他们本质上是一类人，好人的外表下有颗冷漠的心。我在努力做和妈妈不一样的人，他给不了我快乐，我就到外面去寻找，和陌生人做爱，无论男人女人，都很快乐，身体都飞起来了。终于谈到性了，唐笑一般不会主动问及来访者有关性的问题，但他深信美好愉悦的性是亲密关系的深度联结，不仅是身体的联结，也是情感和精神的联结。性是亲密关系中非常重要的一环，尤其是女性，性不和谐，关系的流动性就阻滞了，但传统的中国文化会让她们有意无意掩饰性对自己的重要。唐笑问周晴晴是和每个陌生人做爱都有飞起来的感觉，还是和其中一部分人有飞起来的感觉。如果答案是前者，她身心饥渴的程度就已经非常严重了。周晴晴说，仔细想想还是只和其中一部分人有飞起来的感觉，但和任何一个陌生人做的感觉都比他好，和他做就像和木头做。唐笑说，如果你确定自己这种感受是真实的，为何还和他在一起、原因真的就是你说的他是世界上对你最好的人？周晴晴苦笑了一下说，所有人都这么说，我的脑子也这么说，但我的心不这么说。你要我问自己的心，这就是内心的答案。唉，把内心敞开，不敢说的话都说出来真好，真轻松，我想睡觉了，我可以在这里睡会儿吗？唐笑点了点头，她迅速呼呼入睡，他猜得到等她醒来就会连珠炮一样说，唐老师，你的意思是建议我们分手？可分手容易，分了手又怎么办？如果我再找不到初恋那么好的人，他也不在原地等我，我怎么办？唐笑摇了摇头，很多心理困境的实质就是无论如何都不可以，前有狼有后虎，什么都焦虑什么都恐惧，继续，不可以，转身，也不可以，卡在自己构造的困境里受折磨。解决之道是行动，继续，可以，转身，也可以，但继续与转身都要负起责任。他开始写治疗笔记。

4

陈晶把房子的标价从一百二十万降到一百一十五万、一百零五万、一百万，仍无人问津。她有些灰心丧气，心想，房子和自己的命运一样，再怎么跌也深不见底，没准真的就如中介说的，白送也没人要。

她又来见唐笑了，她解释自己消失几个星期的原因是回周志林老家重新修缮了墓地。我在他坟前杀了三只鸡，红的、黑的、白的各一只，都是雄赳赳的鸡公，红的那只叫得太厉害，把我惹得很烦，我一刀就把它的脖子砍断了，颈骨断裂的声音比起它号叫的声音听起来轻松许多，其他两只是阴阳先生砍的，三只鸡的鸡血绕着他骨灰盒的周围淋，阴阳先生说这样他就会在那边安息，然后再投胎往生，不再出来打扰我。周家的人说我这样做很过分，我说，你们要搞清楚是谁过分，他死了都不让我安生，天天纠缠我睡不着觉。你们不同意他早安息早往生，那就让他回来纠缠你们。一个满脸像核桃皮那么多皱纹的老太婆质问我，你白天没做亏心事晚上怕什么鬼敲门。我说，我们到那边去问他，拉着老太婆一起去撞青石板墓碑，她立马吓瘫在地，说不管闲事了。

很长一段时间，唐笑没有说话，干坐着，他在思考她的婚姻历程，像一幅幅照片闪过那样，他们恋爱、结婚、失业、他创业之初、创业失败、他的沮丧、她父母的死亡、她的孤单，他们一起的这二十年。他想象周志林和陈晶还是大学同学的时候，他们会预料到生活最终会成为这个样子吗？不可能吧。

你为什么不说话？是不是觉得我变狠了？这就是我想要的效果，不再懦弱，不再任人欺负。陈晶提了问题，又自己回答道。唐笑听到自己喉咙嚅动了一下，他清了清嗓子，这个小动作他不喜欢，但一直如影相随，在他不想说话似乎又必须说点什么的时候，这个小动作就会冒出来。

如果你做的这一切真是你内心想做的，能够让你感受好一些，我没什么好说的。只是我自己不太相信前世和来生这种说法，宁愿相信人就活这一世，全然地把这一世过好，勇敢、积极、自由，告别时没有遗憾。唐笑看着玻璃窗，天渐渐暗下来，五颜六色的街灯开始亮了，窗子像是嵌入了一幅金光闪烁的画。陈晶的眼睛跟着唐笑的视线转到玻璃窗，很有默契地说，一扇窗、一幅画。

唐笑点点头，想了一下说，如果外面的灯都熄了，窗子没有了外面的光，会是什么情景？陈晶说，黑漆漆一团，不再是画了。唐笑说，对，如果房子本身有光，窗子的美才是真美，对房子和房子的窗子而言，由内而外的光才有穿透力，才会永不黑暗。陈晶若有所思地说，你是说我吧，要自己内心有力量才能战胜黑暗。唐笑说，你冰雪般聪明，失业在家这么多年没干点什么太可惜。陈晶莞尔一笑，随即低了低头，是她这种年纪比较少见的带着羞赧的微笑和低头。唐笑觉得自己内心有一股微电流流过，酥麻微醺，他温柔地看着陈晶，心想：她若再主动索要一个拥抱，就一定抱她入怀，深吸她身上散发出的热带水果成熟时的芬芳。

陈晶第一次走进诊室，唐笑就闻到了她特别的体香，很是沉醉，似曾相识，又说不出具体的名称。他有一次随赵洁到水果批发市场，被这个味道吸引，鼻子带路，走到热带水果仓库后面，守仓库的人说是热带水果熟透了开始发酵，没人要了，等到下市清洁工收垃圾时一起收走。唐笑感叹了一句，这么好的味道真可惜，赵洁说可以捡回去酿果酒，她说干就干，蹲下身开捡，这才发现绝大多数水果都已经腐烂，原来熟透和腐烂几乎就是同义词。唐笑有点伤感，赵洁拍拍他的脸，微笑着从包里拿出水果刀，把腐烂的部分一一切掉，还没烂的装在干净的袋子里，一会儿就装了满满一袋。回家洗净，沥干水，加糖装在玻璃瓶子里密封好，说假以时日美味果酒就可以酿成。

5

周晴晴打电话给唐笑，说想请他出去坐坐，她说不到唐笑的诊室见面，就会感觉两人的关系不是来访者和咨询师。唐笑差点就冲口而出，那你希望是什么关系？又觉得这样问平白多了些暧昧，直接在喉咙处卡住，嗯了一声说，我还是有点好奇，到底是什么事情这样重要，需要郑重其事在外面去聊？周晴晴笑了笑，唐笑通过电话线也听出是那种简单、纯粹、爽朗、明快的笑，立即释然。周晴晴说，专门找地方约见也是麻烦，其实电话里也可以说得清楚，我想和你做一笔生意。

和我做生意？我能做什么生意？这次唐笑的好奇心是真的被挑起了，他听到自己的小心脏怦怦在变节奏。哎呀，也不是一个多大的生意，就是有人跳楼卖房，只要市场价的一半，而我有确切消息，这套房子所在的这幢楼即将被整体高价收购改装成商业中心，低价买高价卖，一出一进保守点也要赚三百万，前后只有半年时间。唐笑说，可这跟我有什么关系？周晴晴说，我一时没有那么多现金，需要找人合伙，最重要的是我不方便成为买家，需要找人去把这套房子先买下。唐笑说，可以成为你合伙人的应该很多，为何选择我？周晴晴回答说，我认识的人中你最靠谱。

谢谢你的信任，但你知道我的职业不允许我和你有咨访之外的关系。唐笑明确拒绝。周晴晴说，你再想想，半年时间，你付五十万得二百万，房子在你名下，你没有任何风险。如果你不方便和我一起合伙买卖房子，可以让你家人出面。

晚上唐笑犹豫了一阵还是把这事跟赵洁说了，赵洁看出了唐笑很忐忑，安慰他说，记住，你仅仅是传递了一个真假难辨的信息，就像在街上听到的或者在网上看到的，回来转告给我而已。到此为止，从此这件事跟你没有任何关系。做或者不做都由我自己去评估、决定、实施。

其实唐笑希望的答案是赵洁郑重回答，你内心忐忑，再轻松的钱我们也不赚，没有什么比内心平和坦然更重要。但他清楚知道这不可能是赵洁的态度，无论面对任何问题，赵洁从来都是强者决不回避的态度，逢山开路，逢水搭桥，前有狼后有虎左右侧身过。作为赵洁的伴侣，唐笑早已享受到赵洁强者性格带来的各种益处。物质的自不必说，两人现在住的这套至少已升值五倍的房子也是当年赵洁一意孤行冒险所获红利。多年前人们对郊外这片别墅区唯一一幢高层公寓的评价很不堪，保姆房、有钱人包小三的偏房、看门狗的窝，赵洁充耳不闻，坚持看好别墅区的环境和唯一一幢高层的物以稀为贵，至于周围都是住别墅的富人邻居带来的所谓心理压力，赵洁认为纯属无病呻吟，在她眼里，这些两三层高的别墅才是鹤立鸡群高层的侍卫和风景。她把两人的积蓄拿出来，还找亲友借了些，凑够首付，一口气拿下唯一的底跃和顶跃。底跃赵洁以免租一年的优惠去引诱一家名牌咖啡厅来经营连锁机构，咖啡厅老板第一反应就是：地段不好，再说住别墅的富豪自家都有环境甚好的室内休闲处，未必还要来咖啡厅喝一杯。赵洁说富人也是人，也需要社交，尤其是同圈层的社交。如果你的咖啡专业到可以随便甩家庭自制咖啡几条街，他们更会趋之若鹜。老板犹犹豫豫经营了三个月，生意就莫名其妙火爆起来，如同赵洁断言的那样。一年免租期没到，他便主动和赵洁签了十年的长租合同，也就是第二年开始赵洁就坐收每年持续上涨的租金。顶跃自用，楼下做唐笑的诊室，楼上住家。装修时赵洁提的唯一要求是朝东的有天窗和落地玻璃墙的那间做卧室。从此，有阳光的日子，他们都是被阳光唤醒。精神上正是有赵洁的强大为他做支撑，唐笑也从容自由了许多，只是偶尔他也会嘲笑自己是赵洁的圈养动物，再虚拟一番若换成其他伴侣的状态，也觉得不过尔尔，便心平气和了。

赵洁说到做到，一个多月过去了，再没有和唐笑提起过和周晴晴联手买房卖房一事。倒是唐笑沉不住气，主动问过事情的进展，赵洁笑笑摇头说，事情有点复杂你不知道为好。唐笑说，你都觉得复杂，那一定是很复杂很麻烦了，我们现在的状态很好，没必要为了赚钱而把平静舒服的生活搅乱。赵洁说，是的，一直有个声音告诉我没必要搅进去，但周晴晴太能蛊惑人了，也可以说是我心甘情愿被她蛊惑了，她的敏锐、野心，对财富和成功的如饥似渴，深深打动了我。我觉得她和年轻时的我很像，就没来由地想帮她做成这件事。

唐笑有些惊讶，他和赵洁多年相濡以沫，从没见识过她的理性让位于感性。她经常说自己是女人身体里装着男人的大脑和心，而唐笑恰恰相反，所以两人是绝配。女人身体里的男人心突然变得柔软细腻意味着什么？唐笑不愿深究，但还是自然联想到近年来两个人的身体欲望之门在缓缓关闭的事实。此消彼长，欲望和能量一样守恒，一道门关上，另一道门就会打开，打开自己欲望之门的是陈晶，打开赵洁的会是周晴晴吗？某些时刻，友情和爱情仅仅一步之遥。

6

陈晶认为自己到乡下重新给周志林修了墓，又洒了鸡血，两个人的事就算做了了结，回城后也确实没再做过噩梦，她憧憬着把房子卖掉开始真正的新生活。可房价一降再降也没人来看。快绝望的时候赵洁主动找上门说可以接手这套房子。接到赵洁的电话，陈晶很是惊喜，她的第一直觉是唐笑在帮助自己解决困难，但赵洁特地叮嘱这事和唐笑无关，不必告诉他。陈晶就有点迷惑，不知道赵洁葫芦里卖的什么药。一个女人买房子这种大事也要背着自己的丈夫，她完全无法理解，想来想去，就只有一种可能，赵洁心里根本没有唐笑的位置，她在名副其实地背叛他。这样一想陈晶就很为唐笑不值，那么优秀的一个男人，温文尔雅、善良慈悲，竟然被自己的妻子背叛，内心随即涌起无尽的怜悯和柔情。

要不要把赵洁买房的事告诉唐笑？陈晶很纠结。告诉，基本上这桩买卖就泡汤，又到哪儿去找可以一次性付款的买主？而她是如此渴望尽快卖掉这套房子。不告诉，内心很堵，似乎自己在和赵洁一起欺骗唐笑，她实在受不了这样的感觉。周志林猝死让她明白，没有什么比愧疚和懊悔更沉重的心理压力了。她预感到，如果对唐笑隐瞒，自己的心灵，必将经历新一轮愧疚和懊悔的碾压。但直接告诉唐笑，她又觉得很唐突，还担心万一错怪了赵洁，影响了他们夫妻感情，这同样会让自己愧疚和懊悔。唉，太难了。

赵洁约了两次签约过户时间，都被陈晶以突然有事推掉了。赵洁问她，是想涨价还是不想卖了，都请直说，免得浪费时间。陈晶说，我做梦都想尽快卖掉房子，你没压我的价已是千恩万谢了，哪会起贪心涨价。但我确实遇到了点难处。赵洁说，什么难处？房子产权有问题？到底是什么问题？说出来我来想办法。陈晶支支吾吾不知如何说，赵洁真以为是房子产权出了问题，要了房产证号码和陈晶的身份证号说去详细了解情况。

结果赵洁一了解才知道所有围绕这套房子的忙活都是白忙活，陈晶手上的房产证早已被声明作废，有效的房产证在银行，周志林几年前就把房子抵押贷款了，他去世后银行正在考虑收回房子，只是因为这是陈晶唯一一套住房，收房子有法律障碍，银行才暂时没有行动。赵洁把这个情况通报给周晴晴，她很惊讶陈晶对此的一无所知，周晴晴不屑地说从没见过比这个女人更笨的女人，被人卖了还帮人数钱。她痛心疾首地回忆起了第一次和陈晶见面，陈晶请她吃变质饼干的恶心事。赵洁以为这件事就到此为止了，但周晴晴不甘心，她认为可以先垫钱去替陈晶到银行解压，拿出房产证，再交易，提前垫付的钱从房款里扣除就是。赵洁觉得事情复杂平白增添了风险，不想再掺和了。周晴晴用她那双水汪汪的大眼睛楚楚可怜地望着赵洁说，姐姐，你那么喜欢我，就带着我一起挣钱吧。

周晴晴的表情、话语、语气，都让赵洁感觉很不舒服，她心里突然充满了深深的厌恶。她冷冷地对周晴晴说，请自重，我不喜欢开这种无聊的玩笑。最后说一遍，房子的事我不再参与，我们过去是陌生人，现在是，今后也是。然后扔下目瞪口呆的周晴晴迅速离去。

回家途中，各种复杂的情绪涌上心头，眼泪下雨一样往外涌，没办法再开车，赵洁把车停下，拐进一个小酒馆。生病前她一直喜欢偶尔小酌，微醺的状态，亦真亦幻，对习惯于凡事理性面对的她，酒是很好的调节剂，她小心把控小酌的节奏，不让自己沉溺上瘾。生病之后，她把酒完全戒掉了，一切为了健康，但健康又是如此无趣、无聊。

7

唐笑睁开眼睛时，赵洁还在熟睡。她昨天回家晚，身上带着淡淡的酒味，唐笑有些惊愕，但什么也没有问。两个人在一起久了，就像彼此的影子一样熟悉和静默，不说不问，凡事包容凡事理解，是一种更自在的相处。

此刻，她弓着身子，左手紧捂着右胸那道又长又深的疤痕，右手抱着头，向右蜷缩着，阳光直直地照在她身上，头发和皮肤都像被染上了一层薄薄的金光。唐笑静静地看着她，脑海里闪现出七年前她被诊断为乳腺癌的情景，右乳全切，数十次化疗放疗。坚持再造乳房、乳晕、乳头，又坚持留下最深最大的那道伤疤，整形手术医生认为赵洁疯了，让唐笑去劝阻，唐笑坚决拒绝，他说，我完全尊重支持赵洁的所有意愿，她要再造女性特征是为了勇敢捍卫，留下疤痕是为了悼念丧失，我懂，我愿意陪着她，并肩与疾病作战。

赵洁出院后就和唐笑一道搬进这套生病前就买好、装修好，准备做婚房的新房，但她拒绝了唐笑的求婚，说自己也是医生，知道癌症根本没有痊愈一说，如果结婚唐笑今后很有可能会在个人历史上留下丧偶的记录，这是她不愿意看到的。万一到那一天，我也希望给你留个清白之名开始新生活。再说，我不在乎用一张纸来约束定义我们的关系，我喜欢我们是恋爱关系而非婚姻关系，这样我们一直是自由的。她笑嘻嘻地说。唐笑心酸得想哭，但他太了解这位从生下来就认识的女孩，她的坚强下面有太多的怕，怕癌症复发，怕她不能生孩子让抱孙心切的唐笑父母难过，怕他有一天后悔。他看到了她的怕，心里同样害怕，也清晰知道这个怕不是承诺也不是一纸婚书可以抵消的，唯有爱，唯有时间可以让她的怕慢慢淡化。他答应了她，说，好吧，你永远是我亲爱的女孩。她看到他眼睛里的湿，拍拍他的脸说，乖，我们在一起，自由、快乐。

不知是越来越炽热的阳光还是唐笑专注的凝视唤醒了赵洁，她微眯着眼睛，伸出左手的食指刮了刮唐笑的鼻梁，噘着嘴说，厚脸皮，你昨晚睡着又犯老毛病了，不停地抚摸我的伤疤，我痒痒得没法入睡，只有紧捂住不让你的手靠近。

唐笑这个老毛病来源于赵洁术后陡生的一个习惯性动作，晚上睡觉一定紧捂着伤疤，唐笑很心疼，还是我帮你捂吧，你好好睡。每晚睡前他就帮她轻轻抚摸伤疤，她睡着了，他也睡着了，他的手还习惯性地轻抚她的伤疤。后来，她忘了自己的习惯动作，就笑他的习惯动作是厚脸皮，他认了，心里很甜蜜。

可是为什么突然又犯厚脸皮的老毛病了呢？唐笑问自己，他想不出答案，转念又宽慰自己，哪要那么多答案？生活如水，自然而然流淌就好。

郭汉之死

1

你说的那个手术，我也专门去查了一下，目前还在实验阶段，很多的技术难题有待解决。用于临床恐怕至少还得有三五年吧。郭汉给老刘解释道。老刘是老病人，勇敢顽强、持之以恒地跟自己的疾病做斗争。久病成良医，老刘不仅对自己的疾病知之甚深，而且对治疗疾病的各种新方法、新技术也了如指掌。这一次他又在网上看到一个器官移植手术。

还要等三五年，也太久了嘛。郭医生，你知道我这种毛病拖了多久了，我还有几个三五年可以等？再这么拖下去，人都拖老了，还有什么治疗的意义？再说，就算我可以等，我那妖精老婆会等吗？她现在都已经很不耐烦了。老刘明显很失望，絮絮叨叨地向郭汉诉苦。

郭汉看着老刘，心里充满了无尽的同情和怜悯。他是老刘的医生，也是老刘最信任的朋友，老刘的痛苦他感同身受。这些年他为老刘这毛病也是操碎了心，美国来的蓝色药丸，法国来的棕色药片，印度来的激素胶囊，老祖宗留下的十全大补汤，传说中的狗肾、牛鞭，都给老刘一一试过，一点反应也没有。

老刘坐在郭汉对面的旧藤椅上，可能因为着急和失望，身体有些扭动，旧藤椅发出吱吱呀呀、不堪重负的呻吟。郭汉示意他坐到旧腾椅后面的长条木椅上。长条木椅比较结实，人多的时候可以挤四五个候诊的患者。这会儿是下班时间，老刘独享宽敞的长条木椅，他本可以放松些，但坐在长条木椅上的老刘明显比坐藤椅上的老刘拘谨得多，他低着头，抱着自己的双臂，把身体缩成一团。郭汉隔着写字台和旧藤椅看过去，老刘就像一个正在接受审讯的犯人。如果把老刘面对着的也就是自己背后墙上那两排红油漆写的“内科，外科，五官科；儿科，男科，妇产科”改为“坦白从宽，抗拒从严”，那就更有审讯的效果了。只是，我又有什么权力坐在审讯席上呢？这样一想，郭汉又有点郁闷了。

2

半年前郭汉第一天到仁厚医院上班就被诊室墙上这两行科室介绍的文字雷住了。来之前，他很想知道仁厚医院是什么样子，介绍他过来的老同学陈明一句话就堵住了他的好奇心，去了你就知道了，虽然是很小的医院，但比你以前待的小卫生所强多了。工厂破产前，郭汉所在的卫生所尽管也小，但还是有六间房二百多平方米，十七个人，也是厂里的一个正规部门，所长享受的是副科级待遇呢。工厂破产，卫生所随之灰飞烟灭，郭汉一夜之间成了“4050 下岗人员”。他开始并没把下岗失业太当回事，毕竟自己科班出身，经验丰富，好歹也叫薄技在身，随便找家医院当个医生应该不是什么问题吧。连续找了几个在各大医院工作的同学，也都是科室主任、副院长级的实权人物，但个个都爱莫能助，郭汉的年龄、学历、下岗职工身份，像三枚炸弹，把他想进入正规大医院当医生的梦想炸得粉碎。闲了两个月，郭汉心慌了，又进城去找陈明。陈明是郭汉五年医科大学上下铺的兄弟，对郭汉的事还是上心的。他帮郭汉设计过几条再就业出路，到医药公司做销售代表，自己当老板开小诊所，都被他自己一一否定了。郭汉啊郭汉，你本来就迂，二十年远郊国企厂矿医生生涯更是完全把你废了。我想来想去，你还是到民营医院当医生最合适，那里体制灵活，待遇不错，重要的是你的工作会相对单纯。对了，半年前仁厚医院陈院长托过我帮忙找技术过硬的全科医生，陈院长这老板面相看起来还不错。我联系一下，看他那里现在还要人不。陈明干脆利落，立马就打电话，结果仁厚有个医生快休产假了，正缺人。听了郭汉的情况，院长连声说，欢迎欢迎，下周一就来上班吧。

仁厚医院位于人口密集的老城区花街子，与最繁华的市中心直线距离不超过一公里。花街子十年前政府就说要拆迁重建，开发商来了一拨又一拨，看了密密麻麻鸽子窝一样的老房子，又得知每个不足二十平方米的鸽子窝至少都住着三代五口人，掏出计算器算了安置成本，一个个都摇头而去。尽管如此，花街子因为特殊的地理位置，仍然繁荣，当然是廉价的繁荣。

郭汉在花街子里来来回回走了两趟，都没看到仁厚医院的牌子。那一条条纵横交错的小巷子，一间间半掩着门的旧砖房，让他很是迷茫。他从口袋里掏出小灵通和陈明专门写给他的陈院长的电话，犹豫着要不要打过去问路。打吧，一是担心这个时候正是医院的早会时间，会不会打扰院长；二是自己一个本地人竟然找不到路会不会让院长因此小瞧自己。不打，马上又到约好的时间了。陈明跟陈院长说好了的，周一上午九点，郭汉直接去仁厚医院报道上班。郭汉头天晚上住在陈明医院的宿舍里，七点钟就出门，不到八点就到了花街子，可八点半都到了，还没找到医院的门。

郭汉正在发愁的时候，一个和自己年纪差不多的中年男子从一间旧房子里走了出来，郭汉赶紧迎过去，问他仁厚医院在哪里。中年男子看了一眼郭汉，关切地问，哪里不舒服，一大早就去看病？郭汉笑笑解释说自己是医生，去仁厚医院报到。中年男子忙递一支烟给郭汉，那太好了，终于来男医生了。仁厚医院就在旁边的宽巷子里，走，我带你去。仁厚医院啥都好，服务热情，价格公道，就是坐堂的两个医生都是女的，我去看病总是觉得不方便。医生，你贵姓，我叫刘大伟，大家都叫我老刘。我今后会经常来麻烦你的。我叫郭汉，郭沫若的郭，汉族的汉。你看起来身体不错嘛，怎么经常跑医院呢，有什么慢性病吗？难言之隐，难言之隐，今后慢慢你就知道了，呵呵！对医生不要有什么难言之隐，讳疾忌医是大忌。也没什么，就是那个，那个小兄弟不听话，好几年了，都站不起来，唉。这要先做详细检查，找出病因，对症治疗。我的经验，多半是心理作用。

刘大伟和郭汉，完全没有一点初次见面的拘谨，也介于患者和医生的身份，原本敏感的话题也变得自然起来。他们边走边聊，往左拐走了一段，又朝右转，就到了一个小院子，进入院子，有五间房，院子正对的那间挂着仁厚医院的牌子。就是这里了，我得赶去上班。改天来找你看病。刘大伟伸出手，和郭汉握手告别。

郭汉刚向老刘道谢，目送他走出院子。一个小个子中年女子笑眯眯地来到他跟前问道，郭医生吧，我是陈芬，欢迎欢迎。陈芬福建口音的普通话郭汉听起来温柔可人，他赶紧说，陈院长，你太客气了。

郭汉跟着陈芬走进医院，首先映入眼帘的就是“内科，外科，五官科；儿科，男科，妇产科。”两行红色大字。并不宽大的白墙上鲜血一样猩红的大字有一种很奇异的视觉冲击力，郭汉突然就感觉心跳加速，周身的血沸腾了直往头上涌。我们这种小医院很简陋，有些委屈你，请你一定多包涵。看到了郭汉脸色的变化，陈芬真诚地说。哪里，这比白求恩当年的战地医院强多了。郭医生可真幽默，我倒是一直认为，对医院来说，生命力永远都是医生的医术、医德。我跟你简单介绍一下医院的情况，两个医生，以前是我和黄医生，她预产期还有一周，上周开始休息，我一个人实在忙不过来，你来太好了，一个护士，小李，是从中午上到晚上。我们人手少，分工不细，病人来了谁有空谁看，其他杂事大家一起做。正说着话，有病人捂着肚子推门进来，你自己逛逛，熟悉一下，陈芬话音未落就去扶病人去了。

郭汉这才仔细打量起房子来，五十平方米的房子被隔成了四间，进门第一间是门诊室，面对门的左右两边各摆一张写字台，两把相向而立的藤椅，两个医生同时可以给两个病人看病；藤椅后面是长条木椅，就是候诊区，候诊区侧面的角落用玻璃隔了个像简易淋浴房的半封闭小屋，玻璃上三个红字：化验室；往里走是药房兼注射室、治疗室，靠墙摆着一溜药柜，中西药俱全，药柜对面是两个可躺可坐的长木椅，木椅后面的墙上挂着几个金属钩，可以供病人输液，长木椅两旁还有好几个塑料凳子摆放着；再往里走就是两个更小的房间，左边是手术室，右边是B超室。看到手术室三个字时，郭汉心又加速了一下，天，这里还要做手术？做什么手术？他退回到诊室，陈芬在小玻璃房子里给病人查血常规，有几缕阳光透过院子的树叶晃进来，照在玻璃上，形成一些飘浮的光斑。郭医生，麻烦帮我把门关上。他按陈芬的吩咐关上门，这才发现门背后贴着密密麻麻的服务内容：打针输液，洁牙换药，安环流产，儿保妇保，老年痴呆，不孕不育，阳痿早泄，激光美容，取痣祛斑，丰胸收腹，心理保健，糖尿病心脏病，做双眼皮取眼袋，割包皮切痔疮，中医西医，疑难杂症……应有尽有，郭汉数了一下，好像除了癌症和艾滋，其他大小疾病这里通治。这么小的一个地，居然敢称医院，这么一两个医生，居然敢医这么多病，太匪夷所思了。

陈芬送病人出去，郭汉还站在门背后发呆，逃离的念头慢慢萌发：这里太复杂了，我应付不了。陈芬看穿了他的心思，病人一走她就直接说，放心好了，来这里的病人都是附近的老百姓，大病重病不可能来我们这里，主要就是小病、常见病、老毛病，图个方便和快捷。服务内容只是一种告示，说明这些病我们这里都可以医治。你如果愿意就留下来，从今天开始上班，工资三千，效益好还有点儿奖金。两个医生，一个上长白班，早九晚六；另一个是从中午到晚上，中午一点到晚上九点；两人一个月一轮换，每周轮休一天，一人休息时另一人就要上全天。我还要负责医院的行政后勤工作，诊疗这一块你多担待些，黄医生休完产假回来你就轻松些了。

工资三千元，这个数字是他在工厂卫生所工作时的三倍到四倍，一下就把郭汉深深吸引了，后面的工作时间、休息时间，他都没有听到。

3

在工厂卫生所时郭汉也基本上算是全科医生。在仁厚医院工作，技术上他没有任何问题，主要问题是工作强度，这边至少是卫生所的五倍。一天看二十多个病人是家常便饭。说是工作八个小时，但这里病人没走医生是不能走的，几乎每天都要在医院待十个小时，十二个小时。还有一个次要问题是，仁厚医院的妇科病人特别多，做流产手术的特别多，做医生的本来不应该忌讳这个。但郭汉以前不是学这个的，在卫生所也不看妇科；况且他离婚十多年了，对女性身体很是陌生，两个原因导致他心生怯意。但陈芬热情地鼓励他，说自己以前不仅没读过大学没学过医，初中没毕业到县妇幼保健站当清洁工，后来边学边干，现在还不是什么妇科手术都敢做。你对自己一定要有信心，你是帮助病人解除痛苦的，你都不相信自己，病人怎么相信你？

郭汉做了些功课，下班回去啃妇科专业书，休息日找陈明带他去拜访他们医院那位大名鼎鼎的妇科权威。但亲眼看到陈芬治妇科疾病，那才真叫大开眼界。阴道瘙痒红肿，不问原因，指挥病人躺在手术室里的妇科床上，双腿高高架起，消毒水灌冲之后，用电吹风吹干，上神秘的黄色粉末，郭汉后来得知就是用甲硝唑片磨的粉。所有内裤用开水煮沸，这两天在家就别穿内裤，出门穿大内裤，纯棉的，外面也千万别穿裤裆紧绷绷的牛仔裤、铅笔裤，记得每天来上两次药，我再开点口服的消炎药，三天不好再来输液。想快点好？那就不吃药了，直接输液，少遭点罪，钱是要贵点，但比起大医院，就太便宜了。陈芬和病人边拉家常就边结束了治疗。人流手术是借助器械，更简单。

郭汉突然想到很久没跟儿子聊聊了，郭汉的儿子成绩不好，初中毕业就进了职业学校。父子俩很少见面，见了感觉也像陌生人，郭汉只是觉得他身体蹿得很快。对他的印象还是三岁以前他骑在自己肩膀上咯咯大笑的样子。他三岁时，妻子坚决和郭汉离婚，带着他搬回主城。下岗后郭汉也回到主城，借住在城市边上陈明那套老房子，他和前妻联系过，前妻和她老公在朝天门做服装批发，早晨四点半就出门，要忙碌到中午，下午回家累得半死。根本抽不出时间见他。郭汉想问问儿子的情况，前妻说，除了学习不行，其他方面都不错，我觉得比你有出息。

4

仁厚医院的工作很忙，陈芬、郭汉、护士小李，三个人每天干的活儿比起郭汉以前在工厂卫生所全所十七个人一个月干的活儿还多。三个医护人员配合默契，看起来各忙各的，但都忙而不乱，来来往往几十个病人都被照顾得妥帖、周到。除了工作上必要的交流，他们之间几乎没有话说，也许是太累了，也许是话都对病人说了，郭汉心想。这和以前的单位真是完全不同，以前的单位，科室同事都是邻居，每天吃什么菜彼此都一清二楚，这里同事间工作之外的空间全是混沌的，陌生的。来了这么久，他都不知道陈芬的老公什么样，孩子什么样。做事干脆利索的护士小李结婚了吗？长期深夜才下班，也没见人来接过她，她家住的远吗？一个人回家害怕不？

幸好有老刘，否则自己不知道多孤独。郭汉心里对隔一两天都要来医院坐坐的老刘充满感激。老刘不仅常来医院，还很体恤郭汉，有其他病人候着，他就坐在长条椅上等，其他病人看完病走了，他再看，如果中途又有病人来，他又退到长条椅上，说他是老毛病不急，让郭汉先给其他人看。他来得太勤，郭汉知道他药没吃完，有时候就不给他开药。他悄悄说，你随便开点维生素吧，别让陈院长以为我想占医院的便宜，这样不好，对你不好。

郭汉心里明白，老刘哪是来看病，就是想找他说话。今天下午，病人多，他来了又走了，晚上打电话问了人少又过来的，硬是等到病人走完才来打听他前天问的那个器官移植术。

此时，望着在长条椅上蜷成一团的老刘，郭汉不知道该说什么了。在郭汉眼里，自己这个离异十二年的老单身和老刘在身体上没什么本质区别。郭汉早就记不住小兄弟最后一次站立是什么时候了。

刚离婚那会儿，每个月还有那么几天，小兄弟会探头探脑想跑出来活动一下筋骨。郭汉知道最简单的办法是自力更生、自给自足，可老话说得好，裁缝做不了自己的衣服，木匠做不了自己的板凳，医生郭汉就是解决不了自己的问题。他的小兄弟对他那双病人眼中灵巧神奇的手毫无感觉，再怎么用劲小兄弟羞红了脸也只顶多是一个干辣椒。

婚姻是解决小兄弟问题最合理合法的途径，但也是最复杂麻烦的途径。郭汉，单独的个体郭汉，在婚姻市场，无论一级市场还是二级市场，当然不比谁逊色，一米七六的个子，六十五公斤标准体重，浓眉大眼，粗粗一看和年轻时的刘德华还有几分神似，外加正规医科大学本科学历，中级职称。

但婚姻从来都不是一个男人和一个女人那么简单的事。郭汉很小就深谙此真谛。因为父亲早逝，母亲双腿残疾，姐姐是脑瘫导致的智障，他从小就受够了白眼，在别人的青春枝繁叶茂的时候，郭汉就理智地把自己的枝叶修整得干干净净。毕业时他之所以到这家远郊工厂医院，唯一的原因就是只有这里答应上班就给他一套房子让他把母亲和姐姐接过来一起住。工厂里的姑娘对他有好感的不少，但得知他的家境后就都退缩了。三十岁的时候，所长看不下去了，把自己的一个农村亲戚介绍给他，郭汉才终于有了婚姻。结婚第二年，郭汉当了爹，也是这一年，他的姐姐和母亲都相继去世。大家都以为他终于可以轻轻松松过点好日子了，妻子却眼馋那些到广东打工回来探亲的小姐妹胀鼓鼓的钱包，抛下儿子加入南下队伍，儿子三岁时才第一次回来。这时工厂的效益已经越来越差，她要求郭汉辞职和她一起出去打工，就到主城都可以，反正不能在这山沟里待着。被郭汉拒绝以后，她就坚决要求离婚，并带走了儿子。

离婚后，郭汉迷上了酒精，一下班就喝，在家里喝，在姐姐和妈妈的坟头喝。工厂一次次改革，一次次换领导，效益却是越来越差，单位里能干的、有本事的、有一点点办法的早都跑掉了。郭汉一直待着，白天上班，晚上喝酒。两年前的一天晚上，他又跑到母亲坟头去喝酒，喝醉了倒在坟头睡觉，被一辆摩托车撞飞了。摩托车急速驶来的时候，他明明白白看见母亲的手使劲从坟里钻出，先是左手，再是右手，最后是头，母亲像在世时那样用左手撑着地，右手狠狠推了他一把，嘴里愤愤地说，就知道喝酒，你要像我一样没有腿吗？然后就什么也不知道了。醒来的时候，已经是在医院的病床上。同事说郭医生你命真大，被撞飞起来了居然只受了一些皮外伤。从此，郭汉彻底戒了酒，一心一意好好工作。即使没有一个病人，他也准时到卫生所上班，看专业书籍。

两年后，卫生所还是因工厂破产而关门。他只有厚着脸皮回到城里，找那些平时不联系的大学同学。

这些年，郭汉完全不把小兄弟当回事，小兄弟也没来烦扰郭汉。

老刘一直等到晚上十点郭汉下班才离开。和老刘分手的时候，郭汉很想对老刘说，你那妖精老婆如果不想等就不要勉强，累人累己的事最终都比较麻烦。想了想，还是什么也没说，只是像兄弟一样拍了拍老刘的肩膀。

5

下午两点半，陈明从袁家岗登上由新山村开往较场口的轻轨，他要到新世界酒店开一个药企的会，作为一个著名医院的主任医师，几年前他就买了私家车，黑色的帕萨特，他喜欢它低调的华丽，亲切地叫它老帕。城市翻修，到处都堵，讲究效率的他在市区出行还是首选轻轨。

就在陈明的斜对面，坐着一个面容姣好的女人邱洁。邱洁是在袁家岗上的车，比陈明早。陈明上车就引起了她的注意，邱洁看不出陈明的年龄，他看起来三十五岁到四十五岁之间，也看不出他的品质。邱洁喜欢用品质来描述男人，她所谓的品质就是由服饰、举止、言谈、修养共同构建的某种特征。邱洁被陈明身上难以琢磨的东西有了兴趣。列车报站临江门车站到了，陈明站了起来，往车门走去。邱洁也站起来，以难以察觉的方式靠近了他，非常顺利地拿走了他的钱包。她把钱给了在车站乞讨的老人，钱包和卡扔进了垃圾堆，只留下了一张身份证。这是邱洁近年的癖好，老刘病了以后她患上的怪癖。她抽屉里已经收藏了二十九张看上去能吸引她的男人的身份证。她对自己说，如果收到一百张，老刘的病还不好，她就去找这些身份证的主人，以还身份证的名义去见他们。一百个人，总会发生点什么。

下午五点，邱洁回到南纪门自己和老刘的家。她买了老刘爱吃的带鱼，用泡椒烧。没看见料酒，邱洁直接拿了一瓶老白干。鱼烧好了，有浓浓的酒香，老刘还没回来。邱洁先尝了一下，真香。酒真是个好东西，难怪老刘那么喜欢。邱洁一边想一边喝起了老白干。

记不清喝了多少酒。邱洁感觉身体里有火在熊熊燃烧，头晕乎乎，其他什么也不知道。她把自己脱得一丝不挂，倒在床上。

ED患者老刘是十点半回的家。他刚从医院出来，听了一个沮丧至极的消息。邱洁红通通的身体仍然在沉醉中。老刘在她的身旁发现了一张新的身份证。这个贱人，我再也不能容忍了。你要在外面乱来就乱来，每次还要留下证据？这次竟然带到家里了？老刘被自己的想象弄得很是愤怒。他来到厨房，感觉身心俱焚，渴得要死，抓起灶台上的老白干狠狠喝了几口，拿出菜刀，朝着邱洁的颈子直直地砍了下去。血溅到了那张身份证上。哼，奸夫淫妇，都不得好死。他套了一件干净的外套，拿起身份证看清地址，把砍骨头的砍刀揣在怀里，大踏步出门。

6

晚上十一点四十五分，郭汉转了两趟末班公交车，回家，打开门，一个黑影扑上来，先是他的嘴被塞住，再是眼被蒙上，然后就是凉凉的尖尖的硬物直刺身体。郭汉痉挛般折腾了半天，终于感觉脑子里的那一点点光在迅速消失，在铺天盖地的黑暗将自己淹没之前，他用尽最后一点点力气给 120 打了急救电话。

在医院的急诊室，医生没能救活郭汉，只好通知其亲属。查阅郭汉手机里的电话簿，家人一栏空缺，好友一栏只有两个号码，第一个是陈明，第二个是老刘。

为什么呢

1

那真是我三十八年做得最糟糕透顶的噩梦。如果只是一个噩梦，那就好了，梦都会醒来。冉玉告诉我，在她结婚的第十一个年头，儿子十岁的时候，丈夫陈东落入了另一个女人的情网。“那女的是酒店的销售员，向陈东推销酒店的餐饮、住宿、健身房、桑拿。陈东是公司的行政部长，级别不高，但公司内外的消费都要经他手埋单。商家说经济萧条时期消费者是上帝，他就真把自己当上帝了。不仅大批量购买酒店产品，还大方地把销售员一并买了。这种事他以前干过，不过就是一次消费行为，我理解为占公家便利揩点儿小油，没太当回事。我是单亲家庭长大的人，安全感少之又少，我结婚的时候，妈妈就说过，什么是婚姻幸福，就是心字头上一把刀。谁忍得久，幸福就越久。可现在不是我忍不忍的问题了，陈东说，和这个女人的一次彻夜长谈，改变了他的人生观、价值观，他觉得以前的生活毫无价值。关于今后的人生，他需要时间仔细思考。跟我讲完这番话后，他就从家里搬了出去。”

我得承认，我是个糟糕的专栏主持人。每次到报社接听情感热线或者面对面听人倾诉，我总要迟缓那么一会儿。我从郊区赶往市区，途中不知会发生些什么，城市的道路一直在开肠破肚，本来狭窄的路被一分为二或一分为三，开车人脾气大小与路的宽窄成反比，一路上拥堵呀、擦刮呀、抛锚呀，等我把我的奇瑞汽车塞进报社的地下车库，再坐电梯到十八楼的接待室，往往都是精疲力竭，对着听筒或者面对倾诉者也要好大一会儿才会缓过神。

冉玉开始述说的时候，我耳朵里还萦绕着汽车此起彼伏的喇叭声，完全听不见她的声音，只是看见她的两片猩红的嘴唇在不停地晃动。有那么几秒钟，我有一种错觉，以为她在咀嚼槟榔片，那种脏脏的、味道怪怪的玩意儿。老丁最近迷上了嚼那玩意儿，他的口腔里也因此弥漫着一股怪味。他吻我的时候，我下意识就会摒住呼吸，一会儿脸就憋得通红。每每此时，他就会感慨，安安，你真是个淑女啊。我一直弄不懂，他这里说的淑女到底暗含什么意义。但不管他是什么含义，我都不会给他挑明真相。我还指望某日当上丁太太，有企图就要有隐忍。

“这个女人才二十二岁，比我小了将近一半，其实就是个孩子。你想想，二十二岁的女孩子，那肌肤，那身段，对男人多有致命吸引力啊。我理解，当然理解。但这次陈东不是被吸引那么简单，他是完全沦陷了。家不要了，父母不要了，儿子不要了。我没关系呀，大不了找个四五十岁的半老头子过日子就是了。问题是老人怎么办？儿子怎么办？二十二岁的小妖精会来照顾这一家老小吗？”

“可能事情还没有你想象的那么严重，他不是说需要时间仔细思考吗？也许他思考的结果是回到你身边呢。完全有可能他和小女孩只是一时激情，很多时候，激情来得越猛去得越快。这种时候，无为而治可能是你的上上之选。”

“对呀，一语点醒梦中人，我为什么要着急呢，让他们急去。

安记者，你才多大呀，如此聪慧理性。找你真是太对了，谢谢，谢谢。”

“不客气，谢谢你的信任，我只是旁观者清而已。”

平时，我不会轻易给倾诉者以建议，相反我会让自己这个树洞，尽可能大尽可能深，可以盛更多的秘密和泪水。这样，我的文章才有足够的原材料。我不是一个窥私癖，听这些痛苦绝望的故事是我的工作。四年前，刚开始这份工作时，我经常听别人的故事听得眼泪汪汪，四年过去了，面对远比虚拟更强悍的现实，我的心已经坚硬无比，没有悲伤、没有怜悯、没有同情心，硕果仅存的是专属自己的是与非。

读者对我的专栏普遍评价是能够提供平和、理性的建议。老实说我自己都不觉得我的建议有什么作用，我根本无法给他们切实的帮助，我没有能力阻止可怕的事情发生，也不可能帮他们治愈伤口。我的作用就是垃圾筒，说好听点就是树洞，提供一个地方，让他们说出自己的委屈、郁闷、痛楚。而那些所谓的建议，不过就是他们自己心里早已经有的想法，不方便、或者不想由自己说出口而已。我是他们心里的一个影子，帮他们说出来。比如这个理智讲述老公外遇的叫冉玉的女人，她明明很在乎这个家庭这个老公，她知道自己决不会轻易松手，她很清楚中年女人离婚的大概率后果。她跟我讲述她的故事，无非是希望我赞同她的观点，让她自己在这场多少有些屈辱的隐忍中多些底气，可怜的底气。

我提前封住树洞，抛出所谓的建议，那是因为我必须打发她走了。她的故事一点也不吸引我，这个城市每秒钟不知道要发生多少例类似的故事：中老年男人变心了，抛弃发妻，扑向更年轻的女人的怀抱。太多了就没有新鲜感，很多类似的故事连细节都一模一样，就像我的主任苏琳说的，“连外遇都没有一点技术含量，太无趣的人生，不值得上我们报纸，读者也不会喜欢的。”四十岁的苏琳拥有文学和心理学两个学位，以追求趣味为最大快乐。但她的人生好像也很无趣，二十六岁结婚，三十岁离婚，单身一晃就过了十年，至今是无婚姻无子女的双无人士。工作中她是我的领导，私底下她是我的镜子。我总是以她为鉴，时时提醒自己，工作是工作，生活是生活，工作中无论看见多少虚荣浮华、悲欢离合，那都是别人的事；自己的日子还是要尽可能按部就班，简单干净，我平凡且甘于平凡，就想像母亲那样生活，该结婚结婚，该生子生子，一辈子自然沉着，完满幸福。我才不想像苏琳那样傻，自认为生活丰富多彩，别人眼里却可怜巴巴。

打发走冉玉，我才能通知第二位预约倾诉者，第二位故事平淡就通知第三位，第三位不行还有第四位。接线生每天都会转来一张纸，纸上密密麻麻写着预约者的姓名电话。姓名有可能是假的、虚拟的，没关系，那只是一个符号；电话一定是真的，都是堵慌了、憋不住了才想倾诉，好不容易找到一个渠道何必弄个假的来费时费力。况且，每一个电话接线生都会核实和回拨。

2

老丁离开我家之前，照例会清洁烟灰缸。他把烟头、烟灰倒进垃圾筒，用面巾纸将玻璃烟灰缸擦干净，为了检查是不是擦得一尘不染，他举起烟灰缸，一边对着缸底呼气，一边对着光仔细端详，是不是还有一粒烟灰？

不用数我也知道那里有两个烟头，中南海八毫克淡蓝色的接近于白色的烟头。他在我这里总是抽两根烟，不多不少。他洗完澡等我洗澡时一根，我再洗澡时一根。

我趴在窗前，目送着他的车消失在新南大道的尽头，驶回他自己在机场附近的家。随后，我弯身从垃圾筒里捡起烟头，弹去粘在上面的烟灰，装进衣柜底层抽屉里的一个红木盒子。这个雕刻有荷花童子的盒子是外婆的外婆传下来的，说是专门用来装婚礼上用的金银首饰，我却用它来装男人的烟头。我对自己说，这个盒子装到一百个烟头，我还没当到名正言顺的丁太太，我就把这些烟头连着这段感情一起烧掉。

我重新爬进被我们身体弄得布满褶皱的床，把头埋进老丁刚刚用过的枕头，深深地吸一口气，想把他残存在上面的气息吸进我的身体。是的，他是一个有气味的男人，除了嘴里的槟榔味道是我不喜欢的外，其他气味都令我迷恋至陶醉。他头上是长期用植物洗发水留下的薄荷味，身上是悠远的檀香味道。我闭上眼睛，沉浸在他的味道里，想着仅仅十分钟以前，他把我放在他的大腿上，双手在我的腰后环着，两张脸面对面离得很近，我看到他的瞳孔里有蓝色的火焰在跳跃。

三个月前，我在麦德龙停车场邂逅老丁。

除了单位，麦德龙是我去得最多的地方。在这个城市生活了四年，我熟悉的地方不多，而只有熟悉的地方才让我有安全感，至少，麦德龙比重庆的其他地方更让我熟悉和亲切。刚来重庆时，苏琳带我到麦德龙买锅碗瓢盆、日用品，我立即就喜欢上这里。它空间高、过道宽，一点没有其他卖场的逼仄，人完全可以在里面闲庭信步，更重要的是，它非常有秩序，卖面包的地方不会卖饼干，卖盐的地方不会卖糖。我几乎每星期都会去一次麦德龙，直奔熟悉的货架，那些熟悉的商品，像老朋友一样在老地方安静地等候着我，看到它们，我心里就会有一丝温暖缓缓流过。苏琳经常笑我是年轻的老古董，喜欢一种东西就一直喜欢下去。我的洗发水是蜂花，有记忆以来都是这个牌子，发型也是从小到大没变过，清汤挂面，没烫过没染过；苏琳的洗发水是用完一瓶就买新的，绝不重复，发型更是一个月换一次。我们为此讨论过，我的观点是熟悉带来稳妥安全，简单易行；她的观点是常变常新，让心年轻有活力。我们谁也没能说服谁，苏琳笑笑说："人都想拥有自己没有的，我中年妇女成天想装嫩，你年纪轻轻却要提前老年。"我说："那倒不是，可能是我们各自的生活习惯不同而已。"

那天，我在麦德龙门口的广场停车，本来已经停好熄火了，我往后视镜一看，车倒得不好，车尾有点歪，压在线上了，又重新打火，把车往前开了两三米，挂上倒档，正在转方向，一辆黑色桑塔纳"吱"地一声与我的车尾剐上了。我跳下车，一个中年男子也从桑塔纳里蹦出来，他有着被阳光晒得黑红的肤色，头发乌黑而茂密，轮廓分明的脸上，额头宽亮，眼睛炯炯有神。他身材魁梧，穿浅灰色衬衫，深蓝色牛仔裤，深棕色休闲皮鞋，鞋尖泛着黯然的光。我看了看，我的车尾左侧被撞了一个窝，他的桑塔纳只是前保险杠刮掉了一点点漆。我不知道是谁的责任，皱皱眉说："打电话报警吧，让警察来处理。"他看着我，表情有点奇怪，好像我一本正经的在和他开玩笑。大约一分钟之后，他才弄明白我不是开玩笑，是真的一本正经在说事。他问道："你打算报警？为这点小擦剐？”“不报警怎么办？上次我车在护栏上擦了一下，要赶去上班，当时没报警也没报保险，结果平安拒赔。”我回答说。“那是平安欺负你老实。你这会儿报警，等警察来需要多少时间？我要赶紧回家，收拾行李赶飞机，确实等不及了。这样吧，我教你一个办法，你把车再倒到墙上去撞撞，然后打电话给保险公司。”“怎么能这样呢，那不是欺骗吗？”“怎么叫欺骗呢，这是一种把事情化繁为简的办法。反正都是保险公司赔，结果是一样的，我们不过采取更简单更有效的处理方式。”“我不愿意做这种不诚实的事。还是报警吧。”“我真是没时间了，算我的全责好不好，私了，这点儿钱你先拿去修，如果不够你再联系我，这是我的名片。”他从黑皮夹里抽出两张百元纸币，又从皮夹外的一个小口袋里掏出名片。我还没反应过来，他已经把钱和名片塞到我手上，转身上车，一溜烟就跑了。

我开车三年了，一直开得小心翼翼，偶尔有点小擦剐，但从没遇到过两车相撞一方要逃的事情。工作一年攒下的第一笔钱就拿去买了最便利的汽车，而不是像我的大多数同学那样拿去付小户型的首付。反正是要嫁人结婚的，到时两人一起买个一百平方米的公寓，挤一点，孩子保姆都够住了，现在买个小户型，卖啊、租啊都麻烦，我才不那么傻。

我正愣在那里不知所措，苏琳的电话来了，问我在干吗，本周稿子准备得如何。“稿子正常，我自己遇到了点小麻烦，正不知怎么办呢。”我把刚才一幕复述给她。她笑嘻嘻地说：“烦什么烦，蛮有趣呀，看得惯就让那个窝留着做纪念，下次修车时一起去修；看不惯就把车开到修理厂，你那小破车，二百元应该够了，实在不够就向他要。重要的是这个中年男人帅不帅，如果帅就是钱够了你也要约他出来，如果不帅钱不够也别去联系。”“可是我们谁的责任都不清楚？如果是我的责任，我怎么能要他赔呢？”“你那木头脑袋转个弯好不？就算是你的责任，他开车溜掉，也是他的责任了。别想这个了，该干嘛干嘛去，稿子好了早点发给我看。”

三天以后，我从修理厂提车出来，想到那天的事，竟然首先想到的是我们相互打量对方第一眼时他疑似吞咽而嚅动的喉结，突然就很想见到他，这个念头像一粒魔法种子，一发芽就疯长，春草般柔软粉嫩的情绪迅速弥漫全身。我掏出他的名片，上面的名字叫丁益明，“你好，你是丁益明吗？我是三天前在麦德龙被你撞的那辆红色 QQ 车的车主，我的车修好了，花了一百五十元，剩下的五十元我怎么还给你。”“算了吧，万一下次又把你车擦剐了，我就少付五十元。”“那怎么行呢，我可不想占谁的便宜。如果你嫌麻烦把银行卡号给我，我直接打给你就是了。”“瞧，傻傻的认真劲又来了。这样吧，我现在刚下飞机，下雨不好打车，你开车来接我吧，五十元当车费好不好。”

修理厂在人和，离机场只有十五分钟车程，心想也许是天意吧。见到他，我才知道他多么需要人来接机，他的行李是三个大皮箱。他的车其实就停在机场的地下停车场，他把车钥匙忘在上海的宾馆了，上了飞机才发现，宾馆同意用快递给他寄过来。现在他必须先回家，拿备用钥匙把车取走。

他费了好大劲儿也没把三个皮箱塞进我的 QQ，他提议暂存两个在机场，我送他回去取钥匙，他来提车，再把两个箱子载回家。“那还得麻烦你再送我一次，不过，我家离机场很近，五公里。晚上我请你吃饭，家宴，最高规格的接待。”“随便带美女回家吃饭，你夫人没意见？”我明显在试探他的军情。“呵呵，这倒是个问题，我是得先通报一声，但给谁通报呢？前夫人？前前夫人？前前前夫人？”“你怎么有那么多前夫人？骗人吧？”“你真是一个傻姑娘，这又不是什么光荣历史，有什么好骗的，我有三段婚史，均以失败告终。”“现在呢？”“对婚姻彻底绝望，勇当一人吃饱全家不饿的单身汉。”

我以为距离五公里是他吹牛，没想到真的出了机场，转两个弯，我们还没聊几句，就到他家小区门口了。“车开不进去了，你就在这等我。”我刚踩刹车，他从副驾上一蹦就出去了，身体紧靠后门，拉开，拎出皮箱，看了看雨水打湿的地面，皱皱眉，直接把皮箱扛到肩上，又回头给我做了一个鬼脸，咚咚就往里跑，看着他矫健的背影，我的心也踩着他的脚步节奏咚咚响，继而羡慕起他肩上那个笨拙的黑皮箱来。

接下来，干柴烈火，似乎什么都顺理成章。

3

周一中午到报社开例会，得知冉玉早晨来报社投诉了我。投诉记者不新鲜，法制记者一不留神会违规，财经记者容易惹上经济纠纷，忙碌的都市新闻记者偶尔会弄错一个人名或者地名。报社专门有人管这事，职位叫督察，类似其他单位的纪检。情感记者被投诉这在报社还是破天荒第一次，分管老总很重视，安排苏琳和督察一起接待的冉玉。

冉玉控诉了我两条罪状，第一乱出点子怂恿她对老公的出轨无为而治，丧失了她挽救婚姻的最好机会；第二不履行承诺没把她的故事刊登出来，让老公少了一次悔过自新的机会。“周末我老公已经正式提出离婚，如果我的婚姻最终破裂，他是第一责任人，小三是第二责任人，你们那个安记者就是第三责任人。他们要共同赔偿我的婚姻、我的幸福。”面对冉玉的义正词严，督察一时无语，这显然超出了他的工作经验，以往的投诉内容，无非是新闻失实要求道歉或者赔偿。苏琳一眼就看出冉玉是在胡搅蛮缠，直接说：“我来回答你的两个问题：一，你是主动联系安记者要求倾诉，她只是建议你无为而治，你是成年人，听不听她的建议，其决定权在你手上，她有什么错？二，报社没有承诺过，安记者也不可能承诺，记者倾听了倾诉者的倾诉，报纸一定要刊登。你找她倾诉，首先是帮助你自己舒缓内心的压力，至于能否刊登在报纸上，我们有自己的选择标准。”

苏琳三下五除二把冉玉打发走了，又转身去找了分管老总，汇报事情的原委及处理结果，顺便诉了一下苦：“情感记者的辛苦和心苦外人很难想象，高兴的、快乐的都不会来倾诉，有的是人分享，大不了自己偷着乐。来倾诉的都是倾倒忧伤郁闷的消极情绪，情感记者每天都像垃圾筒一样被垃圾填满，还要从中挑选适合报纸和读者口味的材料，精心加工。看多了灰色眼里就只有灰色。这份工作对记者的心理摧残太大了。”

分管老总是个善良的老太太，拉着苏琳的手满眼心疼地说：“我知道的，你个人问题迟迟不解决也跟这份工作有关。你自己要协调好二者的关系。眼光别那么高，找个合适的人好好过日子吧，一个人老去是件可怕的事。如果确实是工作影响了你的生活，你提出来，我来想办法解决，报社也有闲一点安稳一点的岗位嘛。”

“我不过就是想诉诉苦，邀点功，没想到老太太扯到我的个人生活上面去了。我真担心再说下去她滥发善心把我弄去做无聊的行政后勤可就惨了，就赶紧逃之夭夭。”苏琳跟我说起这一幕时，表情就像天真的孩子。她一天真我就表现很成熟，谆谆教导她说：“我觉得老太太劝你早点找个人嫁是对的。一个女人，没有婚姻，没有孩子，太可怜了。”“你一个80后的小姑娘怎么满脑子封建意识，过去的女人需要婚姻需要孩子是她们生存能力弱，我什么都能自力更生，自给自足，婚姻于我只是无数可供选择的生活方式之一。我如果觉得它足够有趣足够快乐，能够给我的人生锦上添花，我就会去尝试。但到目前为止，我所见到的婚姻都还不能给我如此美妙的感觉。”

4

在我眼里我和老丁是干柴烈火，可在他眼里不是这样。从一开始，老丁就很好地把握了交往的节奏。我们每天都有联系，但见面的次数一周不超过两次，他的理由是，爱情是让生活更美好，而不是给生活添乱。两个独自生活的成年男女，如果一下子胶着度太高势必就会老房子着火，倒不如文火煲老汤，涓涓深情缓缓流淌，润物细无声。

他的冷静和理性让我对我们的爱情充满怀疑，但他的行动明明白白告诉我，他在爱，认真而专注地在爱。他每隔两三个小时都要给我打电话，慢慢他弄懂了我的工作性质，在我听人倾诉时，他就改发短信了。

他对我的工作很是不解，“这些人为什么愿意把自己的故事讲给你这个不相干的人听呢？你自己都还是一个傻傻笨笨的小丫头，能有什么好的建议？”“话不能这样说，你还不是在见我第二面就坦白交代了自己的情史？其实每个人都有倾诉欲，经常是找不到合适的倾诉对象。找陌生人倾诉是相对要安全些。找心理医生价格昂贵，找我们的代价顶多就是会把故事刊登在报纸上，一周只刊登一个故事，不是每个人的故事都有那么幸运，就是选中了刊登上去隐私都会得到很周全的保护，尽可以放心不会被周围人认出来。”“安记者，我必须提醒你，是你主动问我，我如实回答，不存在什么坦白交代。再说，见你第一眼，我就知道我们不会是陌生人。”老丁一边油腔滑调和我打嘴仗，一边往我的腰下塞了一个小垫子。

此刻，我正斜靠在床头，胡乱按着电视遥控器。一提到工作，我脑子里就是头天苏琳的批评：这期稿子太平了，读者不会喜欢的，一不喜欢就容易厌倦。安安，我们可不能有一点儿懈怠呀。“说到工作就严肃紧张，打住，不说了。别让腰悬着，不舒服的。”他把小垫子挪了挪，让它和我的腰亲密得没有一点间隙。

老丁是第一个会在床上照顾我腰椎的男人。不像那些以前约会的毛头小伙子，他们不过是大号或者加大号的男孩子，对我的重视和热情远不如网游。而老丁是个男人，我亲密接触的，父亲之外的，第一个真正的男人。他总是有接有送，总是掏钱付账，总是为我开车门，总是为我拎包，知道我长期伏案写作导致颈椎僵痛，他给我按摩颈子，买有磁疗效果的颈链。他把我家里的电话换了有录音功能的无绳电话，直接放在门口的鞋柜上方，在我们不见面的日子，我独自下班回家，打开门就能听到他的声音：安安，今天过得好吗？我想你了。

除了他的所谓理性的、有节奏的、可控性约会外，我还真找不出他有什么不好。他懂感情，懂女人。我挨了苏琳的批评，嘴刚噘起，他说：“怎么成了猪猪嘴，过来，近点，闭上眼睛，把嘴张开，让我好好看看。”我不知道他要做什么，按他的吩咐闭上眼张开嘴，他的唇就伸了过来，舌头轻轻一动，一团温热的，正在融化的巧克力就直抵口腔深处，是我最喜欢的德芙原味。

碰到我们共同的休息日，老丁喜欢带我去爬山，他说登高望远能让人心旷神怡。老实说我对爬山没什么兴趣，我出生的小镇就在青山翠岭之中，读中学以前和小伙伴们到山上捉迷藏、摘野菜，几乎是每天都有的快乐时光。上山的时候，他走在前面，下山的时候，他走在后面，平路如果能容下两个人走，那他一定会牵着我的手。

只要一爬山，他的头就会不经意间抬高，背伸得很直，眼睛会发光，和他在城市里的气质相去甚远。我问他原因，他说：“城市里都是人，人多脏呀，山上多是植物，植物多干净。”

登高望远是要爬到山顶才有的风景，而途中他最有兴趣的事是教我认各种各样的植物。他不是用眼睛去观察植物，而是用鼻子去寻找植物的气息。一个周六的下午，他带我到植物园，我们站在树林中间，他让我闭上眼睛，先深深地呼出一口气，再轻轻地吸气，感受空气里那不一样的清新气息。“这种清新感是不是特别有力，平时的清新一般能到肺腑，这种清新一直可以到腹部，腿部，脚趾。”他在我耳边喃喃低语，“知道吗，这就是雪松的味道，它不仅香气沉静、悠远，能解除压力、镇定神经，还有很好的杀菌消炎功能，老鼠、蟑螂、蚊蝇通通都怕它，我喉咙痒鼻子堵的时候就跑来这里，待一会儿就好了。”

“古埃及，雪松是用来保存木乃伊的，雪松平添了肃穆、庄严的意义，有一个传说，雪松是测谎树，如果当着雪松说了谎，就一定会有报应。”“好啊，我要用雪松来测试你的心灵，请你当着雪松的面，表达你对我的感情吧。”我故意眨眨眼睛，调皮地说。他立马就双手合十，朗声说：“安安是我今年遇到最心仪的女孩，她单纯善良，有植物的气息，我一定尽力保护她，帮助她，决不伤害她。”

“这就完了？”“嗯，就这些，我不能说我做不到的事。”他揽着我的肩，把从地上捡起的雪松叶放到我的鼻下，“还是让我们享受当下雪松的清新吧。”

但我再没有办法专注享受雪松的清新了。“尽力保护她，帮助她，决不伤害她。”这是爱的誓言吗？且不说没有一个爱字，就是连对未来的憧憬也没有一点啊。我又想起，从认识至今，他都没说一个爱字，对未来也没有只言片语。我们是在干吗？一个离婚男人，一个单身女子，我们没有任何的交往障碍呀，为什么他没有和我一样对未来的美好期待？突然之间，我就有了那么一点点不祥的感觉。

老丁何其聪明，我那点小心思如何能逃脱他的眼睛。从山上回来，他打开柜子，抱出几大本相册放到我面前，“安安，你真是个好姑娘，我那么复杂的背景，你从来都不追问，我还是坦白从宽吧。这都是我以前的真实生活，你看看她们，哪一个看起来不是端庄贤淑，可以牵手到白头？这位，头发比黑夜还黑，眼睛比星星还亮的，是第一任妻子，我们从小是邻居、同学，工作后是同行，算青梅竹马知根知底吧。结婚第四年她嫌生活太平淡，说什么一眼能望到老的日子实在没意思，坚持把怀了两个月的孩子做掉，和我离婚。总是把头发剪短到遮不住耳朵的这位是第二任妻子，银行白领，自己工作忙碌也没嫌生活平淡，只是玩钱的总嫌钱太少，我们好不容易买了公寓房，她又想花园洋房了，她总是要和条件比我们好的人去攀比，在一起过了不到三年就觉得我没志气没本事离开了我。个子瘦小得像没发育好，特别惹人怜惜的这位是第三任，海归，见过大世面心胸够开阔，不嫌日子平淡也不嫌钱少，但她初恋男友是老外，一比较就嫌我身体不好，勉强坚持了一年半还是分道扬镳了。她们都不是坏女人，我自信也不是坏男人，我和她们都是因为相互喜欢才走到一起，刚刚在一起时也都是真的开心又愉快，可好日子就是长不了，为什么呢？我想破脑袋也想不出答案，那就认命，承认自己就是没有婚姻命，当不了一个合格的老公，想开了反而好受了。”

老丁边翻相册边把他的三段婚史竹筒倒豆一般倒了出来。有那么一会儿，我沉浸在他的讲述里，恍惚间以为回到了工作状态，但很快他就成功帮我进行了角色转换，他的表情和声音都像讲述别人的故事，平静平和。完全不像那些向我倾诉的人，总在寻求理解，期待安慰。

他坦承完情史和心路历程，抓起槟榔就往嘴里塞。不知为什么，我像跟槟榔有仇，看着它云淡风轻的心情就立马消失得一干二净，内心生起无力的不适。

5

经济危机来了，我们报纸的竞争对手破产。本以为可以喘口气，结果适得其反，失去饭碗的同行们纷纷自压身价过来抢我们的饭碗。平时比较散漫的苏琳也开始紧张起来，每篇报道从选题到文本她都要精心打磨。我以前的工作记录她也要过去看，希望从中找出被我遗漏又确实能让人眼睛发亮的题材。

在仔细查看了我记录的冉玉的倾诉记录后，她认定冉玉精神已经有了问题。“我们要想办法尽快通知她的家人，将她送往医院接受治疗。”苏琳有些着急，我倒觉得没有这样严重。

苏琳还要求热线每天帮我多预约三位倾诉者，我每天接待倾诉者的时间从以前的中午一点提前至上午九点。老实说，我觉得倾诉者数量的增加只会徒增我的辛苦和倦怠，而对报道内容的精彩与否毫无影响。“幸福的家庭是相似的，不幸的家庭各有各的不幸”是二十世纪的名言。这个世纪颠倒了，不幸的家庭都是相似的，幸福的家庭各有各的幸福才是真实写照。

这个观点出自老丁。那天我们在家楼下的茶餐厅吃饭，他说我租的房子太小，在里面做饭的话油烟就散不出去，空气会很糟糕。如果他来我这边，要么就自带牛奶面包，要么就到外面吃。我们从认识至今，他已经有些变化了，最明显的变化是抽烟越来越少，嚼槟榔越来越多。八毫克中南海淡淡的烟草味是我喜欢的，而怪怪的刺鼻的槟榔味是我厌恶的。我曾经问过他为什么会突然喜欢上嚼槟榔，他说一直都喜欢那浓郁的植物辛辣味，他知道我不喜欢就忍着以抽烟代替，现在觉得有点忍不下去了。吃饭这个问题还没有改变，我猜他也许根本就不喜欢吃我做的饭菜。点完菜等上菜的间隙，他翻报纸看。他说认识我以后最大的改变就是爱学习了，每天都要买我们的报纸看。看着报纸上我的名字，他会有特别亲切的感觉。我懒得揭穿他，如果真的想和我亲切，为什么不天天见面？这困难吗？我想念他就是想时时刻刻和他胶在一起，早晨睁开眼睛第一眼就能看到他，晚上闭上眼睛前眼里也全是他，这样才安定踏实呀。

他当然知道我那点小女人的小企图，他要么装傻，要么谆谆教诲我："你听了那么多伤心的故事，为什么还对所谓的幸福婚姻抱有指望呢？""因为婚姻才是女人的阳光大道呀，别人过不好不等于我过不好，我有诚心、有耐心、有爱心，理所当然会有好的婚姻。你也不用那么灰心，遇到三个嫌弃你的女人就一定会遇到第四个，人都有倒霉的时候，但不可能一直都倒霉的。""够了，不可救药的乐观主义者，你完全是坐着说话不腰疼，傻姑娘，难道你真要落入婚姻的火坑遭了罪才知道怕吗？相信我，我都是为你好，我受过的苦不想让你再受。"他每每试图说服我的时候都会把身体贴过来，让我感受他的温暖和力量。他不知道，这个时候我所有的敏感细胞都跑到脑子里去了，身体迟钝僵硬得像一棵树。尽管他很热爱树，显然他热爱的是山上的树，在室内贴着抱着一棵树他可一点儿也不乐意。

我们是靠两个人心底自然形成的一团火走在一起的，心底这团小小的火焰，温暖着我们。火焰热了三个月，我们都明白它因燃料不足在降温，只是，哪怕只有一点点温度，一点点火星，我们都不忍舍弃，也都想继续加温，问题是我们找不到双方认可的加温方式，我想插电，觉得安全方便可以持续加温，他只想用最原始的木柴。

茶餐厅老板娘是我的老朋友，专门过来打招呼，看到桌前正摊开的报纸，立即嚷嚷："安安，你的栏目怎么总写这些倒霉的男女破事，太没意思了，仿佛社会都是烂掉的人生，都没指望似的。上期是老婆生病住院，老公和小护士劈腿，这期又是女友和上司私奔。我看得都觉得郁闷压抑，你写的时候不知道有多憋屈。你还这么年轻，眼里应该有更多的阳光而不是灰暗。"

老丁看了看老板娘，又看了看我，最后把眼光落在报纸上，淡然地说："这个社会本来就烂掉了，幸福的人很少，各有各的幸福，不幸的人很多，都有相似的不幸。安安不过是忠实的记录者。"

老板娘恨恨地瞪了一眼老丁，愤愤地走开。

我望着老丁，他不知什么时候又开始咀嚼槟榔了，暗红色的液体不时浸出唇角，把他原本苍白的脸衬托得更加苍白。我把装纸巾的小篮子朝他面前推了一下，用食指指了一下唇角，他明白了我的意思，但并不用纸巾去擦，而是像调皮的孩子那样用力往嘴里一吸，又伸出舌头来舔，殊不知舌头把嘴角染得更红。他不是第一次这么干了，但我第一次觉得如此不适。"你是四十岁的男人，不是四岁的孩子，在公共场所做这种动作你不觉得不妥？脏脏的槟榔有什么好嚼的。""槟榔是植物，不脏，脏的是人，总是有无休止的控制欲。”“我控制你什么了？”我们有史以来第一次吵架，在朋友的餐厅里。我不想颜面丢尽，拿着包往外跑，他坐着不动，老板娘追出来，大声说：“安安，离这种心理阴暗的人远点。”我一下就笑了，老丁怎么也不能称作心理阴暗吧，只是，他真的好可怜，我突然就有些同情、理解和体谅他了，我想要的，他不是不想给，可能是真的没有，真的给不了。

6

清晨，起床后胡乱梳洗一下，就直奔车库，开着我的小QQ，在灰蒙蒙的城市穿梭，照例是堵，蜗牛般爬行，十公里路程走了一个多小时，甚至比不上步行的速度，我有点怀疑QQ存在的价值了。不过，哪怕是为了快速到达麦德龙，那个宽敞有秩序、可以自由行走的舒服之地，我也会留着我的QQ，但愿那条路不要堵，永远不堵。

停好车，挤电梯，匆匆忙忙赶到接待室，预约的倾诉者已经站在门口等着了，是一位身材修长的女士，她穿灰色长风衣，用大围巾把整个头部紧紧包裹着，戴着一副大墨镜，除了鼻孔露在外面呼吸，五官都被遮蔽了。

我赶紧掏钥匙开门，请她进来坐下，拿纸杯给她倒水。她说：“你不用客气，我自己带了。”她从肩上取下斜挎的大包，抱到胸前，拿出一个小包，打开小包，从里面拿出一张布垫，一个装着水的乐扣大号水杯，把布垫铺在沙发上，把水杯放到布垫上。我注意到她拿出坐垫和水杯后又把小包放进大包，把大包背到肩上，再拿水杯，再坐到坐垫上。整套动作尽管滑稽搞笑却像经过严格训练般连贯有序。

我强忍住内心的好奇，职业化地微笑着说：“谢谢你的信任，你想和我说点什么呢？如果方便，不妨先做个自我介绍。”

她双手不停地搓着水杯，“嗯，我叫花子，二十二岁，在酒店做销售，我爱上了一个已婚男人，他也很爱我，我们一见如故，现在他已经回家和妻子摊牌并正式提出离婚。我见过他的妻子，那是一个可怜的中年妇女。我的问题是我现在内心很不安，天天失眠，一闭上眼就是他妻子那绝望的脸。”

从围巾里传出的声音有些缥缈虚拟，但我的耳朵仍然捕捉到一丝熟悉的气息。她不停搓动的双手也露了她的怯，那么黯然的手背肌肤，那么粗糙的指关节绝不可能是一双二十二岁的手。我直接说出了我的迷惑：“你不是二十二岁的花子，二十二岁的花子如果爱不会如此沉重。相信我就请直接说出你的身份。你到底是花子的妈妈还是那个男人的妻子？我必须知道你的真实身份才能给你有用的建议。”

“巫女，你真是一个巫女。”冉玉扯下围巾，取下眼镜，冲我笑了笑说，“一是担心你们的保安认出我不让我进来，上次找你未果就被你那个一脸克夫相的苏主任叫保安赶出去的；二是想知道你会给小三什么建议，知己知彼，百战不胜嘛。”

我说：“你天生不是小三，装不出来的。”冉玉忙说：“那是。”我还是迷惑，问道：“你改名换姓、换电话、装小三是为了骗我们听你倾诉，那随身带坐垫和水杯又是为了什么呢？”

冉玉站起来，把一直端在手上的水杯，刚扯下的围巾、眼镜、坐垫通通收起，放回包里。走到饮水机前，端起进屋时我用纸杯给她倒的水，清了清嗓子说：“我骨子里觉得小三太脏，虽然只是临时扮一下，我都嫌自己脏，怕自己一不留神把她的那些脏东西传播出去，就专门置了行头，和外面隔离。”

冉玉的逻辑太奇怪了，我立马想起苏琳的断言，就向冉玉要她老公的电话。她看了我一眼，是很犹疑的眼神。我给她解释，我被她拯救婚姻的苦心所感动，想和她老公聊聊，听听他的真实想法，也许能帮他们修复婚姻做点什么。

“这样呀，那你试试吧。他叫陈东，江东集团行政部部长，手机是 1390830……，座机是 6380……。你必须保证两点：第一不能跟他说我来找过你，更不能说电话是我给你的；第二他确实很帅很有男人味，你不准爱上他。”

我赶紧跟她声明：“你尽可放心，我有自己的职业操守。”我对苏琳的判断深信不疑，送她出门，等她的背影一消失在楼道，我立即拨陈东的电话，希望他能尽快将冉玉送到医院接受检查和治疗。

座机一直无人接听，手机倒一拨就通，传过来的却是女声“喂”，我看了一眼显示屏，确证自己没拨错号才说话，“你好，我是重庆午报的记者，有紧急事情需要联系陈东先生。”“哈哈，这个不要脸的中年猥琐男犯事了？被捅到报社去了？上天有眼，太好了，太好了。”“小姐，我确实有急事需要联系陈东，是关于他妻子冉玉的，你有他的联系方式吗？”“冉玉？妻子？搞错没有？我才是他的正牌老婆，他和冉玉离婚至少五年了，和我正式登记结婚也三年零两个月零八天了。冉玉怎么了？她不是和陈东离婚当天就去了婚介所，不到两个月就再婚了吗？”“你是花子吧？你能帮我联系到陈东吗？冉玉确实有急事。”“花子？花子是谁？陈东外面的新相好吗？”

越说越乱，我一头雾水，只好轻轻挂了电话。一股强大的疲乏如潮水般铺天盖地向我袭来，想闭上眼养养神，却满脑子都是冉玉那张浮肿的脸。

老丁的电话不合时宜地响起，“安安，我下午没事，带你去植物园吧，上次认了雪松，这次我想教你认杜松，它的气息更清洁高贵，你一定喜欢。”

“谢谢你，老丁，我很累，爬不动山。”泪水无声无息地在我脸上流淌。我是个多么无能的情感栏目主持人，不仅别人的情感困惑解决不了，自己的情感也无处安放。

幼稚

林琳看着花花，她正裸着胸在试一件旗袍，她穿旗袍像穿T恤，皱成一团从头套下后再胡乱从大大敞开的低领处往胸部塞两团泡沫。花花三十三岁，即将举行她的第三次婚礼，新郎是给她做了快十年头发的发型师周强。至今待字闺中的林琳因此对花花深感钦佩。花花还特别把婚礼安排在晚上，按老重庆的风俗，头婚上午办婚礼，二婚下午办婚礼，花花就是要故意昭示天下自己是三婚。周强小她五岁，无婚史，周强寡居多年的母亲抵死反对，未遂，花花有了胜利者的骄傲，她的骄傲一定要炫耀。

花花穿好旗袍才开始坐下来由化妆师化妆，她笑眯眯地说，别化得太年轻，我不想装嫩。再说，我一装嫩老妖婆不就得逞了，我哪怕是在精神上也不能输给她。林琳拍了拍她的肩，指了指隔壁男宾化妆室，示意周强和这边只有一墙之隔。花花继续大声嚷嚷，怕什么，周强又不是不知道我的性格，我其实是帮他老妈洗脑，女人不能嫌自己老。不是我说你，林琳，你就活得太老气横秋了。也真奇怪哈，你这么老气横秋一个人怎么会得一个幼稚的病？

1

算正常吧，每月来一次，五天左右，量一般，不算多也不算少。

单位组织一年一度的体检。每年体检，都会检查出一些不好的结果，越来越多的人就主动放弃体检，坚持参加体检的因而就有了勇敢和大义凛然的感觉。林琳有良好的生活习惯，早睡早起，从不吃垃圾食品，多年坚持锻炼，对身体比较自信，每次体检医生也都会说真不错。但此次做妇科B超检查时医生问了她一个奇怪的问题，你月经正常吗？月经量是不是特别少？

林琳老老实实回答。

医生用她大头针针尖一样明亮且坚定的眼睛盯着林琳，继续问，你的一般是什么概念？每次周期要用多少卫生巾？你确认卫生巾上不只是几滴血？

她的眼神和语气都透露出严重的不信任，这种不信任弄得林琳心里怪怪的不舒服，可她的职业是医生，医生在医院说话尤如法官在法庭发言，掷地有声。

“日用两包，夜用一包，都是五片装的。只有刚刚开始和快结束时可以用滴计量，中间要用团或滩计量。”“嗯，那就有点奇怪了，你的子宫太小，从形状上看像没有完全发育成熟的幼稚子宫，但你的月经又还正常。”“我每年都在体检，为什么以前没人说子宫有问题呢？”林琳觉得脑子突然失灵了。“只要月经正常，就没什么大问题。你如果不放心，哪天再去做个内分泌检查吧。”

从医院出来，门口是连成一排的水果摊，林琳望着那些个头大的西瓜、哈密瓜，又看了看个头小些的梨、苹果，最后盯了盯个头更小的李子、长寿果，还是想不明白她的子宫到底是什么样子？鲜果旁边还有些蜜饯干果，杏干、梅干、葡萄干，莫名的恐惧是从视线转移到干果那一刻开始的。如果，如果我的子宫已经是一枚长满皱纹的干果，那我的身体真的是从最核心最本质开始未老先衰了。忧伤与绝望的气息从她的嘴、鼻、耳、喉、眼、四肢，一缕缕往外冒，却并不飘远，就紧紧围绕着她，越来越重。

林琳趁自己还有最后一点儿力气，立马转身重回医院，直奔内分泌科。跟那位敏感健谈的妇科女医生相比，内分泌科的男医生表情就像木头人，做彩超、查血，下达指令惜字如金。等林琳心急火燎把彩超和血液报告拿到递给他，眼巴巴等他解读，他看完没有任何表情地说，做脑部CT（电子计算机断层扫描）。脑部CT的结果要第二天才能拿到，林琳一夜无眠，煎熬到凌晨，觉得不找个通道发泄可能要疯掉，她在手机上写了一条短信：我得了一种叫幼稚的病。收件人一栏她下意识就点了贺戈，想想又觉不妥，删掉，又点，再删，纠结了许久，还是把贺戈删掉，点了花花。

2

拿到卵巢早衰、子宫萎缩（重回幼稚状态）诊断书后，林琳把重庆大一点的医院跑了个遍，无数次的检查让她最终接受了事实，身体里的这两个重要器官确实已经提前衰老萎缩。想明白之后，几乎每个晚上，她独自躺在一米八的大床上，都能听到身体在发出沉重的叹息，而这声声叹息都与贺戈有关。她在想他会不会感到厌恶和嫌弃，像是被她欺骗了。

在林琳心头萦绕的男人贺戈并不知道这些事情，按惯例双月的最后一个周末他会待在重庆。作为一个分支机构遍布全国的大型企业销售总监，他待在中国的任何一个城市都名正言顺、合情合理。林琳两个月只见他一次，平时几乎不联系，刚好林琳试图按书上写的那样和他保持更亲密的恋爱关系，有事没事打打电话发发短信。贺戈平均两天打一次飞的穿梭不同的城市，不在天上就在会上，回的电话和短信就有了时差和温差，林琳觉得很是无趣。他说他开的会和林琳平时在单位开的传达文件、座谈思想等类似散步休闲的会完全不一样，他那是打仗，实打实去抢地盘、争市场，没有硝烟但同样疯狂和残酷的战争，必须全神贯注，若有一丝一毫的疏忽可能几百、上千万的资金哗啦啦就流到对手那边去了。他们是在床上聊到的这个话题，贺戈说到哗啦啦时把倚在他怀里的林琳当作了钢琴，十指有节奏地滑过她的背、颈，到右肩锁骨，变成了极轻柔的抚摸。林琳本有些绷着的心就随着身体一起软了下来，不再纠结电话短信的时差和温差，有时林琳也会猜想贺戈有可能在哪儿有老婆或女朋友，但她又不太相信，今年春天他说了过年要带她去他老家给老人上坟。

三年前的那个冬天，早晨醒来窗外还是乌黑一片，朝空中呼一口气，又看得出一点点白雾，林琳觉得又冷又饿，赶紧起床，胡乱地梳洗了一下，冲下楼直奔胖姐小面。胖姐一见到林琳即向里间煮面的老公朗声喊道，二两韭菜叶子七分软、少面多菜、少油多汤、微辣中麻，一个卤蛋，一边喊一边手脚麻利端上一杯温开水。林琳一年有三百天以上的早餐在这里解决，胖姐对她的口味早已熟记在心。林琳也因这份熟记有了熨帖的暖意，在她心里，这里就像自己的半个家。林琳有时会想，如果胖姐再老一些，也许就会有妈妈的感觉。但奇怪的是，林琳明明知道，妈妈其实比胖姐年轻得多，尽管山高水远多年没见，以妈妈那超爱臭美的德行，估计现在看起来也不会比自己大多少。

林琳小学毕业那年夏天，妈妈坚持和爸爸离了婚，离婚前他们进行了财产分割，那个年代家里也没什么财产，住的房子是妈妈以前单位分的，后来房改缴了点儿钱买了。妈妈理所当然地认为房子归她，她计划用房子换笔钱到深圳与情人相聚从此开始新生活。爸爸一向是没有主意的人，妈妈说什么就是什么。妈妈说，你先带林琳出去租个房子住，今后有钱再买新的。她说得很轻松，就像说一把椅子或者一张桌子。她提到林琳，爸爸平时总是半眯着的小眼睛突然瞪大了，嗡声嗡气地说，林琳是妹妹，怕还是跟你当妈的合适些。哎呀，林琳从小都是你照顾，她跟你亲。我除了怀她生她，其他哪样管过嘛。林琳，你肯定愿意跟爸爸对吧？妈妈笑眯眯地问林琳，林琳记忆中妈妈很少对自己笑，即便是期末考试后，把双百分成绩单交给她，她也是扫一眼淡淡说一句“你还真遗传了我的智商”就忙自己的事去了。见林琳不吭声，妈妈又说，妈妈一个人到深圳去发展，人生地不熟，不知要吃多少苦，带着你确实不方便。你跟爸爸多好，什么也不会改变。林琳顺着妈妈的话问住的地方也不改变？还是住这里吗？听到林琳这句话爸爸眼睛发亮，妈妈皱起了眉头。他们都没料到仅仅十二岁的女儿会在关键时刻提出如此有份量的问题。妈妈犹豫了大约半个小时决定把房子留给爸爸，但爸爸要分期付她十万元。妈妈说全是为了林琳才做这么大的牺牲。林琳却是再一次明白自己有多糟糕，糟糕得让妈妈厌恶至极，她跟自己说，妈妈为了不让我跟她在一起，多大的代价她都愿意付。如果房子是椅子、桌子，我不过是脏了的毛巾抹布，我黏在桌椅上了，她情愿连桌椅一起扔掉。林琳本以为有关妈妈的一切都已经淡忘了。多年前的那个冬天，胖姐小面开业，林琳第一次见到笑眯眯的胖姐，才明白一切都在，包括渴望，一直安安静静待在内心的一个角落里。

这个早晨的前半部分和所有的早晨没什么两样，林琳一边吃面一边虚拟心目中的母爱，吃完面再把卤蛋的蛋白吃掉，蛋黄用面巾纸包好带回家给娃娃。娃娃是一只五岁的土狗，学名中华田园犬，从出生就与林琳朝夕相伴，娃娃和林琳的关系要追溯到更早——它爷爷开始。父母离婚后，爸爸抱了一只狗狗回家，说家里少了一个人，添一只比人更忠诚的狗补上，家就还是个家。爸爸叫林琳给狗狗取名字，林琳看它见谁都讨好卖乖摇尾巴，一副比自己更可怜的样子，就说叫它娃娃吧。爸爸开始不同意，认为公狗叫娃娃不合适，但又想不出更好的名字，就依了林琳。林琳不仅把它叫娃娃，后来把它的儿子、孙女也都叫娃娃。爸爸嫌母狗麻烦，只养公狗。娃娃三四岁开始发情，肚子下面成天掉一根红香肠，一向好脾气的它把家里的沙发、窗帘咬得稀烂，爸爸凶它、打它都不管用，就时不时带它到外面交配，也不知道交配了多少次，在它八岁那年，红香肠已经不怎么往外掉了，爸爸抱回了它的儿子。那时林琳叫它们大娃娃和小娃娃。小娃娃两岁多时大娃娃有一天不知道在外面偷吃了什么回家呕吐抽搐，一会儿就断了气。林琳第一次目睹鲜活的生命在眼皮底下变成尸体，忍不住浑身发抖。爸爸叹了口气说，人有人命、狗有狗命，娃娃这辈子可以了，我们没亏待过它，又有小娃娃给它传宗接代。后来小娃娃成大娃娃了，一切都像大娃娃的重演，爸爸还是时不时带它出去交配。小娃娃比它爹老得早，六岁就明显有老态，爸爸问林琳想养小娃娃的儿子还是女儿？林琳想了想说，都养过两只公狗了，换着养只母狗吧。爸爸说好，不久就抱了狗妹妹小小娃娃回来。小小娃娃一岁它爹小娃娃就走了，经历过娃娃的离别，这次离别林琳心里没那么刀割一样痛，但还是难受了好几天。不久之后爸爸也走了。家里就一个娃娃，林琳不再叫它小小娃娃，直接叫它娃娃。林琳和娃娃已经相依为命四年了。

但这个早晨的后半部分却因为邻座那个吃面的男人突然昏倒发生了质的变化。左侧那个穿灰夹克的男人突然侧身倒在林琳身上，林琳的身体就直直地往右边过道倒下，咚地一声，撞在坚硬的水泥地板上。让人啼笑皆非的是，初来重庆吃花椒过敏，昏倒在邻座林琳身上的贺戈毫发未损，祸从天降的林琳却莫名其妙摔成了右肩锁骨骨折。

当天下午，贺戈陪打着夹板的林琳回家，林琳实在难以忍受医院各种复杂的气息，也放不下家里的娃娃，坚持不住院要回家休养。贺戈说你这样子太不方便，我到你家照顾你吧。出事后他一醒来就叫林琳通知家人，林琳一言不发，他已经猜出她是一个人生活。林琳肩上大红的软夹板很像电视广告里纠正驼背的背背佳，非常醒目，林琳原本还有些羞怯，走进小区，看到邻居们惊诧的表情，她反倒坦然了，身体主动朝贺戈靠近。她希望以此公告那些多事的邻居：只要我愿意，我一样可以有男人。

贺戈把林琳送回家后出去了一趟，再来时手里多了一袋排骨和番茄。他说，吃啥补啥，炖点骨头汤给你喝。贺戈把菜拎进厨房就傻眼了，大呼，你怎么把厨房整成样板间，一点烟火气没有。

林琳走进来，细声细语告诉他锅在底柜、刀在抽屉，盐在冰箱，交代完补充了一句，烟火气不一定就要脏和乱，我每周至少有五顿晚餐是自给自足。

后来，贺戈把汤炖好后盛在碗里端出来，他看了看林琳的右手，就用汤勺一勺一勺往她嘴里喂，喂进她嘴之前还吹口气，怕她烫着。林琳没有拒绝，只提醒他装几块肉多的骨头晾着留给娃娃。平时很认生的娃娃第一次看到贺戈居然一声不吭，只温柔地把脸往他裤腿上蹭，晚上贺戈把客房的被子抱到她卧室，说睡不着想和她聊天，她仍然没有拒绝。她只是觉得有一点遗憾，从右肩到右手，完全不能动弹。他们聊到很晚，贺戈说了些工作中的事情，林琳听不懂，她还是装出一副很有兴致的样子。贺戈又说到他小时候的事，他只在七岁前见过自己的亲生母亲，使劲想能想出一点她的样子，亲生父亲在煤矿工作，在他不到一岁时就永远埋在矿底里，父亲的样子怎么想也想不起来。母亲很快改嫁，他跟继父姓郭。他六岁读书时，母亲才告诉他亲生父亲的事，还说他今后长大了要想办法把姓改回去。那时母亲的肺结核已经很严重了，经常一咳就吐一滩血，不久母亲的血吐完了离开了世界。他跟着继父长大，高三时继父去世，考上大学后他就把自己的姓改为贺，用继父姓的谐音做了名。我的命太硬了，不到十八岁就克死了三位至亲。贺戈平静地总结说。林琳侧着脸，看到贺戈眼角和唇角的肌肉轻微动了一下，她有点难受，用左手摸了摸了他的脸。贺戈侧过脸朝她笑笑，伸出右臂把她的头揽在怀里，轻轻拍着她的肩，突然想起什么似地问道，你这么好一个姑娘怎么不结婚？林琳正在想怎么回答这个问题比较客观准确，她其实不太清楚怎么就把自己拖到三十岁的，走出校门后就没再有过约会。没等林琳回答，贺戈自己回答道，嗨，其实婚姻真没什么意思，不结也好。林琳很想问那你结了吗？又觉得问不出口，就希望他继续自问自答。他说，睡吧，把我的手臂当枕头，这样你有任何指令不说我都能感受到。一夜沉睡，到早晨尿急时，林琳才知道没有这个肉枕头，她根本起不了床，锁骨平时没感觉，这会才知道它多重要，负责支撑肩部的平衡，锁骨骨折肩一点儿平衡力没有，如果不是贺戈用手臂帮忙抬右背支撑右肩，林琳觉得她只能大小便失禁在床上。贺戈在重庆陪了林琳一个月，直到她可以自己起床，自己穿衣，右手能举过头部。在林琳心里，那一个月就是他们的蜜月，尽管这一个月他们什么也没有做。林琳很感激贺戈等到她完全康复，身体可以像鱼和鸟一样灵敏时，两人才真正身心交融。

成年人骨折不容易恢复，林琳右肩锁骨从此多了一个突出的骨痂，贺戈每每面对那突出的骨痂，都是分外的心疼。林琳心疼着他的心疼，便把自己蓄积了三十年的万千温柔一并给他。

3

兜了一圈，林琳还是决定来找最早发现自己身体异常的妇产科医生。她既然对卵巢早衰、子宫萎缩的发现如此敏感，那她有可能也知道如何处理解决。林琳自我安慰地想。女医生一见到林琳哭丧着脸拿出的诊断书，就直接抛出了林琳闻所未闻的治疗方案：早衰常规治疗基本上没有作用，我有一个野蛮疗法，你可以试试，赶紧怀孕，理论上这很困难，几乎不可行，但我给九个早衰病人试过，有一个成功，她比你岁数大，我给她用雌激素、孕激素帮助排卵，她果真怀上了，又帮她保胎，怀孕那几个月卵巢得到很好的休养，生产后反而重新焕发了活力。正规大医院不会允许我的野蛮疗法，你如果想试我们得悄悄做，但你要签一个自愿申请书和我的免责声明。

她热情洋溢地自我介绍道，我叫胡焰火，我把电话给你，你回去好好想想，决定要做就联系我。你在哪儿工作，家住哪儿，我去找一家离你单位或者家近的小诊所。林琳说，不用考虑，我已经决定了，做。地点以你方便为主，我无所谓。林琳其实想说离家和单位越远越好，三十出头不结婚在看着自己长大的老邻居眼里已经是怪物，何必再当一次话柄让他们兴奋。至于她的工作单位——文史中心牌坊研究所，那里的同事们倒不大关心谁的私生活，但这些年越搬越远，离主城的家已经有两个小时车程，幸好单位不坐班。

那好，到我家来吧，我家就是一设施齐全的小诊所，我住红水湾。我先开点药，别在医院买，出门小药店便宜得多，你回去按时按量吃，四周后的星期二上午到医院抽血查激素，下午两点带着激素报告到红水湾来找我，今后正常都是这个时间，我固定休息是星期二，上午要睡个懒觉，下午才工作。来之前一个小时给我电话或者短信。记得穿宽松的裤子或者裙子，准备点质量好的一次性纸内裤，屈臣氏的就不错。胡焰火说话像放鞭炮，噼里啪啦快得不得了，林琳瞪着眼睛、竖着耳朵，生怕听漏了什么。胡焰火被她焦虑不安的样子逗乐了，她笑笑后轻言细语地说，全部治疗费是三万，先交两万，怀上孩子再交一万，没有发票，不能用医保卡，只能现金，四周后的周二见面交给我。妇产医院治不孕不育至少十万，我这个有一半是慈善，一半是探索，所以就只收成本费。另外，治疗过程中有可能导致你激素水平短期失衡，希望你认真考虑。不过，幸好你发现得早，还没停经，治疗难度不算特别大，你也别紧张。早衰早更现在不算什么，跟感冒差不多，成年妇女一查一大把，这个社会太开放了，性生活普遍提前，用量又不节制，衰老自然也会提前。

胡焰火说什么林琳都虔诚地点头，直到最后一句她愣了一下感觉不大舒服，心里直喊冤枉，大四毕业前才和追了自己一年半的男同学到酒店开房，她傻不拉叽的样子把男同学也吓傻了，初夜留下的记忆只有疼痛和荒谬。贺戈多次拿这儿说事，说林琳傻人有傻福，很幸运地遇到了他这个技艺精湛的农夫，才把她这块荒漠化的土地精耕细作成肥沃的良田。这块良田仅仅肥沃了三年就要重新回到荒漠，林琳想着就心疼。不，决不，她听到自己的心在极其坚定地说。

看到林琳脸色起了变化，胡焰火以为她还在为身体发愁，就转过话头安慰道，没关系，大家都一样，我成天坐着，又不停地弯腰低头做检查，颈椎腰椎都提前老化出毛病了，颈椎腰椎老化退行那都是不可能逆转的，比你这个严重得多。你还年轻，又发现得早，及时治疗，医好了生了宝宝就没事了。

林琳慎重地点了点头，庆幸自己遇到了胡焰火这样有责任感又有爱心的好医生，心里那块大石头落了一大半，人顿时轻松了许多。

4

从医院出来，林琳就去花花那里取钱，花花做生意摊子铺得大，缺少流动资金，怂恿林琳把她那里当银行，有点儿闲钱就放过去，说和银行一样存取自由，但利息比银行高。林琳住的父亲留下的老房子，不用供房，也没有其他称得上奢侈的消费，工资奖金一年下来总能剩一半到三分之二。她对利息没有概念，心想：闲钱放哪儿都是放，花花说了她就把原本存在楼下工商银行的钱都取出来放到那边去了。

花花见到林琳第一句话就是，你看你的头发，都长成什么样子了，一点不成形，也不去修剪。说着就要拉她一起去做头发。林琳摸了摸自己的头发，枯草一样干涩，这阵子几乎天天跑医院，人精疲力竭的，脸啊、头发啊都没工夫去做做护理。

林琳坐花花的车到了发廊才知道不是到周强的“顶上风景”，花花知道林琳那点小心思，直接告诉她，自从正式结婚后，周强对做她的头发就越来越没感觉，做出的发型效果奇差，两人心里都不舒服，无奈之下只有重新寻找发型师。

花花这一解释勾起了林琳对她以前两次婚姻的记忆，花花喜欢吃小龙坎一家小店的回锅肉，不顾所有人的反对，主动坚决地嫁给了小店做菜的厨师，一年后嫌人家厨艺下降，花大价钱让他去拜师学艺，学了半年仍无起色，直接休掉。第二次婚姻是她陪老妈去庙里烧香看见一位正在剃头准备出家当和尚的居士，花花围着他转了一圈，终于没忍住伸出手摸了摸他已经剃光了的半边头，感慨说，你的脑袋好性感，当了和尚女人摸不到真可惜。剃头的老和尚被花花的疯话吓傻，手一抖，刀锋直接拐进居士的脑袋，血喷了出来。花花把脑袋破了的居士拉到医院，缝针输水，折腾完毕准备送回寺庙，居士说，算了，还没当成和尚脑袋就开口了，真当成了脑袋怕要开花，干脆回家泡茶去。原来他是重庆大名鼎鼎的茶博士，爱茶上瘾，不甘心泡茶表演茶艺这些小儿科，常年到各地淘茶赌茶，弄得家产全无、妻离子散。他请花花到他租住的地下室，给她泡了一壶正山小种，花花当即被浓郁深沉的茶香迷住，叫他收拾行李跟她回家。两周后，花花和茶博士在重庆茶城举行了盛大的结婚仪式。这次婚姻只持续了半年，花花说她确实不再喜欢任何一种茶，只喝农夫山泉。第三次婚姻尽管是姐弟恋，但老公周强和她相识多年，林琳本来以为多靠谱的，没料到刚过完蜜月，花花就跑出来找其他发型师了。

林琳摇摇头叹息说，你也老大不小了，别总拿婚姻当儿戏。花花咧嘴大笑道，就算我是拿婚姻当儿戏，也好过你这老保守。跟我丰富刺激的生活相比，亲爱的林琳你不觉得你活得太苍白了吗？你是粗朴的土布，我是华丽的人造丝绸，我也经常在思考，我的生活是有问题，但一想到你，我就为自己庆幸。你就像一面镜子，让我看到另一种让人绝望的真相，进而就珍惜当下。我一直想给你新取一个名：剩女教材，活脱脱一个反面教材。

花花挖苦也罢，讽刺也罢，林琳的情绪都不会起一点点波澜。她们一出生就认识了，知根知底到没有任何秘密，互相清楚对方的身高、体重、生日、血型、罩杯、鞋码，彼此也能包容对方的放肆与任性。

但花花说她根本拿不出三万现金林琳还是大吃一惊。林琳在心里默算，自己放在花花这里的钱有三十万出头，现在需要花钱，居然三万也取不出？花花解释说，合作的银行长期养起的信贷经理换人，资金链卡壳，钱休克了。林琳没听懂，问花花什么叫钱休克了？那你到底有钱还是没钱？我的钱怎么办？花花哈哈大笑说，你这个什么也不懂的木头人，休克又不是死，怕什么？我几千万的资产你说我有钱没钱？你那点儿小钱不是留着养老吗？你又没老着什么急，你老了我自然会加倍奉还。你放心，我发誓会给你一个富丽堂皇的晚年。啥叫富丽堂皇的晚年，就是你走不动了，一堆一堆帅呆了的年轻男人排着队来给你推轮椅。

林琳对花花勾画的愿景毫无兴趣，回家翻箱倒柜把各种银行卡找出来，凑足了两万元，好歹第一笔医疗费有了着落。

5

不错不错，激素水平还不错。胡焰火看了一眼林琳的激素检查单，脸上马上笑开了花。她接着命令林琳躺到专用检查床上去，脱掉裤子，脚放到两个呈八字型的巨型夹子里，张开双腿。林琳法律上未婚，体检从不做这种深度的妇检，这是第一次上妇科检查床，她身体有点哆嗦，屁股一挨到检查床冰冷的铁板上，脑子里浮现的是有一年冬天在乡下看到的杀猪现场图像，猪被杀死放血剃毛之后，白花花的尸体摆在案板上，等待继续被屠夫砍头砍脚、四分五裂。正在想猪临死前是否预感到死后还会被千刀万剐，胡焰火的右手没有任何准备就迅速进入了她体内，粗暴地横冲直撞，携带着又干涩又锋利的疼痛，林琳张大嘴，大口大口吞咽空气，似乎不这样做身体里已经痛成碎片的五脏六腑就会从喉咙里呕吐出来。好啦，厚度达标，光滑度达标，可以播种了，胡焰火总结后把手退出来。林琳看见她居然没带橡胶手套很是惊愕，胡焰火看出林琳眼睛里的疑惑，直接把手伸到林琳眼睛前面说，放心吧，你看看，我的手多干净，碘伏泡过，酒精洗过，比恶臭的橡胶手套干净一百倍。隔了一层胶，手的灵敏度就打折了，关键点的厚度、光滑度检查也不够准确。姑娘，放心吧，我做的一切都是为你好。好啦，土壤我能确定够肥沃，现在的问题是种子，你有现成的优质种子吗？有的话一周内赶紧播种，播种二十四小时后就可以用试纸测验是否成功，成功了下周二来找我，我给你开保胎针，要连续打一个月，在你方便的地方打就可以，不用天天跑我这边。不成功就继续服我开的药，下月的今天来找我，再检查激素和子宫，等待下个排卵期。

林琳从检查床上爬起来，下体火辣辣的痛，她说，胡医生我想借你的卫生间冲洗。胡焰火说，你还是嫌我手脏？不是的，我只是不习惯，很难受。林琳解释说，心里有些愧疚，又马上为自己的愧疚生气，自己花了这么多钱为什么就不能理直气壮地提要求？胡焰火把林琳带到一个没有窗子的小房间，说了句要洗就在这里将就，转身走开。林琳在墙上摸索了一会找到开关，看见水盆上的自来水龙头上接了一个蓬蓬头，当冰凉的冷水冲向大腿时，林琳再也忍不住，伤心地哭了起来。等她重新穿好裤子，走出小房间，才发现胡焰火守在门口的，胡焰火说，我必须郑重警告你，种子播下去四个小时不准冲洗，洗走了算谁的？林琳点点头说，知道了，我先回去了。她恍恍惚惚走到红水湾小区大门口，昏沉沉的脑子才清醒过来，种子，种子？我到哪去找种子？一周内，优质种子？

一路愁肠百结，上了轻轨，不是上下班时间，轻轨车厢空荡荡的，林琳一个人坐了一把足可以当床一样躺下去的椅子，她把后背整个靠在塑胶椅背上，终于有了点儿力气，拿出手机，给贺戈写了条短信：你在哪里？我要见你。你若不方便过来，我来找你，无论你在哪儿。在按下发送键前的一秒，她突然觉得这样措辞的短信肯定会让贺戈惊讶，甚至因惊讶而担忧或者恐慌。她舍不得贺戈这样，想了想把短信修改成：你在哪里？我想你，很想很想，尽快来看我，好吗？求你了。按下发送键后，林琳闭上了眼睛，想象贺戈看到信息后内心软软的，脸上露出傻傻的笑容，她的心也跟着柔软丝滑甜蜜。

6

一直没有贺戈的消息，头两天林琳没当回事，心想他无非在忙，关机状态下一个会接一个会，开得头疼，开完会就累得倒头就睡，手机也没时间开。第四天开始有些心慌，毕竟只有七天播种期，错过又得等一个月，还不知道一个月后激素水平能否调到正常值，光滑度、厚度够不够。她忍着没打电话，只发了一个问号的信息。

第五天，林琳从起床开始就觉得头皮发麻，她把昨天那个问号短信重新发了一遍，上洗手间也把手机拿着，半分钟看一次屏幕。熬到下午，她觉得自己快疯了，脑子里浮现各种各样恐怖的画面，车祸、疾病……忍不住了，她拨了贺戈的电话，电话是通的，响了一声，林琳就赶紧挂断，她心头的一块石头迅速落地。电话是通的人就应该是安全的，她正在安慰自己，电话响了，猜就是贺戈回拨过来的，心头很是窃喜，她按下了接听键，一个动听的女中音响起，你好，刚才谁打我电话？林琳愣了一下，这才看清来电不是贺戈的手机号，赶紧说，我没打你电话。那你是打给贺戈的吧，哈哈，没事，贺戈的手机办国际漫游出了点问题，就把电话转到我手机上了，这会医生让他签字去了，待会他回来我让他打给你。你是贺戈的朋友吧，跟你分享一个喜讯，我们在纽约安娜产科医院，贺戈三天前刚刚当爹，我为他生下了一个八斤重的大胖小子，他上周专程赶过来陪我生孩子的。

恭喜你们。不好意思，我有个电话进来，先挂了。林琳直接把手机关掉，她六神无主，抓紧自己的头发使劲拉扯，娃娃汪汪直叫，林琳低头，发现娃娃一直仰着头在看她，眼睛潮湿。

后记：
聆听与成长

我不到一岁时学会了说话，直到两岁才会摇摇晃晃走路。那个时候的父母不会为此焦虑，也没工夫去探究原因。若干年之后，他们像讲笑话一样讲给我，还说我一学会走路就爱往人堆里钻，不是为了找吃的，也不是为了看热闹，只是仰着头、尖着耳朵听别人聊天、摆龙门阵。更大一点，读小学了，放学以后我最爱去的地方是邻居家的阁楼，阁楼上有书，阁楼下是人来人往的街角巷口，我要么看书，要么就悄悄地听人说话。这是来自我自己的记忆。不到十岁，我知道了一条街上很多人的秘密，奇怪的是，从来没有人要求我恪守秘密，我竟然也没有对任何人泄露任何一个秘密。只是，懵懂中我知道了在光天化日人人可见的世界之外，还有一个隐秘的，只属于某个人或者某几个人的世界，幽微而生动。

成年以后，我几乎再没有主动去听过故事，都是一个接一个的故事自己扑面而来。

曾经我一个人守一个小小的邮电所，每天早晨，到江北城邮局领取邮包，邮包里有报纸刊物、信件、电报，比我一年工资还多的现金，穿越三公里左右的江边无人荒野，到那个叫三洞桥的老街。老街的街头有一排木屋铺子，邮电所是其中一间，铺子只有很小的一扇门，我侧身进去，放下邮包，把朝街的木板一块块取下，靠墙叠放。一面墙的木板取下之后，随着光一涌而入的是老街的男女老少，他们的喜怒哀乐都写在脸上，心底的沟沟坎坎都要敞开出来。男子嫌打工的妻子寄回来的钱少立马打昂贵的长途电话给妻子一顿臭骂；母亲收到儿子的电报号啕大哭；白发老人收到远方来信后哈哈大笑，自个儿就讲起年轻时的得意往事……

后来到报社工作，我负责一个叫“倾诉”的栏目，做树洞、听故事成了职业，二十多年听了几千人的故事。我不再是少不更事的孩子，成年人做不了真的树洞，那些堆积如山的故事必须找到安全的出口，我学习心理学，写专栏，写纪实文学，隐隐约约觉得还不够。

人到中年，报纸也成了黄昏，那些激荡的岁月，壮阔的风景，沸腾的往事，慢慢幻化成了追忆、凭吊、反思。人间红尘，我们来路可疑，归途迷茫，幸而生活和人性的光亮一直都在，可照明可取暖。那么多故事，有的早已淹没，有的仍然在岁月深处向我眨着眼睛，凝视我。很多时候我会闭上眼睛，装作看不见这些凝视。但有的时候，我又会忍不住回眸，坦然接受凝视，五味杂陈的内心反倒平静下来，不再孤单和忧伤。便有了这些小说，这本集子。

生活固然是生存，但也不止于生存。小说固然是故事，但也不止于故事。这些小说是我对已知世界的未知部分所进行的虚构创造，想象力相对于强大的现实世界还是微弱，但再微弱的想象力也能帮助我们从精神上挣脱对现实亦步亦趋的臣服，拥有更多的自由和爱，至少在心灵层面。

未来的岁月，我将继续与故事相伴。感谢父母家人，感谢朋友，感谢每一个给我讲故事的人。